# 달의 미로

**작가** | **이은유**

1997년 광주일보 신춘문예 시 당선.
2005년 전남일보 신춘문예 소설 당선.
저서 청소년 평전 <조선의 국모 명성황후> <현대물리학의 별 이휘소>.
소설집 <손> <모든 고양이의 이름은 다 나비다>가 있습니다.

| 달 | 의 | | 미 | 로 |

**초판 인쇄**  2025년 9월 17일
**초판 발행**  2025년 9월 25일

**지은이**  이은유 **┃ 펴낸이** 박찬익
**편집장**  권효진 **┃ 편집** 정봉선 이수빈 **┃ 마케팅** 이원준
**펴낸곳**  ㈜ **박이정 ┃ 주소** 경기도 하남시 조정대로45 미사센텀비즈 8층 827호
**전화**   031) 795-1195 **┃ 팩스** 02) 928-4683 **┃ 홈페이지** www.pijbook.com
**이메일**  pijbook@naver.com **┃ 등록** 2014년 8월 22일 제305-2014-000028호

ISBN  979-11-7497-012-1 (03810)

* 이 책은 광주광역시와 광주문화재단의 지역문화예술지원사업의 지원을 받아
   발간했습니다.

# 달의 미로

이은유
장편소설

박이정

구름으로 뒤덮인 하늘은 검고 드문드문 눈송이가 떨어지는 땅은 조금씩 하얘지던 날, 다람쥐 쳇바퀴 돌 듯 맨발로 요양원의 복도를 도는 노인을 본 적이 있다. 건물 중앙에 정원이 있는 복도는 ㅁ자 형태였고, 일직선의 긴 복도 양쪽 끝에 현관과 식당 건물이 있는 요양원에서였다. 그 복도 양쪽 끝의 현관문과 식당으로 건너가는 출입문 말고는 다른 출구가 없고 이 문들도 당연히 비밀번호가 아니면 열 수 없으며 닫히는 순간 자동으로 잠기는 그런 문이었다. 그런데도 그 노인은 하루도 복도 돌기를 거른 적이 없다고 했다.

처음 요양원에 입소한 치매 노인들은 집으로 돌아가고 싶어 안달한다고 한다. 큰 요양원에서 근무한 적이 있는 어느 지인은 날마다 엘리베이터 앞에 모여 앉아서 집으로 보내달라고 하는 노인들을 볼 수 있었다고 했다. 설이나 추석이 되어도 가족과 함께 지낼 수 없고, 일 년 내내 아들딸의 얼굴 한 번 보지 못하기도 한다는 것이다. 그들은 설날이 설날인지도 모르고 자신이 생일이 되었어도 그날이 무슨 날인지 모른다. 더 이상 집은 기억에 남아있는 집이 아니고, 사실은 가족에게 버림받은 것인데도 집으로 돌아가고 싶어 한다. 그렇게 간절하게 한 가지 생각만 하면 보통 사람은 보이지 않는 틈이 보이기도 하는 모양이다. 아주 드물게 한 노인이 요양원을 빠져나간 적도 있었다니 말이다.

지인과 차를 마시다 이 이야기를 듣고 난 나는 코끝이 찡해져서 이렇게 물었다. 세상에서 가장 불쌍하고 불행한 사람은 어떤 사람일까? 지인은 설마 치매 노인이냐고 물었다. 나는 깊은 한숨을 쉬면서 고개를 끄떡였다. 자신이 얼마나 불행한지도 모르는 사람이야말로 세상에서 가장 불쌍하고 불행한 사람이 아닐까 하고 대답했다.

이 소설은 이 물음이 시작이었다. 반말과 성적 농담도 폭력이라고 하고 날마다 노인 폭력 예방을 말하면서 개도 안 먹는 죽을 끼니로 주는 곳. 사회적 약자인 노인을 존중하라고 하면서 직원들에게 교묘히 횡포를 부리는 곳. 몸이 늙고 정신이 나사 빠진 기계처럼 헐거워지게 되면서 가진 것도, 존엄성도 잃어버리게 된 노인들이 있는 곳. 소설은 그런 곳을 배경으로 시작되었다. 들판 가운데의 마을에 있는 요양원에서 밖으로 빠져나갈 빈틈을 찾기 위해 날마다 복도를 돈다는 노인을 만났다. 그리고, 노인들의 식판을 보고 좀 충격을 받았다.

세상에서 가장 불행한 사람이 자신이 불행한지 모르는 사람이라면, 세상에서 가장 큰 폭력은 무엇일까? 그건 음식을 음식답게 주지 않는 것이었다. 음식을 음식답지 않게 주는 것으로써 한 인간의 존엄성을 짓밟는 것이었다. 밥을 먹어야 하는 사람에게 누런 코 같은 죽을 양에 차지 않게 주는 것이었다.

나는 그래서 그 노인을 집으로 돌려보내 주고 싶었다. 고작 작은 국그릇에 담긴 죽을 주는 폭력의 세계에서 벗어나게도 해주고 싶었다. 비록 폭력에서 벗어나자마자 더 큰 자연의 폭력에 맞닥뜨리게 되지만 최소한의 존엄을 지키도록 해주고 싶었다. 내가 소설에서 노인에게 해줄 수 있는 건 이것뿐이었다.

이렇게 작품을 완성하고 보니 생각나는 분들이 많다. 소설가로서 뿐만 아니라 대학 시절 은사로서 시를 쓰고 있던 나를 소설 창작의 길로 이끌어주시고 애정 어린 질책과 조언으로 격려해주신 문순태 선생님께 감사의 마음을 올린다. 바쁜 가운데서도 초고를 읽고 의견을 준 김상돈, 나익주, 한요섭 선생에게도 감사드린다. 오랜 시간 마음속 든든한 의지가 되어주고 있는 내 딸도 고맙다. 마지막으로 작품을 구상하는 과정에서 고민하고 있을 때 작품 방향에 대해 조언해주신 황지우 시인께도 온 마음으로 감사드린다.
그러고 보니 어느덧 가을이다. 무지막지하게 덥고 긴 여름의 늪을 건너서 단풍나무가 물들기 시작하는 이 가을에 이렇게 빨리, 또 이렇게 예쁘게 책을 만들어주신 박이정 출판사 여러분께도 깊이 감사드리고 있다.

2025년 9월
이은유

# 차례

***

밖에는 말 그대로 눈이 펑펑 쏟아지는 중이다.

노인은 통로 끝의 철문을 열고 잠시 멈춰 선다. 왜 기회는 이런 때 찾아오는지 모르겠다고 생각하면서 앞이 보이지 않을 정도로 쏟아지는 눈발을 바라본다. 벌써 내의와 셔츠에 카디건을 걸치고 있는 등이 시리고 발가락이 깨질 듯이 아리다. 패딩 점퍼와 양말이 떠올랐지만, 옷 방에 갈 수는 없다. 옷 방은 세 남녀가 서로 죽일 듯이 싸우는 현관에서 열 발자국도 떨어져 있지 않기 때문이다.

밖에서 쇠줄이 바닥에 끌리는 소리가 개 짖는 소리와 함께 들린다. 세 남녀의 악다구니도 개 짖는 소리 못지않다. 두 마리 개는 사무실 창 너머로 보이는 철책 앞에 묶여 있고, 세 남녀는 사무실 앞 복도에서 싸우고 있다. 튼튼한 쇠줄에 묶여 있는 개들은 걱정할 것이 없다. 바락바락 악을 쓰면서 싸우는 세 남녀도 마찬가지다. 문제는 눈이 내리고 있고 날이 부쩍 추워졌다는 것이다. 하지만, 이 기회를 그냥 보내버리면 영영 다시 오지 않을지도 모른다.

두 건물 사이의 통로에서 밖을 내다보던 노인은 문을 나선다. 순간 세찬 눈보라가 온몸을 때린다. 노인은 다시 식당 앞으로 간다. 신발장에 들어있는 세 켤레의 삼선 슬리퍼 중에서 그래도 발에 맞는 슬리퍼를 골라 신고 눈밭으로 나간다. 추위는 통로에서 생각했던 것 이상이다. 벌써 어금니 부딪는 소리가 난다. 노인은 잠깐 뒤를 돌아본다. 지금이라도 돌아가면 아늑한 침대에서 부드러운 이불을 덮고 편안하게 잠을 잘 수 있을 것이다. 아침이 되면 사무국장이 차려준 죽도 먹을 수 있다.

노인은 누런 코 같은 죽이 떠오른 순간 진저리를 친다. 가족은 얼굴도 볼 수 없고, 밖으로는 한 발짝도 나갈 수 없는 곳에서 언제 끓였는지 알 수 없는 죽을 먹으며 죽을 날만을 기다려야 한다는 건 다시 생각해도 소름이 끼친다. 노인은 철책 문과 공터 사이에 있는 보안등을 바라보고 건물 옆에 바짝 붙어서 걷기 시작한다. 몸집이 좋은 개들이 노인의 키 높이로 뛰어오르면서 노인을 잡아먹을 듯이 짖어댄다.

현관에 붙어있는 사무실 뒤편 벽에 다다른 순간 눈발이 가늘어지기 시작한다. 창문 너머에서는 퇴근할 때 해고를 통보받은 요양보호사와 해고를 통보한 사무국장과 원장이 고래고래 악을 쓰면서 싸우고 있다. 현관 옆 붙박이 창문 아래 몸을 낮춘 노인은 현관 쪽을 살피고 철책 문을 향해 뛴다. 눈 속에 푹푹 파묻힌 발이 깨질 듯이 아리다. 하지만 노인은 철책 문과 공터 사이에 있는 전봇대 뒤에 몸을 숨기고 나서야 허리를 꺾고 거친 숨을 토해낸다.

이제 눈은 아주 드문드문 점점이 날릴 뿐이다. 하늘에서는 검은 구름이 흩어지고 있고 구름 사이로는 보름달도 나타난다. 한숨 돌린 노인은 철책 문의 맞은편 집과 농로가 묻혀있는 들판을 바라본다. 순간 노인은 숨이 멎는 것만 같다. 달빛에 푸르게 빛나는 하얀 들판이 눈물이 나올 만큼 신비롭고 아름다워서다. 날마다 통 유리창으로 보던 풍경이 다른 세상 같은 것이다.

이렇게 아름다운 들판을 건너면 면 소재지다. 면 소재지의 어느 집에서 켜놓은 불빛이 손에 잡힐 듯 가깝게 느껴진다. 들판을 건너가서 저 집의 창문을 두드리면 집으로 데려다줄 것만 같다.

노인은 시린 손을 팔짱을 낀 겨드랑이에 넣고 눈으로 농로를 더듬는다. 아들의 트럭을 타고 오고 임복임 노인이 병원 봉고차를 차를 타고 갔던 길은 눈에 덮여 잘 보이지 않는다. 눈 내린 달밤에는 논과 농로의 경계가 지워지고 없다. 그저 눈이 시리게 하얀 옥양목이 펼쳐져 있는 것 같다. 노인은 철책 문 맞은편의 불 꺼진 집 앞에 서서 면 소재지의 불빛을 본다. 얼어붙는 발을 주무르고 중얼거린다. 일단 저기까지 가면 돼. 일단 저기까지만.

그때까지도 요양원에서는 서로를 잡아먹을 듯 싸우는 소리가 한창이다. 고성과 욕설이 난무하는 요양원은 달빛 아래서도 더 이상 중세 유럽의 성처럼 보이지 않는다. 그저 조잡한 희극 무대처럼 보일 뿐이다.

# 1부

내 생일은 음력 시월 초하루다. 가을걷이가 끝나서 텅 빈 들판에는 햇살만 남아있고, 아침이면 하얗게 서리가 내리는 때가 내 생일이다.

해마다 내 생일이 되면 어머니는 팥시루떡을 찌고 미역국을 끓이고 쌀밥을 고봉으로 수북하게 담아서 생일상을 차려주었다.

"복을 타고나려면 우리 막둥이 아들 정도는 타고나야지. 추울까 더울까, 추수가 다 끝나서 곳간에 나락이고 콩이고 팥이고 그득그득한 때 태어났으니 먹을 복 하나는 타고난 것 아니겠냐? 세상에 먹을 복보다 더 큰 복은 없으니, 보릿고개 넘어야 하는 봄보다 더 좋은 때가 지금 아니냐?"

어머니가 이렇게 말하면 사월이 생일인 큰형과 오월이 생일인 작은형, 칠월이 생일인 누나가 한숨을 쉬면서 고개를 끄떡였다.

"그러게. 우리 생일에는 겨우 보리밥뿐인데……. 막내 네 생일에는 먹을 게 넘쳐나는구나."

이렇게 풍요로운 생일날 아들은 나를 요양원에 데려다 놓았다. 쇠고기를 듬뿍 넣은 미역국과 통통한 굴비구이에 쌀밥을 먹고 난 뒤였다. 갑자기 아내의 무덤에 다녀오자던 아들은 나를 낯선 요양원에 데려다 놓고, 내가 좋아하는 박카스를 사 오겠다고 말한 뒤 혼자서 사라져버린 것이었다. 철책 앞에 묶여 있는 개가 땅을 박차고 뛰어오르며 짖어대는 동안 낡은 트럭을 운전해서 왔던 길을 되돌아가서 다시는 나에게 오지 않았다.

아들이 박카스를 사러 간 지 얼마 되지 않아서 나는 아들에게 속았다는 걸 알아차렸다. 다시는 집에 돌아가지 못하리라는 것도 깨달았다. 자주색 앞치마를 입은 커트 머리 여자와 보통 키에 다부진 어깨의 남자가 나를 복도 끝방으로 데려다놓고 나서 이렇게 말했다.

"이 방이 앞으로 어르신이 지내실 방이에요. 어르신 방이요."

그제야 나는 내가 어디에 있는지를 어렴풋이 알 수 있었다. 다른 해 생일과는 달랐던 아침이 되감은 영상처럼 천천히 머릿속에 펼쳐졌다.

아침 일찍부터 며느리 윤자는 내 생일상을 차린다고 부산을 떨었다. 밥을 안치고, 미역을 담그고, 냉동실에서 꺼낸 굴비를 녹이고, 나물을 무치고, 전을 부쳤다. 아내가 세상을 떠나고 십 년 만에 처음 차려지는 생일상이었다. 그동안 내 생일에 아들은 나를 식당으로 데리고 가서 밥을 사주었다. 집으로 돌아와서는 케이크에 촛불을 켜고 노래도 불렀다. 며느리가 음식을 잘하지 못해서요. 아버지가 이해하셔야 해요. 그런 윤자가 갑자기 쇠고기를 듬뿍 넣은 미역국을 끓이고 근사하게 생일상을 차렸다. 다만 아내처럼 팥시루떡만 하지 못했을 뿐이었다.

나는 윤자가 이제야 며느리다운 며느리가 되어가나보다 하고 생각했다.

세월이 사람을 만든다는 아버지 어머니의 말을 믿었다.

아침을 먹고 나자 윤자는 단감을 깎아서 내왔다. 텃밭 가장자리에 서 있는 감나무에서 딴 감은 서리를 맞아서 아삭하고 달았다. 아들은 플라스틱 포크에 감을 찍어서 나한테 건네주었다. 내가 감을 먹는 동안 아들은 집게손가락으로 방바닥을 긁어댔다. 나는 좋아하는 감을 먹지 않는 아들이 이상해서 물끄러미 바라봤다. 그때 아들이 문득 고개를 들고 나를 쳐다보았다.

"아버지! 오늘 어머니한테 한 번 다녀올까요?"

처음에는 아내의 기일도 아닌데 아내의 무덤에 다녀오자는 아들이 이상해서 의아하게 바라봤다.

"그게 무슨 해괴한 소리냐? 내 생일에 네 어머니 산소에 다녀오자니?"

아들은 손을 내저으며 고개를 흔들었다.

"그게 아니고요, 아버지! 보리도 다 갈아서 할 일도 없고 날도 좋으니까 나들이 겸해서 어머니 좀 보고 왔으면 한 거예요. 어머니가 해주신 미역국 팥시루떡 생각도 나서요."

나는 더 이상 아들을 이상하게 생각할 수 없었다. 아들의 말을 듣고 나자 죽은 사람이 생각나면 언제든 그의 무덤을 찾을 수도 있는 거라고 이해가 되었다. 죽은 사람이 살아있는 사람을 찾아올 수는 없으니까. 그리워하는 사람이 그리운 사람을 찾아가는 게 맞는 일이니까.

내가 패딩 점퍼에 모자를 쓰고 마당으로 나가자 시동을 걸어놓고 있던 아들이 트럭의 조수석에 나를 태웠다. 그 사이에 윤자는 뭔가를 트럭 짐칸에 실었다.

"전하고 나물 좀 쌌어요, 아버님. 어머님과 술 한 잔 나누시라고요."

"고맙다."

나는 조수석 문을 열고 이렇게 인사하는 윤자가 기특하기까지 했다. 마음속으로 내가 가장 아끼는 아내의 금가락지를 윤자에게 줘야겠다고 생각한 건 그 때문이었다.

하지만 아들은 아내의 무덤으로 가지 않았다. 아내의 무덤은 마을 앞으로 나 있는 이 차선 도로를 대략 십여 분쯤 달려가다가 넓은 밭 끝에 보이는 산 중턱에 있었다. 무성한 소나무 가운데 동그랗게 봉분이 보이는 산을 나는 항상 또렷하게 기억하고 있었는데, 어느 순긴 차창 밖으로는 낯선 마을과 끝도 없는 감나무밭이 보였다. 내가 아무리 정신이 없어도 아내의 무덤으로 가는 길에 감나무밭이 없다는 것은 모르지 않았다.

"이 길은 네 어머니 산소에 가는 길이 아니지 않냐?"

아들은 나를 슬쩍 돌아보고 나서 다시 전방을 주시했다.

"바람도 쐴 겸, 겸사겸사해서 나왔으니까 한 번 돌아서 다녀오게요."

나는 아들의 이 말도 의심할 수 없었다. 아들이 텔레비전에서 보았던 갈색 지붕의 서양식 건물 앞에 트럭을 세우기 전까지는 어머니의 말처럼 나는 정말 다복한 사람이라고 생각했다. 춥지도 덥지도 않은 때였고, 추수를 끝낸 뒤라서 먹을 게 넘쳐나는 때, 잘 차려진 생일상을 받고 아내의 무덤에 가면서 드라이브까지 하고 있기 때문이었다.

중세 유럽의 성을 흉내 낸 갈색 지붕의 건물은 들판 가운데 있는 마을에 있었다. 대나무 숲과 철책 바로 앞의 논 사이에 서 있는 건물은 면 소재지 사거리에 접어들자마자 보였다. 갈색 지붕에다 처마가 진분홍색으로 칠해진 건물은 마을에서 가장 근사한 건물인데도 불구하고 왠지 조잡해 보였다.

면 소재지를 지나자 아들은 이 차선 도로에서 농로로 들어갔다. 겨우 자동차 한 대가 다닐 수 있는 농로를 달린 아들은 활짝 열려있는 철책문 안으로 트럭을 몰았다. 천천히 소나무를 심어서 키우고 있는 조그만 밭 옆을 달렸다.

인의예지라는 간판이 붙어있는 건물 앞에 트럭을 세운 아들은 조수석 문을 열고 나를 트럭에서 내리게 했다. 건물 옆 철책 앞에 쇠줄로 묶여 있는 하얀 개 두 마리가 아들과 나를 보고 미친 듯이 짖어대며 날뛰기 시작했다. 나는 어리둥절한 눈으로 아들을 보면서 트럭을 내렸다.

"여긴 어디냐? 네 어머니한테 다녀오자면서 여긴 왜 와?"

아들은 내 손을 잡았다. 아들이 내 손을 잡은 건 어렸을 이후로 처음이었다. 평소에는 무뚝뚝하기 짝이 없는 아들에게 손을 잡힌 순간 뭔가 불길한 느낌이 나를 스쳤다. 속으로 아무리 설마 해도 꺼림칙한 느낌은 계속됐다. 아들은 그런 나를 슬쩍 쳐다보더니 내 어깨까지 감싸 안았다.

"아는 형이 여기 있어요. 그 형한테 포도 농장 일로 부탁할 게 있으니까 잠깐만 만나고 어머니한테 갑시다."

나는 이 말도 꺼림칙했지만, 엉거주춤 아들을 따라갔다. 아들은 현관 앞에서 벨을 눌렀다. 키 작은 파마머리 여자가 현관문을 열어주면서 아들과 나를 향해 인사했다.

"안녕하세요?"

살짝 미소까지 지으면서 인사를 하고 난 여자는 한쪽으로 비켜서서 아들과 내가 안으로 들어가기를 기다렸다. 아들은 그런 여자에게 허리를 숙여 보인 뒤 내 손을 잡고 현관으로 들어갔다.

아들에게 이끌려서 현관 안으로 들어가자 늙은 호박을 국화와 관엽식물 사이에 장식한 작은 화단이 나타났다. 조잡한 건물 외관과 달리 근사해 보이는 화단 가운데서도 나는 늙은 호박이 가장 좋았다. 호박죽 호박 식혜 호박떡까지, 유난히 늙은 호박을 좋아했던 아내가 떠올랐기 때문이었다.

커트 머리 여자가 잠시 주춤거리는 내 팔을 붙잡았다.

"어르신! 들어가시게요."

주춤하는 기척을 느낀 아들도 내 손을 힘주어 끌어당겼다.

"아버지! 잠깐만 들어갔다 가자니까요."

할 수 없이 나는 아들과 여자에게 끌려서 사무실로 들어갔다. 두 사람에게 이끌려 사무실로 가면서도 뭔가 이상하다는 생각은 지울 수 없었다. 뭔가가 뭔지 정확하게 알 수 없어서 이상했고, 이상하다는 생각이 드는데도 두 사람을 거부하지 못하고 사무실로 이끌려가는 내가 또 이상해서 한숨이 나왔다.

사무실로 우리 두 부자를 안내한 여자는 나를 의자에 앉혔다. 문 앞의 컴퓨터 앞에서 일하던 여자애가 앉아있던 자리였다. 아들은 여자애 자리와 직각으로 앉아서 대형 모니터를 보고 있던 남자 앞으로 갔다. 나는 남자가 아들의 아는 형인 모양이라고 생각하면서 복도 건너편 방을 바라보았다. 그동안 아들이 대형 모니터 앞의 오십 대 남자에게 노란 서류 봉투를 건네는 모습과 봉투에서 꺼낸 몇 장의 종이를 꼼꼼하게 들여다보는 남자가 곁눈으로 들어오더니 이어서 톡톡톡 자판을 두드려대는 소리가 들렸다.

"입소 절차는 다 끝났습니다."

나는 오십 대 남자의 말을 잘 알아듣지 못했다. 복도를 사이에 두고 있는 맞은편 방과 맞은편 방의 안쪽으로 나 있는 복도를 보느라 정신이 팔려있었기 때문이었다. 문이 달리지 않은 맞은편 방은 마당처럼 넓고, 한가운데는 이가 하나도 없고 머리가 하얀 노인이 퍼질러 앉아있었다. 육십이 넘었을 것 같은 한쪽 팔이 없는 여자와 남자처럼 덩치가 좋은 여자가 안쪽 복도에서 마당처럼 넓은 방으로 나온 것도 그때였다.

'머리가 허연 노인과 한쪽 팔이 없는 여자와 남자처럼 키 크고 덩치 좋은 여자와 머리가 하얀 노인이라니……. 대체 여기는 어디일까……?'

하지만 더 이상의 생각은 할 수 없었다. 자리에서 일어선 아들이 모니터 앞에서 일어선 남자에게 고개 숙여 인사하고 있었기 때문이었다.

'이제야 제 어머니 산소에 가려나 보다. 아무래도 점심때가 되어야 도착 하겠는데……. 서두르지 않고 무슨 인사를 저렇게 오래 한담?'

나는 속으로 쯧쯧 혀를 차면서 아들을 따라 의자에서 일어났다. 아들은 그런 나를 재빨리 의자에 다시 앉혔다.

"아뇨, 아버지. 잠시만 더 앉아 계세요. 여기 오면서 제가 빈손으로 왔잖아요? 얼른 가서 박카스 좀 사 올게요. 박카스는 아버지도 좋아하시잖아요."

"서 성만아! 나 나도 같이 가자."

복도 건너편 방에 갔던 여자애가 다시 들어와서 나를 의자에 앉혔다. 아들은 내가 계속 부르는데도 돌아보지 않고 밖으로 나갔다. 이내 미친 듯 개 짖는 소리가 들리고 연이어 트럭에 시동 거는 소리도 들려왔다.

나를 다시 의자에 앉힌 여자애가 내 등을 토닥거렸다.

"어르신! 여기서 조금만 기다리시게요. 아드님 금방 올 거예요."

오십 대 남자는 문 앞 복도로 나가서 맞은편 방에 있는 누군가를 불렀다. 누군가는 이가 하나도 없고 머리가 허연 노인도 아니고, 한쪽 팔이 없는 여자도 아니었고, 남자처럼 덩치가 큰 여자도 아니었다. 대답과 함께 사무실로 달려온 사람은 짧은 커트 머리에 키가 작은 여자였다. 여자 뒤에는 여자보다 훨씬 나이 든 남자도 따라왔다.

"이 어르신, 5호실로 모셔요."

"네, 국장님!"

자주색 앞치마를 걸친 커트 머리 여자가 내 팔을 잡고 나를 안아 일으켰다. 대형 모니터 앞의 오십 대 남자와 나이가 비슷해 보이는 남자는 내 어깨를 안았다.

"어르신! 이제 방으로 가시게요."

나는 커트 머리 여자와 보통 키에 어깨가 다부진 남자를 따라가지 않으려고 버텼다. 왠지 따라가면 안 될 것 같은 느낌이 들었기 때문이었다. 하지만, 나는 이 두 사람을 이겨낼 수 없었다. 남자는 나보다 이십 년은 젊어 보였고, 다부진 어깨만큼 힘도 셌다.

두 사람은 나를 감싸 안고 마당처럼 넓은 방을 가로질러서 복도 끝에 있는 방으로 데려갔다. 커트 머리 여자가 세 평 정도의 방에 들어서자 빈 침대를 가리켰다.

"여기가 어르신 방이에요. 어르신 방."

커트 머리 여자의 말을 듣고 나서야 나는 다시 집으로 돌아갈 수 없다는 사실을 깨달았다. 아들에게 버려졌다는 걸 알아챘다. 물어보지 않아도 아들이 나를 버린 곳이 어딘지 알 수 있었다. 처음 보는 남자와 여자가 내 방이라고 하는 방에는 나 말고도 두 명의 노인이 더 있었다.

마을 친구 가운데 읍에 있는 요양병원에 들어간 친구가 생각났다. 그 친구는 경운기를 몰다가 전복되는 사고로 하반신이 마비된 친구였다. 나는 마을의 다른 친구들과 델몬트 주스를 사들고서 병문안을 갔다. 그 친구는 다른 아홉 명의 노인들처럼 딱딱한 병상 침대에 누워서 창문으로 하늘을 보고 있었다. 그것이 그 친구가 사는 세상이었다. 우리는 그 친구가 안쓰러워서 오렌지 주스를 머그잔에 가득 따라주었다. 그 친구는 오렌지 주스를 받아들고 우리를 물끄러미 바라보았다. 너희들은 절대 요양원에 오지 마라. 요양원은 제2의 무덤이야.

그때 나는 결심했다. 어떤 일이 있어도 요양원은 들어가지 않겠다고 생각했다. 아내와 지은 집에서 살다가 죽음을 맞이하겠다고.

나는 커트 머리 여자의 앞치마를 움켜쥐었다.

"여긴 내 방이 아니야. 나 집에 보내줘."

커트 머리 여자는 있는 힘을 다해 내 손에서 앞치마를 빼냈다.

"아니에요, 어르신! 이제부터는 여기가 어르신 방이에요."

다부진 어깨의 남자는 일어서려는 나를 다시 침대에 주저앉혔다.

"어르신! 이제부터는 이 방에서 지내셔야 해요. 여기가 어르신 방이니까요."

더 이상 나는 두 사람을 조를 수 없었다. 그제야 멍한 눈으로 커트 머리 여자가 가리킨 침대와 다른 침대에 있는 노인들을 보았다. 커트 머리 여자가 가리킨 내 침대에는 반듯하게 갠 이불과 베개가 놓여있었고, 다른 침대에는 이불을 씹고 있는 노인과 공처럼 몸을 말고 죽은 듯이 누워있는 노인이 있었다.

나는 침대에 털썩 주저앉았다. 머릿속이 하얗게 텅 비고 온몸이 부들부들 떨렸다. 나는 아무 생각도 할 수 없었다. 내가 겨우 해낸 생각은 아들을 향한 분노의 물음이었다. 네가 어떻게 내게? 내가 너를 어떻게 키웠는데? 이건 내가 아버지 어머니에게 수없이 들었던 말이었고, 세상의 모든 부모가 자식에게 하는 물음이었다.

침대에 멍하니 걸터앉아있던 나는 커트 머리 여지에게 한 말을 또 중얼거렸다.

"아니야. 여긴 내 집이 아니야. 나, 집에 갈 거야."

그뿐이었다. 더 이상 나는 할 수 있는 말이 없었다. 욕을 하고 아들이 나를 속였다고 우겨봤자 아무 소용이 없다는 걸 본능적으로 깨달았다. 사무실에서 오십 대 남자가 아들에게 노란 서류 봉투를 건네받으면서 했던 말이 무슨 말인지 그제야 감이 잡혔다.

내가 멍하니 넋을 놓고 있는 동안 커트 머리 여자와 어깨가 다부진 남자는 각자 맡은 일을 하러 다시 방을 나갔다. 나는 넓은 공용 공간으로 멀어지는 두 남녀의 뒷모습을 멍한 눈으로 좇았다.

내가 넋을 놓고 있는 동안에도 맞은편 침대의 노인은 계속 이불을 씹어대고 있었다. 노인의 이불은 침으로 축축하게 젖은 상태였고, 나처럼 키 크고 몸집이 있는 노인의 입에서는 침이 뚝뚝 떨어졌다. 나는 사람의 입에서 이렇게 많은 침이 흘러나온다는 게 믿어지지 않았다.

맞은편 침대의 노인이 쉼 없이 이불을 씹어대고, 내가 넋을 놓고 맞은편 노인을 바라보는 동안에도 옆 침대 노인은 같은 자세로 여전히 눈을 감고 있었다. 노인은 비쩍 마르고 키가 작아서 꼭 미라처럼 보였다. 어떻게 살아있는 사람이 같은 자세를 오랫동안 유지할 수 있을까 하는 생각이 나를 스쳐 갔다.

그때 빠글빠글 파마머리 여자가 종이 기저귀를 가지고 와서 키 작은 노인의 아랫도리를 벗겼다. 여자가 노인의 기저귀를 열자마자 골수까지 찌르는 악취가 코를 후볐다. 하지만, 파마머리 여자는 미간 한 번 찡그리지 않고 키 작은 노인이 똥을 싸놓은 기저귀를 갈아주고 다시 반듯하게 눕혀 주었다. 노인은 잠깐 실눈을 떴다가 이내 다시 감고 옆으로 돌아누워서 몸을 공처럼 말았다.

나는 그제야 정신이 번쩍 나는 것 같았다. 뼈에 가죽만 남은 노인은 아직 숨이 붙어있는 시체일 뿐이었다. 누군가 먹여주는 밥을 먹고 기저귀에 똥오줌을 싸는 삶을 나는 한 번도 생각해본 적이 없었다.

'이곳에 계속 있다가는 나도 저런 꼴이 되고 말겠구나.'

나는 머리 위에 있는 창문과 방 밖의 복도를 둘러보았다. 창턱은 높고 복도의 창문 너머는 정원이었다. 감 몇 개를 달고서 햇살 한 줌을 받으며 정원에 서 있는 감나무 몇 그루가 보였다. 아무리 해도 밖으로 나갈 길은 없어 보였다. 창문은 웬만한 전완근으로는 창턱까지 몸을 끌어올리기 어려워 보였고, 복도의 창문 너머는 건물 가운데 들어있는 정원이었다.

침대에 걸터앉은 채 양쪽 창문을 번갈아 보던 나는 깊게 숨을 들이마셨다가 길게 내뱉었다. 다시 분노가 쓰나미처럼 머리끝까지 밀려들었다. 나도 모르게 주먹이 꼭 쥐어졌고, 입술이 부르르 떨렸다.

'어떻게 네 놈이 나한테……. 어떻게 나를……'

나는 입을 크게 벌리고 연거푸 숨을 토해냈다. 아무리 숨을 토해내도 가슴은 답답하기만 했다. 처음으로 거한 생일상을 차려준 며느리 윤자와 제 어머니 산소에 가자고 속였던 아들 때문에 뼈가 녹는 것 같았다.

하지만, 내가 할 수 있는 것은 아무것도 없었다. 낯선 동네의 낯선 건물 안 어느 방에 들어있는 나는 무기력했다. 내 분노를 들어줄 사람도 없었고, 나를 이 낯선 건물에서 집으로 돌려보내 줄 사람은 더더욱 없었다. 처음 와본 건물 안에는 거짓말로 나를 안심시키고 이 낯선 공간이 내 방이라고 말하는 사람들뿐이었다.

주먹을 쥐고 있던 나는 마른침을 삼켰다. 언젠가, 건어물 장사를 말아먹은 둘째 형이 내 논까지 꿀꺽했을 때, 그때 어머니가 했던 말이 떠올랐다. 자식은 겉을 낳지, 속을 낳는 게 아니야. 불현듯 이 말이 떠오르자 나는 가슴이 쪼개지는 것 같았다. 마치 아내가 세상을 떠났을 때처럼.

한참 동안 나는 내게 일어난 일을 믿을 수 없어서 꼼짝도 하지 않았다. 처지가 비슷한 사람들과 함께 낯선 곳에서 죽을 날만을 기다리며 남은 시간을 축내리라고는 한 번도 생각해본 적이 없기 때문이었다.

나는 다시 이불을 씹어내는 노인과 숨은 듯 몸을 말고 있는 노인을 번갈아 봤다. 두 노인에게서는 먹고 싸는 것밖에는 아무것도 할 수 없는 내 미래가 보였다. 나는 아침에 개밥을 주고 된장국을 끓여서 아침을 먹고 시금치와 상추가 겨울을 나는 텃밭을 돌아보고 비슷한 마을 또래들에게 마실을 가는 삶으로 돌아가고 싶었다.

예전에 마을 친구들은 나에게 이렇게 말했다. 넌, 참 복 받은 놈이야. 아직 건강하니 요양원에 갈 일도 없고, 평생 죽어라 일하고 운도 따라준 덕에 늙어서는 먹고 살 걱정도 없으니. 그런 내 삶이 내 생일날에 끝장나버렸다. 이런 걸 빼앗겼다고 해야 할까. 도난당했다고 말해야 할까. 아니면 유기당했다고 해야 하나. 이렇게 헷갈리는 구분을 하다 보니 또 아들이 떠올랐다. 제 어머니의 산소에 가자면서 낯선 동네에 있는 요양원에 나를 데려다 놓고 박카스를 사러 간 아들이.

원래 아들은 이렇게 거짓말을 잘하는 뻔뻔한 인간이 아니었다. 마음이 약해서 거절을 잘하지 못하고, 싸움을 피하고 다닐 정도로 순해 빠졌으며, 거짓말을 하면 말을 더듬을 정도로 티가 나는 사람이 아들이었다.

나는 또 이불을 씹고 있는 노인을 멍하니 바라봤다. 노인은 여전히 침을 질질 흘리면서 이불을 씹고 있었다. 커다랗고 투박한 손으로 축축하게 젖은 이불을 꽉 움켜쥐고 씹어대는 모습은 거의 필사적이었다. 어쩌다 저 노인은 저 지경이 되었을까. 언제부터 저렇게 이불을 씹기 시작했을까. 하지만 내가 알 수 있는 건 없었다.

순간, 나는 고개를 흔들었다. 내가 다른 사람을 동정할 때가 아니라는 생각이 들었다. 지금 나는 내 문제를 생각해야 할 때였다. 나는 하나뿐인 아들을 생각했다. 홀로 된 나를 안쓰러워하던 아들을, 착해빠져서 거짓말을 할 때면 얼굴에 티가 나던 아들을 생각해봤지만 그런 아들은 더 이상 떠오르지 않았다. 언젠가 내게 요양원을 권하던 아들과 박카스를 사 오겠다는 거짓말을 하고 사라져버린 아들만 떠오를 뿐이었다.

나는 입을 꾹 다문 채 코로 한숨을 쿡- 내쉬었다.

단발머리 여자가 방으로 들어왔다. 여자는 나를 쳐다보면서 이불을 쓰고 있는 노인을 불렀다.

"김영수 어르신! 간식 드시러 가시게요."

이불을 쓰고 있던 노인은 단발머리 여자의 말이 끝나기 무섭게 이불을 놓고 침대에서 내려왔다. 그리고 침대를 내려오자마자 거침없이 마당처럼 넓은 공용 공간으로 향했다. 김 노인이 입에 네 손가락을 몰아넣고 빨면서 공용 공간으로 가는 동안 단발머리 여자는 내 팔을 잡아 일으켰다.

"이도겸 어르신! 어르신도 가시게요."

나는 간식을 먹고 싶지 않았다. 생각이 뒤죽박죽이기도 했지만, 무엇보다 화가 나서 입맛이 없었다. 하지만, 단발머리 여자는 나를 키 작은 노인처럼 가만 놔두지 않았다. 기어이 내 등을 떠밀고 방을 나섰다.

공용 공간에는 휠체어를 탄 하얀 머리의 노인들이 가장자리를 빙 두르고 있었다. 김 노인과 나란히 앉은 나는 키 작고 이가 하나도 없는 노인과 한쪽 팔이 없는 여자와 남자처럼 기골이 장대하고 검버섯 투성이인 여자와 한 탁자에 앉아서 노인들을 둘러봤다. 늦가을 햇빛이 환하게 쏟아져 들어오고 있어서 통유리창 앞에 앉아있는 노인들이 하얗게 핀 억새처럼 보였다. 그 가운데서 나는 한 노인과 눈을 마주쳤다. 머리통이 동그랗고 젊어서 미인 소리를 들었을 섯 같은 노인이었다.

머리통이 둥근 노인을 바라보는 사이 내 앞에 간식이 놓였다. 놀랍게도 간식은 설탕물이었다. 자주색 앞치마를 입은 다섯 여자와 다부진 어깨의 남자가 미지근한 설탕물을 스테인리스 컵에 따라서 공용 공간에 모인 노인들에게 나눠주고 있었다.

간호사가 있는 데스크 앞으로 밍크 털 조끼를 입은 짧은 파마머리 여자가 오더니 커다란 목소리로 말했다.

"어르신들은 설탕물로 전해질을 보충해드려야 합니다. 안 드신 어르신들 한 분도 없게 하세요."

설탕물을 마시지 않는 노인은 거의 없었다. 내 옆에 앉은 김영수 노인은 설탕물을 연거푸 세 컵이나 마시고 또 빈 컵을 내밀었다. 광대뼈가 유난히 튀어나온 여자가 설탕물을 따라주려고 하자 짧은 커트 머리 여자가 말렸다.

"그만 드리세요. 이 어르신, 너무 많이 드셨어요."

"아! 예, 팀장님!"

광대뼈 여자는 빈 컵을 모으기 시작했다. 나는 김영수 노인 앞으로 내 몫의 설탕물을 슬며시 밀어주었다. 김 노인은 망설이지 않고 내가 준 설탕물은 단숨에 마셔버렸다. 머리통이 둥근 노인은 그때까지도 설탕물을 마시지 않고 멍하니 나를 바라보기만 했다.

빈 컵은 모두 광대뼈 여자가 카트에 싣고 복도 왼쪽으로 갔다. 노인들은 각자의 방으로 옮겨졌다. 단발머리 여자가 입에 네 손가락을 몰아넣고 빠는 김 노인을 중정이 보이는 복도 안쪽 끝방으로 밀고 갔다. 김 노인은 침대에 올라앉자마자 또 이불을 씹기 시작했다. 여전히 키 작은 노인은 죽은 듯이 몸을 공처럼 말고 있었다. 나는 침대에 걸터앉아서 어깨를 축 늘어뜨렸다. 넓은 방에 빙 둘러앉혀진 채 설탕물을 마시던 노인들을 생각했다. 노인들은 모두 표정이 없었다. 설탕물을 마시라고 하면 마셨고, 요양보호사들이 휠체어를 밀면 텅 빈 눈으로 허공만 바라봤다. 나는 이것이 노인들의 삶인지 자주색 앞치마를 입은 여자들의 삶인지 알 수 없었다.

통유리창으로 보이던 농로가 떠올랐다. 아들이 트럭으로 나를 이곳에 실어다 놓고 사라진 길이었다. 나는 아들이 무엇을 하고 있을까 생각했다. 윤자와 딸기 하우스에서 딸기를 따고 있을까. 아니면, 마시다 남은 소주를 찾아 마시고 있을까. 윤자와 딸기를 따고 있는 아들은 생각할 수 없었다. 적당히 괴로워하는 척도 하지 않는 아들은 참을 수도 없을 것 같았다.

도시에서 금형 공장을 하던 아들은 오 년 전 늦가을 저녁에 내게 돌아왔다. 며느리 윤자와 두 손주를 뒤에 달고 온 아들의 손에는 커다란 가방이 들려있었다.

라면을 끓여서 식은 밥을 말아 먹던 나는 느닷없이 들이닥친 아들을 보고 깜짝 놀랐다.

"웬일이냐? 연락도 없이?"

마흔을 바라보는 나이에 벌써 주름이 자글자글한 아들은 내 앞에 털썩 무릎을 꿇었다. 며느리 윤자와 손주들도 아들 뒤에 무릎 꿇고 앉았다. 마치 사전에 짜놓은 각본에 따라 움직이는 배우들처럼.

"아버지! 저희, 아버지께 의지 좀 하려고 왔습니다."

나는 아들의 말에 입맛이 사라지는 것을 느꼈다.

"의지라니? 공장은 어쩌고?"

아들은 고개를 푹 숙였다.

"부도났습니다. 어제까지 정리하고 아버지한테 오는 길입니다."

잠시 할 말을 잃은 나는 초췌한 아들의 정수리를 내려다보다가 빈방의 보일러 온도를 올렸다. 아들과는 윤자와 아이들이 잠든 뒤 소주를 나눠

마셨다.

"장비 좋고 자본이 넉넉한 사람들한테 밀렸어요. 다른 공장의 장비가 쉴 때 빌려서 작업을 하다 보니 제때 주문을 맞춰주지 못하고, 그러다 보니 주문이 줄어들고, 결국 빚만 남고 말았습니다."

한 마디로 망했다는 소리를 아들은 구구절절 어렵게 설명했다. 연거푸 소주 석 잔을 마시고 난 나는 아들의 잔에 술을 따라주었다.

"여기서는 어떻게 살려고? 계획은 있냐?"

고개를 돌려 내가 따라준 술을 마신 아들은 소리 나지 않게 빈 잔을 내려놓았다.

"포도하고 딸기 농사를 지어 볼까 합니다."

나는 고개를 끄떡이고 다시 말했다.

"농지가 있으니 대출은 받을 수 있을 것이다. 하지만, 당장 시작하지는 마라. 작목반과 다른 농장에서 배운 뒤 시작해야지."

아들 며느리 손주와의 동거는 그렇게 시작되었다. 아내가 세상을 떠난 지 거의 십여 년만이었다. 아들 며느리 손주와 살게 되면서 아내와 함께 낡은 슬레이트집을 허물고 지은 집이 소란스러워졌다. 방 세 칸에 넓은 거실과 주방이 갑자기 북적북적해진 것이었다. 인근 초등학교로 전학한 두 손주는 층간 소음을 걱정할 일이 없는 집을 걸핏하면 뛰어다녔고, 아들과 윤자는 이웃 포도 농장으로 딸기 농장으로 일하러 다니느라 바빴다.

이렇게 아들 며느리 손주들과 함께 살게 되자 내 영역은 방 한 칸으로 줄어들었다. 줄어들기는 내가 할 일도 마찬가지였다. 나는 밥을 지을 일이 없었고, 빨래는 속옷만 빠는 정도였으며, 내 방이나 청소하고 마을 친구들을 찾아 마실만 겨우 다닐 수 있었다. 내게는 점점 무료한 시간이 늘어났다. 텔레비전 채널을 돌리다가 지치면 드러눕거나 텃밭에서 풀을 뽑는 시간이.

식구는 다섯 명으로 늘어났지만, 나는 혼자 있을 때와 전혀 다르지 않았다. 아이들은 저희끼리 게임하고 친구들과 놀았고, 아들과 윤자는 일에 지쳐서 밥을 먹으면 잠에 곯아떨어지기 일쑤였다. 나는 대부분 시간을 혼자 보냈다. 친구들을 만날 때가 아니면 혼자 텔레비전을 보고 혼자 텃밭에서 풀을 뽑고 혼자 오일장에 다녀왔다.

그러는 사이 마을 친구 가운데 한 놈이 죽고 또 한 놈은 요양병원으로 들어갔다. 죽은 친구는 갑자기 아프더니 병원에 입원한 지 사흘 만에 세상을 떠났다. 요양병원에 들어간 친구는 심장이 갑자기 나빠져서 어쩔 수 없었다. 심장이 아픈 친구도 나한테 요양원은 절대 가면 안 된다고 했다. 나는 또 요양원에는 어떤 일이 있어도 가지 않겠다고 속으로 다짐했다.

침대에 계속 걸터앉아있으려니 허리가 아팠다. 어깨도 결렸지만, 여전히 눕고 싶은 생각은 들지 않았다. 한 노인은 침을 질질 흘리며 이불을 씹고 있고, 또 한 노인은 공처럼 몸을 말고 죽은 듯이 눈을 감고 있는 방에서 누워있을 수가 없었다.

'어떤 일이 있어도 요양원은 가지 않겠다고 했는데, 나는 결국 요양원에 있구나.'

나는 어깨와 허리를 두드리면서 한숨을 쉬었다.

그때 단발머리 여자가 방으로 들어왔다.

"김영수 어르신! 이도겸 어르신! 식사하러 가시게요."

이불을 씹고 있던 김 노인은 단발머리 여자의 말이 끝나자마자 침대에서 내려왔다. 간식을 먹으러 갈 때처럼 네 손가락을 입에 몰아넣고 빨면서 공용 공간으로 향했다.

나는 여전히 아무것도 먹고 싶지 않았다. 하지만, 요양원은 내가 먹고 싶을 때 먹고 먹기 싫다고 해서 먹지 않아도 되는 곳이 아니었다. 단발머리 여자는 나를 기어이 일으켜 세웠고, 공용 공간을 향해 내 등을 떠밀었다.

넓은 공용 공간에는 간식을 먹을 때처럼 흰 머리의 노인들이 빙 둘러있었다. 그녀들은 모두 짧은 커트 머리였고, 모두 휠체어에 앉아있었다. 이제 보니 휠체어를 타지 않는 노인은 열 명 정도밖에 되지 않았다. 그들은 데스크 옆에 있는 기다란 탁자 앞에 앉아서 밥을 기다리고 있었다. 커트 머리 여자는 나를 김 노인 옆에 앉혔다. 한쪽 팔이 없는 여자와 남자처럼 기골이 크고 검버섯투성이의 여자가 나를 보고 웃었다. 나는 무표정하게 두 여자를 쳐다봤다.

"잘 오셨어요. 첫날이라 어색하겠지만 지내다 보면 좋아질 거예요."

검버섯 여자의 말이 끝나자 한쪽 팔이 없는 여자가 고개를 끄떡였다.

"그럼요. 그럼요. 세끼 밥 먹여주지, 따뜻하게 재워주지 이 삼 일에 한 번씩 목욕도 시켜 주지, 이곳이야말로 천국이에요, 천국."

"말이라고? 세상에 이런 천국이 어디 있어?"

나는 아무 말도 하지 않았다. 그냥 두 여자를 물끄러미 바라보다가 햇빛이 쏟아져 들어오는 통유리 창으로 고개를 돌렸다. 소나무밭 옆으로 곧게 나 있는 길 끝에 활짝 열려있는 초록색 철책 문이 보였다. 철책 문 앞에는 담이 없는 마을의 아담한 집이 있고 그 앞에서는 마을 길과 농로가 나눠지고 개천 둑으로 나 있는 농로는 자동차가 달리는 도로와 만나고 있었다.

머리통이 둥근 노인은 이렇게 평화로운 풍경을 담고 있는 통유리창을 등지고 앉아있었다. 노인과 내 시선이 공간 중간에서 부딪쳤다. 꽤 멀찍이 떨어진 자리에서도 노인의 눈은 텅 빈 것처럼 느껴졌다.

검버섯 여자가 한쪽 팔이 없는 여자와 속닥이는 소리가 들렸다. 흥! 예뻐 봤자 머리가 허연 늙은이구면, 누가 아니래. 나는 두 여자의 속닥거림을 못 들은 척했다. 처음 보는 여자들한테 농로를 보고 있던 나를 설명하고 싶지 않았다. 아직도 나는 이들에 대한 분노가 부글부글한 상태였다.

그때 복도에서 바퀴 소리 굴러오는 소리가 들렸다. 문이 없는 공용 공간 출입구로 커트 머리 여자가 배식 수레를 밀고 나타났다. 배식 수레에는 밥과 반찬이 담긴 식판이 들어 있었다.

배식은 휠체어를 탄 노인들부터 시작되었다. 어깨가 다부진 남자와 여자들이 차례로 노인들에게 배식했다. 휠체어에는 식판을 놓을 수 있는 조그만 간이 탁자가 있고 죽과 국물뿐인 쟁반이 그곳에 놓였다. 탁자 앞에 앉아있는 노인들에게는 마지막에 죽이나 밥을 갖다줬다. 내 앞에도 네 가지 반찬과 죽과 국이 들어있는 식판이 놓였다.

식판에 들어있는 고사리나물과 콩나물과 고등어 조림과 김치와 시래기 된장국과 죽을 차례대로 들여다본 나는 충격을 느꼈다. 고사리나물은 억센 줄기가 목에 구멍을 낼 것처럼 보였고, 희멀건 고등어 조림은 비린내가 났으며, 누런 코 같은 죽은 끓인 지 며칠 된 것처럼 보였다.

일흔다섯이 될 때까지 나는 죽을 먹어본 적이 별로 없었다. 아플 때나

삼복 때가 아니면 동지 때 먹어본 게 전부였다. 내가 아플 때 아내는 녹두죽이나 호박죽을 곧잘 끓여주었다. 삼복더위에는 수삼과 마늘을 넣은 닭죽을 끓였고, 동지에는 찹쌀 새알을 넣은 팥죽을 끓였다. 아내는 죽을 끓이면 곧바로 먹도록 했다. 그런 아내 덕분에 나는 코처럼 느른하고 누렇게 변색된 죽은 한 번도 먹어보지 않았다.

나는 식탁 앞에 앉은 사람들을 둘러봤다. 김 노인 앞에도 죽이 놓여있었고, 머리를 바짝 깎은 노인도 죽을 먹고 있었다. 나는 다른 노인들의 식판도 보았다. 뜻밖에 이가 하나도 없는 노인 앞에도 검버섯 여자와 한쪽 팔이 없는 여자처럼 밥이 담긴 식판이 놓여있었다. 나는 내 앞에 놓여있는 죽을 한참 동안 들여다보았다. 죽에는 잘게 썬 양배추와 당근이 녹두와 함께 드문드문 들어있었다. 나는 도무지 이해할 수 없었다. 어떻게 이가 하나도 없는 노인에게는 밥을 주고 나 같은 사람에게는 죽을 주는지 의아한 생각까지 들었다.

아침에 먹었던 쇠고기미역국과 굴비가 생각났다. 아내가 죽고 혼자 지내는 동안 내가 끓였던 된장국도 이보다는 나을 듯했다. 시금치 된장국에 식은 밥을 넣어서 끓인 적도 있었는데, 바로 먹지 않고 놔두면 먹기 좋은 죽이 되었던 것도 떠올랐다.

검버섯 여자가 밥을 먹다 말고 숟가락도 들지 않는 나를 빤히 쳐다봤다.

"왜 안 드세요? 간식도 눈곱만큼 주는데 저녁때까지 배고파서 어떻게 하려고요?"

한쪽 팔이 없는 여자가 밥을 먹고 국물을 떠 넣으며 고개를 끄떡였다.

"그럼 그럼. 여기서 주는 건 뭐든 먹고 봐야 해요."

그제야 나는 죽을 한 입 떠서 입에 넣었다. 언제 끓였는지 알 수 없는 죽은 코처럼 미끌미끌했고 냄새까지 났다. 일흔다섯 해를 사는 동안 이런 죽은 정말 처음이었다. 비위가 상한 나는 고사리나물을 먹었다. 고사리나물은 너무 뻣뻣했고, 잘 우리지 않아서 맛이 썼다. 난생처음 보는 밥상에 나는 또 정신이 번쩍 났다.

'존중이라고는 눈을 씻고 찾아보려고 해도 볼 수 없는 밥상이구나.'

나는 다시 넓은 방에 둘러앉혀진 노인들을 돌아보았다. 노인들은 이런 죽을 느릿느릿 먹고 있었다. 죽을 한 번 떠먹는데 족히 일 이 분은 걸리는 것 같았다. 혼자 죽을 먹지 못하는 노인들은 여자들이 먹어주었다. 머리통이 둥근 노인은 광대뼈 여자가 떠주는 밥을 받아먹는 중이었다. 김 노인은 천천히 죽을 아껴 먹었고 식판에 붙어있는 고춧가루까지 깨끗이 긁어먹었다. 작은 국그릇에 담겨 있던 죽은 김 노인에게 부족해도 한참 부족해 보이는 양이었다.

끝까지 죽을 먹지 않은 사람은 나뿐이었다. 빈 식판을 수거하던 단발머리 여자가 손도 대지 않은 식판을 보고 깜짝 놀랐다.

"아니, 어르신! 배고프시면 어쩌려고 하나도 안 드셨어요?"

나는 말없이 자리에서 일어났다. 내가 어떤 대답을 하든 달라지는 건 아무것도 없으리라는 걸 이미 알고 있기 때문이었다.

김 노인은 점심을 먹고 난 뒤에도 계속 이불을 썼다. 키 작은 노인은 여전히 몸을 공처럼 말고서 자고 있었고, 오후로 접어든 창문으로는 부드러운 햇빛이 비쳐 들었다. 침대에 계속 걸터앉아있던 나는 허리가 아파서 이불을 베고 누웠다. 침대가 창문 아래 있었지만 춥지는 않았다. 침대에 누운 나는 김 노인을 유심히 바라봤다. 뼈만 남아 앙상했지만, 키도 크고 뼈대가 굵은 김 노인은 한창때 힘깨나 썼을 것 같았다. 김 노인이 구멍이 날 정도로 긁어먹던 죽그릇이 떠올랐다. 식판에 붙어있는 고춧가루까지 손으로 긁어먹고도 숟가락을 내려놓지 못하던 모습도 생각났다.

'김 노인과 나한테는 죽지 않을 만큼만 주는 거야. 이유가 뭘까?'

배에서 꼬르륵 소리가 났다. 그만큼의 죽도 먹지 않아서 배는 등 가죽 가까이 들러붙어 있었다. 한쪽 팔이 없는 여자의 말이 떠올랐다. 여기서는 뭐든 주는 대로 먹고 봐야 해요. 여자의 말대로 비위가 상해도 꾹 참고 먹어둘 걸 그랬다는 생각이 이제야 들었다.

미역국과 굴비를 먹은 아침이 며칠 전 아침처럼 느껴졌다. 윤자가 내 생일에 굴비까지 구운 건 처음이었다. 함께 살게 되면서 미역국은 끓여줬지만, 내가 좋아한다는 것을 알면서도 굴비는 굽지 않았다. 이유는 굴비를 구울 때 미세먼지가 발생한다는 것이었다. 굴비가 익어가면서 피어오르는 연기가 폐암의 원인이 된다는 거였다. 그랬던 윤자가 처음으로 굴비를 구웠다. 바로 내가 이곳에 버려지는 날에.

이제야 머릿속에서 하나씩 정리되는 느낌이 들었다. 어떤 것도 원인 없는 결과는 없다는 것이 이 나이에 새삼 깨달아졌다. 결론적으로 말해서 내가 이곳에 오게 된 건 나 때문이었다. 공장을 말아먹고 돌아온 아들을 받아준 게 잘못이었다. 평생 죽어라 일해서 산 땅을 아들에게 주지 말았어야 했다. 그보다 결정적인 건 시간을 너무 무료하게 보냈기 때문인지도 몰랐다. 그걸 나는 이제 어렴풋이 깨닫고 있었다.

항상 후회는 뒤늦게 찾아오는 법이다. 한기가 느껴진 나는 결국 이불까지 덮어쓰고 말았다. 지금 알게 된 것을 그때 알았더라면, 상황이 어떻게 달라졌을까 하고 생각해봤다.

'아들놈과의 관계는 끝났겠지. 내 생일에는 아무도 찾아오지 않았겠지. 명절을 나 혼자 쓸쓸하게 보냈겠지.'

이 생각을 하다 나는 허- 하고 헛웃음을 웃고 말았다. 아들이 논밭에 딸기 하우스와 포도 하우스를 짓도록 가지고 있던 돈까지 내줬지만, 나는 낯선 동네의 낯선 건물에서 밖으로는 한 발짝도 나갈 수 없는 상태였다. 아들은 이곳에 있는 나를 다시는 찾지 않을 것이었다. 설날에도 나는 떡국 대신 누런 코 같은 죽을 먹게 될 터였다. 결국 나는 천장을 향해 입을 크게 벌리고 연거푸 한숨을 뱉어내고 말았다.

그러다 문득 나는 침대에서 벌떡 일어나 앉았다.

'하지만, 아들이 공장을 말아먹고 왔을 때 그때와 다른 선택을 했다면, 최소한 나는 이런 곳에서 이런 말도 안 되는 밥을 먹게 되지는 않았을 거야. 어차피 나는 지금이 더 쓸쓸하고 외로우니까.'

이 생각이 드는 순간 배는 너 고파졌다. 배에서는 언서푸 꼬르륵 소리가 났다. 통유리창 앞에 하얗게 피어난 억새처럼 둘러앉아서 느릿느릿 오랫동안 죽을 먹던 노인들이 떠올랐다. 노인들이 된장국 국물을 한 숟갈씩 떠먹어가면서 기를 쓰고 맛없는 죽을 먹는 데는 다 그 만한 이유가 있었다. 이거라도 먹지 않으면 다음 끼니때가 오기 전에 죽을지도 모른다고 생각한 건지도 몰랐다.

나는 계속 꼬르륵 소리가 나는 배를 끌어안고 다시 침대에 걸터앉았다. 머리끝에서 아득하게 현기증이 몰려오는 게 느껴졌다. 늘 제시간에 밥을 먹고, 출출해질 때면 감자나 고구마 같은 거라도 찾아 먹던 어머니가 떠올랐다. 이상도 하지. 늙으면 뱃속이 밑 빠진 독 같아지는 게 말이다. 한꺼번에 많이 먹을 수도 없지만, 조금만 허기가 져도 땅속으로 꺼지는 것만 같아. 이제야 이런 어머니의 말이 나는 뼈가 저릴 정도로 이해되었다.

어머니는 아들이 첫돌이 지나고 얼마 지나지 않아서 세상을 떠났다. 아들이 태어났을 때 동네 사람들에게 술을 냈던 아버지는 어머니보다 한 해 먼저 저세상으로 갔다. 삼복이나 백중이 되어서 동네 사람들이 추렴할 때마다 술 한 잔 낼 수 없을 정도로 가난했던 아버지는 내 아들이 태어나자마자 여러 달 동안 키운 돼지를 잡고 어머니가 담근 술을 걸러서 냈다. 그날 아버지는 지독하게 취했다. 누구도 이해하고 남을 정도로 거나해진 아버지는 집으로 돌아오는 밤길에 독사를 잘못 밟아서 죽었다. 밤이 이슥해도 돌아오지 않는 아버지를 찾아서 아랫목에 눕히자 아버지의 몸이 시퍼렇게 퉁퉁 부어올랐고, 아버지는 이레를 넘기지 못했다.

태어난 존재만으로 아버지를 기쁘게 했고, 아버지가 세상을 떠나게 했던 내 아들은 희한하게도 아버지를 쏙 빼닮았다. 착해 빠지고, 순해 빠지고, 다른 사람 말을 잘 듣고, 여기에다 한 가지 보탠다면 소심하기까지 했다. 한 마디로 아버지보다 소신이 없고 줏대가 부족한 놈이 내 아들이었다.

참 이상한 일이다. 가까이서는 안 보이던 것들이 멀리 거기를 두면 왜 이렇게 자세히 보이는지 모르겠다. 살아있을 때는 안 보이던 사람이 죽으면 보이는 것처럼 꽤 객관적으로 말이다.

그렇게 아버지를 닮은 아들은 금형 공장을 운영하다가 장비를 빌려 쓰는 공장의 경리와 결혼했다. 처음 나한테 인사 왔을 때의 윤자는 말수가 많지 않고 얌전했다. 사리도 밝은 편이었고 예의도 발랐다. 나는 윤자가 내 가족이 된다는 것이 기뻤다. 무엇보다 아들에게 좋은 반려자가 될 것 같아서였다.

그것을 증명해 보이듯 결혼한 뒤 윤자는 제 역할을 성실하게 수행했다. 다달이 꼬박꼬박 적금을 넣었고, 명절이면 깍듯하게 차례를 모셨고, 내 생일에는 반드시 케이크와 선물을 들고 왔고, 집안 대소사를 빠짐없이 챙겼다. 아들이 공장을 말아먹고 다시 나한테 돌아오기 전까지 윤자는 이 모든 일을 완벽하게 이행했다.

윤자가 달라진 건 나한테 돌아온 첫 번째 명절부터였다. 온 동네가 가래 떡을 한다, 전을 부친다, 유과와 강정을 만든다, 떠들썩했지만 윤자는 동태 포로 부친 전과 두세 가지의 나물에 떡국만 끓였다. 나는 이해할 수밖에 없었다. 아들과 윤자에게 수입은 없고 지출만 많았기 때문이었다. 봄이 되면서 아들과 윤자는 인근 포도 농장과 딸기 농장으로 일하러 다녔다. 윤자는 하루도 쉬지 않았다. 이 년 동안 극성스럽게 일을 배운 아들과 윤자는 포도와 딸기를 재배하기 시작했다. 팔에 붕대를 감기도 하고 뺨이나 다리가 퍼렇게 멍든 윤자를 보게 된 건 포도와 딸기 농사가 어느 정도 자리를 잡으면서였다. 아들과 윤자는 항상 언제 싸웠는지 알 수 없게 싸웠다. 이유까지는 알 수 없었다. 나는 이유를 물을 수도 없었고, 어쩌다 물을 기회가 생겨도 아들은 어물어물 얼버무리거나 화제를 돌리는 것으로 대답을 피했다.

나는 어딘지 미묘하게 달라진 아들과 윤자가 가끔 서먹했다. 하지만, 그것이 무엇 때문인지는 어렴풋했다. 내가 아들과 윤자의 눈치를 보기 시작한 건 그때부터였다. 눈치껏 알아서 내 빨래는 내가 하고, 내가 먹고 싶은 건 오일장에서 사 오고, 아들과 윤자의 결혼기념일이나 생일이 되면 봉투도 슬며시 건네주고, 손주들의 생일과 어린이날을 챙기는 것도 잊지 않았다.

내가 이렇게 노력할 때는 아들 며느리와의 관계가 조금은 부드러워지는 것 같았다. 하지만, 그 시간은 그렇게 오래 가지 않았다. 하루나 이틀이 지나면 보이지 않는 뭔가가 딱딱하고 견고하게 제 자리로 돌아왔다.

아들은 눈에 띄지 않게, 그렇게 서서히, 내게서 점점 멀어져갔다. 심리적인 그 거리는 아내가 세상을 떠났을 때보다도 더 나를 외롭게 했다. 나는 중요한 것을 잃어가고 있다는 느낌을 지울 수 없었다. 그건 어떤 노력을 한다 해도 복구되지 않을 것 같은 상실감이었다. 그러니까 내가 이렇게 배가 고플 수밖에 없었던 건 내가 이해하지 못한 상실감 때문이었는지도 몰랐다. 아들이 나한테 태연하게 거짓말을 할 수 있었던 것도, 나를 이 낯선 곳에 놔두고 가버릴 수 있었던 것도.

나는 이런 아들을 그리워하지 않을 수 있을까. 아직도 그 점은 확실하게 알 수 없었다. 아들에 대한 내 짝사랑이 끝난 건지 확실히 모르기 때문이었다.

허리가 아프고 옆구리가 결려서 결국 나는 다시 침대에 눕고 말았다. 베개를 베고 이불을 덮는 순간 눈에서 눈물이 솟았다. 나는 귓속을 향해 흘러가는 눈물을 닦았다. 눈물은 닦아도 닦아도 계속 나왔다. 나는 벽을 향해 돌아누웠다. 쓰린 가슴은 그래도 좀처럼 진정이 되지 않았다.

내가 눈물 콧물을 닦으면서 우는 동안에도 김 노인은 쉬지 않고 이불을 씹어대고 있었다. 어떤 때는 이불에 밴 침을 쪽쪽 빨아먹기도 했다. 정말 김 노인에게 무슨 일이 있었던 것일까. 무엇 때문에 어린아이도 양에 차지 않을 죽을 먹게 되었고, 이불까지 씹게 되었을까. 김 노인이 이불 씹어대는 소리를 듣고 있자 어느 사이에 눈물이 멎었다.

그때 누군가 들어오는 기척이 들렸다. 가만가만 열려있는 방문으로 들어온 발소리는 키 작고 비쩍 마른 노인의 침대 앞에서 멈췄고, 옷을 벗겼다가 입히는 소리가 들리더니 다시 밖으로 나갔다. 그 뒤부터 한동안 방에 들어오는 사람은 아무도 없었다.

늦가을 오후가 더 깊어져서 벽에 부딪는 햇빛이 눈이 부신 방은 조용하고 평화로웠다. 설탕물과 죽을 먹고도 배가 고파서 이불을 씹어대야 하고, 생일날 요양원에 들어오게 된 건 각자 개인의 사정일 뿐이었다. 휠체어를 타는 흰 머리의 노인들과 휠체어를 타지 않는 몇 명의 노인들을 돌보는 여자들은 조용하고 평화로운 방을 한동안 들여다보지 않았다.

키가 작고 비쩍 마른 노인처럼 몸을 말자 넓은 공용 공간의 통유리창으로 바라보았던 농로가 떠올랐다. 나는 녹색의 철책 문을 나가서 농로를 걸어가는 나를 상상했다. 상상 속에서 나는 자동차가 달리는 도로까지 나가서 면 소재지로 꺾어 들었다. 하지만, 면사무소 앞 사거리에서는 어디로 가야 할지 기억이 나지 않았다. 나는 사거리 한가운데 주저앉았다. 내 상상은 거기까지였다. 누군가 내 어깨를 흔들면서 나를 일으켰다.

"어르신, 일어나세요. 간식 드실 시간이에요."

내 어깨를 흔든 사람은 커트 머리 여자였다. 그제야 나는 울다가 깜빡 잠이 들었다는 것을 깨달았다. 커트 머리 여자는 내 등을 밀고 공용 공간으로 사용되는 넓은 방으로 갔다. 김 노인은 벌써 자리에 앉아서 간식을 기다리고 있었다.

오후 간식은 초코파이 한 개였다. 정확한 간격으로 육 등분 된 초코파이는 하얀 플라스틱 접시에 담겨 있었다. 나는 김 노인처럼 초코파이를 한 조각씩 입에 넣고 천천히 씹어 먹었다. 아무리 천천히 먹어도 초코파이는 금방 바닥이 났다. 휠체어의 노인들은 작은 스테인리스 컵에 든 뭔가를 마시고 있었다. 검버섯 여자가 등 뒤의 휠체어 노인을 돌아봤다.

　"초코파이를 반 개나 갈았을까? 저걸 무슨 맛으로 먹어?"

　한쪽 팔이 없는 여자가 입을 닦으며 고개를 끄떡였다.

　"우리도 그래. 줄려면 두세 개 정도 주지. 이거 원, 감질나잖아."

　초코파이를 다 먹은 나는 부스러기를 손가락 끝으로 찍어 먹었다. 접시는 금방 설거지를 한 것처럼 깨끗해졌고, 나는 김치 조각까지 일일이 손가락으로 찍어 먹던 김 노인을 이해할 수 있었다.

　그때, 커트 머리 여자가 파마머리 여자를 불렀다.

　"양 선생님! 어르신들 간식 다 드신 것 같네요. 빨리 그릇 모아서 조리실로 갖다주세요. 접시에 구멍 나겠어요."

　"예, 팀장님."

　나는 양 선생이라고 불리는 파마머리 여자를 유심히 바라봤다. 적당히 마른 몸에 윤자처럼 선량해 보이는 여자가 재빨리 김 노인과 내 접시를 거둬갔다. 나는 아쉬운 눈으로 빈 접시를 거둬가는 양 선생의 뒷모습을 좇았다. 뱃속의 꼬르륵 소리는 아무것도 먹지 않았을 때보다도 더 맹렬해지고 있었다. 집에서는 쳐다보지도 않았던 초코파이였지만, 이곳에서는 열 개도 더 먹을 수 있을 것만 같았다. 하지만, 탁자에는 초코파이 부스러기도 보이지 않았다.

　서로 선생이라고 부르는 요양보호사 여자들이 다시 노인들을 방으로 데려가기 시작했다. 요양보호사들은 탁자 옆의 휠체어 노인들부터 차례차례 각자의 방으로 데려다 눕혔다. 김 노인은 여전히 네 손가락을 빨면서 등을 떠밀려갔다. 나는 자리에서 일어서면서 통유리창을 바라보았다. 하얀 자동차 한 대가 농로를 달려오고 있었고, 마을 앞 작은 들판에는 햇빛만 가득 펼쳐져 있었다.

그때 머리가 허옇고 이가 하나도 없는 노인이 바로 옆방에서 다시 나왔다. 허리가 반쯤 굽은 노인은 아기처럼 아장아장 걸어서 공용 공간 한가운데 앉았다. 농로를 달려온 자동차가 녹색의 철책 문 맞은편 집으로 들어갈 때 이가 하나도 없는 노인은 데스크에서 간호사와 이야기하고 있는 사무실의 젊은 여자애를 보고 천진하게 웃었다.

"여란아! 우리 여란이 밥 먹었어? 우리 여란이 밥 먹어야지."

간호사와 이야기를 마친 젊은 여자애는 사무실로 돌아가려다 노인을 마주 보고 쪼그려 앉았다.

"예, 엄마! 밥 먹었어요. 엄마는 밥 먹었어요?"

"응, 나는 밥 아직 안 먹었어. 빨리 밥 달라고 해."

"예, 알았어요. 엄마는 방에서 자고 있어요. 얼른 가서 밥 가져올게요."

노인은 입을 크게 벌리면서 소리없이 웃고 조금 전 나왔던 방으로 다시 돌아갔다. 양 선생이 밀고 가는 휠체어의 노인이 그런 노인을 무표정하게 바라봤다. 통유리창을 등지고 밥을 먹으면서 나를 바라보던 노인이었다. 나는 가까이서 머리통이 둥근 노인의 눈을 보고 서늘한 충격을 느꼈다. 노인의 눈빛이 끝이 보이지 않을 정도로 깊고 텅 비어 보였기 때문이었다. 나는 방으로 들어가지도 못하고 서 있던 자리에 붙박여서 머리통이 둥근 노인의 휠체어를 세 번째 방으로 밀고 가는 양 선생을 물끄러미 바라봤다.

그때 창문을 긁어대는 고양이가 언뜻 곁눈으로 들어왔다. 그제야 회색 줄무늬 고양이가 정원으로 통하는 문을 긁어대고 있다는 걸 알아차렸다. 뒤에는 집도 있고, 사료가 가득 담긴 밥그릇도 있었지만 조그만 짐승은 그런 건 관심도 없어 보였다. 나는 가까이 가서 유리문을 긁고 있는 고양이를 보았다. 정원 넓이만큼의 하늘이 열려있는 정원에서 유리문을 긁고 있는 고양이는 등의 털이 모두 곤두서있었다.

중정에 들어있는 고양이를 보는 동안에도 꼬르륵 소리는 계속 났다. 꼬르륵 소리를 들으면서 유리문 앞을 돌아서는데 팀장이 다가와서 내 등을 떠밀었다.

"어르신은 왜 안 들어가세요? 빨리 들어가시게요."

나는 말없이 팀장의 손을 뿌리치고 방으로 향했다. 오후 간식을 먹고 나서도 김 노인은 어김없이 이불을 씹고 있었다. 김 노인의 입에서 초콜릿 색깔의 침이 뚝뚝 떨어졌다. 나는 김 노인이 이불 빨아먹는 소리를 들으면서 키 작은 노인처럼 몸을 말았다. 배가 너무 고파서 공처럼 몸을 말지 않을 수 없었다.

몸을 둥글게 말고 배를 움켜쥐고 있는 동안 누런 코 같은 죽이 눈앞을 스쳐 갔다. 머리끝에서 아득하게 현기증도 몰려오는 순간에 누런 코 같은 죽이 떠오르자 나는 또다시 참을 수 없는 분노를 느꼈다. 그것은 내 인생에서 최고의 분노였고, 무기력한 분노였다.

# 2부

인의예지의 하루하루는 날마다 똑같았다. 아침 일곱 시 반이면 아침을 먹고 오전 열 시면 설탕물을 마시고 정오에는 점심을 먹고 오후 세 시에는 간식을 먹고 오후 다섯 시에 저녁을 먹었다. 식사가 끝나면 지병이 있는 노인들은 약을 먹고, 하루걸러 한 번씩 목욕도 했다. 그 사이에 블록 맞추기와 비슷한 말 맞추기를 하고 꽃과 동물의 밑그림 칸에 색칠하기도 했다. 하지만, 이건 어디까지나 인지 능력이 있고, 조금이라도 손에 감각과 힘이 남아있는 노인들만 할 수 있는 것이었다.

그날이 그날 같은 어느 날에 나는 노인들을 돌보는 요양보호사들을 관찰하기 시작했다. 팀장이 인솔하는 요양보호사들의 하루하루도 똑같기는 마찬가지였다. 아침에 출근하면 공용 공간에 둥글게 둘러서서 체조했고, 긴 탁자 앞에 모여 회의를 한 다음 노인들의 기저귀를 갈고 간식을 먹이고 빨래하고 노인들에게 점심밥을 먹이고 오후 간식을 먹이고 마른빨래와 쓰레기를 정리하고 저녁을 먹인 다음 퇴근했다. 이런 일과는 이곳의 규칙과 노란 밍크 털 조끼를 입은 여자의 지시에 따른 것이었다.

변화가 없는 일상은 지루하기도 하지만 사람을 단순하게 길들이는 기능도 있었다. 분노와 치욕은 점차 백지장처럼 얇아져 갔고, 나는 점점 누런 코 같은 죽을 기다리는 사람이 되었다. 언제 끓였는지 모르는 죽과 반찬까지 최선을 다해 긁어먹는 사람이 되어갔다. 젓가락으로 집기도 힘들 만큼 작은 김치 조각은 물론 고춧가루까지 손가락으로 찍어 먹는 되어갔던 것이다.

그런 나는 김 노인과 하나도 다르지 않았다. 다른 게 있다면 김 노인은 이불을 씹어대고 네 손가락을 빨아대지만, 나는 배고플 때마다 통유리창으로 농로와 면 소재지를 내다본다는 것이었다. 늙은 호박이 화분들 사이에 놓여있는 실내 정원과 복도 양 끝에 있는 출입문을 오래도록 바라보곤 한다는 거였다.

이렇게 지루하고 그날이 그날 같은 날들 속에서도 하루도 같지 않은 게 있긴 했다. 그건 바로 세 끼 반찬과 오후 간식이었다. 매 끼니 반찬은 달랐지만, 맛은 형편없었다. 거칠기 짝이 없는 나물은 짜거나 싱거웠고, 생선조림이나 돼지불고기는 지나치게 달기만 했다. 나는 이런 반찬이라도 수북하게 많이만 줬으면 싶었다. 먹을 수만 있다면 그릇까지 모조리 씹어 먹고 싶었다.

탁자에서 식사하는 노인들 가운데서 끼니마다 밥을 남기는 사람은 이가 하나도 없는 흰 머리 노인이었다. 노인은 언제나 한 숟갈이나 서너 숟갈 정도만 먹었다. 노인의 밥과 반찬은 끼니마다 거의 그대로 남았다. 나도 김 노인처럼 이가 하나도 없는 노인이 남긴 밥을 쳐다봤지만, 누구도 노인이 남긴 밥을 주지 않았다.

노인은 오후 간식도 대부분 남겼다. 집에서 흔하던 고구마가 이곳에서는 이렇게 귀한 것이었나 하고 나는 새삼 가슴을 치는데, 노인은 손톱만큼 떼어서 우물거리고는 퍽퍽하다면서 더 이상 손도 대지 않았다. 그런 노인이 가끔 간식 그릇을 깨끗하게 비울 때가 있긴 했다. 그때는 초코파이나 불어 터진 라면이 나올 때였다.

나도 라면은 딸기 네댓 개에 설탕을 열 스푼쯤 넣은 딸기주스보다 좋아하는 것이었다. 라면 몇 개로 스무 명도 넘는 노인들에게 나눠주기 때문에 죽 그릇의 절반도 되지 않았지만, 그래도 주스보다는 나았다. 어느 순간부터 나도 김 노인처럼 웬만해서는 먹지 않던 라면을 기다리게 되었다.

그러면서 깨달은 것은 내가 사는 것에 꽤 집착하는 인간이라는 사실이었다. 머리끝까지 쭈뼛 설 정도로 엄청난 분노와 치욕에 가끔 몸을 떨면서도 허기진 배를 채우려고 기를 쓰는 자신을 깨달을 때마다 나는 깜짝깜짝 놀랐다. 평소 거들떠보지도 않던 음식이 기막히게 맛있는 이유는 배가 고파서라는 걸 새삼 느낄 때마다 목구멍으로 뭔가 치밀어 올랐다.

이런 나를 눈치채는 사람은 아무도 없었다. 당연한 일이었다. 요란하지 않지만, 간호사와 사무실 여자애와 요양보호사들은 늘 분주했다. 주간에 일하는 요양보호사는 양 선생 이 선생 김 선생 나 선생 남자 요양보호사인 문 선생, 이렇게 여섯 명이나 되었지만, 이들은 늘 뭔가를 하고 있었다. 간호사는 노인들 약을 정리하고 먹이고 작은 상처나 종기에 약을 발라주면서도 데스크에서 코를 박고 있을 때가 많았다. 사무실의 젊은 여자애인 사회복지사 정 선생은 사무국장과 함께 업무를 보는 것 말고도 이가 하나도 없는 노인의 딸 노릇까지 하고 있었다. 노인들의 먹는 양과 배설 양까지 일지에 기록해야 하는 이들은 자신들의 감정조차 제대로 이해하지 못할 때가 많아 보였고, 저녁이면 피곤해서 까칠해진 몰골로 퇴근하곤 했다.

정확하게 뭔지 모르겠지만, 나는 인의예지의 이런 구조적 분주함이 마음에 들었다. 내가 보기에는 별로 힘들어 보이지 않는데, 이곳 사람들이 은근히 사람 잡는 노동을 하는 것 같다는 사실이.

누런 코 같은 죽처럼 똑같은 날씨가 여러 날 계속되고 있었다. 해가 오르면 하얀 서리가 녹아버리고, 해가 지면 통유리창 밖 소나무밭 위로 노을이 빨갛게 펼쳐지는 날들이었다. 하지만, 요양보호사들은 그렇게 아름다운 노을도 잘 보지 않았다. 전해질이 많은 설탕물을 빠짐없이 먹게 해야 한다던 중년 여자는 끼니마다 음식을 만드느라 바빴고, 요양보호사들은 날마다 노인들을 씻기고 빨래해서 입히고 먹이고 배설물을 치우느라 바빴다.

통유리창 밖에 맑고 투명한 겨울 햇빛이 가득한 한낮이었다. 노인들에게 배식을 마친 팀장이 빈 배식 수레를 출입구 앞으로 갖다 놓으면서 데스크 앞에 있는 중년 여자를 보고 말했다.

"원장님! 맨날 이렇게 고생하셔서 어떡해요? 빨리 조리사가 구해져야 할 텐데요."

"날마다 광고 내고 있으니까 곧 구해지겠죠. 아까도 문의 전화가 왔어요."

아프리카인처럼 짧게 파마한 원장이 팀장을 보고 미소 짓자 양 선생은 고개를 돌리며 입을 삐죽였다. 그런 양 선생을 보지 못한 팀장은 고개를 끄떡였다.

"빨리 좋은 분이 오시면 좋겠어요."

"이따 면접하러 온다고 했으니까 보면 알겠죠."

그때 원장이 들고 있는 핸드폰이 울렸다. 원장은 전화를 받으면서 사무실로 건너갔다. 사무실에서는 정 선생이 건너왔다. 일일이 먹여줘야 하는 노인이 늘어났기 때문이었다. 이가 하나도 없는 노인이 그런 정 선생을 발견하고 큰 소리로 불렀다.

"여란아. 밥 먹어. 이리 와서 앉아."

정 선생은 노인에게 다가가서 시커멓게 마른 손을 잡고 쓰다듬어 주었다.

"예, 엄마. 저, 가서 밥 가지고 올게요. 엄마 먼저 드시고 계세요."

"빨리 갖고 와."

간호사가 이가 하나도 없는 노인의 밥 위에 하얀 가루를 뿌렸다. 노인이 된장국에 밥을 적셔서 먹기 시작했다. 다시 여란이를 부르지도 않았다. 단발머리 김 선생이 간호사의 귀에 대고 무슨 약이냐고 물었다. 간호사 조 선생은 김 선생 귀에 대고 식욕 촉진제라고 속삭였다.

"차순이 어르신이 워낙 식사를 안 하셔서요. 이거라도 살짝 뿌려 드리면 좀 드시더라고요. 그래봤자 네댓 숟가락밖에 안 드시지만요."

나는 간호사의 속삭임을 듣고 나서야 차순이 노인이 남기는 밥양이 왜 끼니마다 다른지를 알게 되었다. 나도 모르게 고개를 주억인 나는 머리통이 둥근 노인에게 가는 김 선생을 눈으로 좇다가 다시 차순이 노인을 보았다. 아무도 곁을 지켜주지 않자 차순이 노인은 밥을 먹다 말았다. 나는 그릇의 삼 분의 이도 더 남긴 밥을 보면서 천천히 죽을 먹었다. 죽은 쌀알이 퍼질 대로 퍼져서 미끌미끌했고, 여느 날보다 냄새가 심했다.

노인들의 식사가 거의 끝나가자 요양보호사들은 노인들을 차례로 방에 데려다 눕히기 시작했다. 공용 공간의 가장자리가 천천히 비워져 갔다.

다 먹은 빈 그릇을 계속 긁어대던 김 노인은 마지막으로 양 선생에게 등을 떠밀려 방에 들어갔다. 넓은 공용 공간에는 한쪽 팔이 없는 여자와 검버섯 여자가 차순이 노인과 함께 남았다. 세 사람에게 방으로 들어가라고 하거나 등을 떠미는 사람은 아무도 없었다.

　세 여자는 텔레비전 맞은편의 긴 소파 한가운데 앉았다. 나는 방으로 들어가려다 통유리창 앞에 길게 놓여있는 소파에 통유리창을 등지고 앉았다. 통유리창으로 햇빛이 쏟아져 들어와서 나른하게 졸음이 밀려올 정도로 등이 따뜻했다.

　요양보호사 간호사 사회복지사는 노인들을 모두 자리에 눕히고 나서야 점심을 먹기 시작했다. 이들이 점심을 먹는 동안 소파에 앉은 세 여자는 노래를 불렀다. 나는 알 수 없는 노래를 부르는 세 여자를 물끄러미 바라봤다. 그때 세 여자는 잠자는 시간이나 식사 시간이 아니면 소파를 좀처럼 떠나지 않는다는 것이 떠올랐다. 소파에 앉아서 뭔가를 속닥거리거나 퍼질러 앉아서 노래를 부르거나 한다는 것이. 가끔은 요양보호사와 간호사와 사회복지사에게 참견도 하면서. 그것도 저것도 하지 않을 때는 멍하니 앉아서 시간을 보낸다는 사실이.

　나는 잠시 세 여자를 보다가 통유리창 앞에서 일어섰다. 언젠가 봤던 한쪽 팔이 없는 여자의 다리가 떠올랐기 때문이었다. 칠부바지 아래 드러난 한쪽 팔이 없는 여자의 다리는 밋밋한 막대기 같았다. 여자들처럼 계속 앉아있다 보면 나도 키 작은 노인처럼 튜브로 미음을 받아먹고 기저귀에 똥오줌을 싸게 될 것 같은 생각이 들었다. 내가 이런저런 생각을 하는 사이 탁자 위의 점심 식사가 끝났다. 간호사는 데스크로, 사회복지사 정 선생은 사무실로, 요양보호사들은 빈방으로 쉬러 갔다. 휴게시간 당번이

된 양 선생은 기저귀를 들고 차순이 노인의 방으로 향했다. 나는 눈이 퀭한 노인의 기저귀를 가는 양 선생을 보고 맨발로 복도를 걷기 시작했다.

생각보다 건물이 커서 복도도 길었다. 나는 중정을 가운데 두고 ㅁ자 형태로 이루어진 복도를 돌면서 뒷짐을 지고 네모난 정원과 네모난 하늘을 보기도 했다. 그야말로 고요한 정원에서 움직이는 것은 고양이뿐이었는데, 창문을 긁어대던 고양이는 어디에도 보이지 않았다.

김 노인과 키 작은 노인과 내가 함께 있는 방 앞에서 곧장 뻗어있는 복도를 오른쪽으로 꺾어 돌자 복도 양쪽에 방문들이 나타났고 더 이상 정원은 보이지 않았다. 넓은 방과 길이가 같은 복도는 다시 현관에서 곧장 뻗어있는 복도와 만나고 있었다. 나는 긴 복도와 짧은 복도가 T자로 만나는 지점에 서서 바로 옆의 유리문을 바라봤다. 현관문과 이 유리문이 외부 세계로 통하는 유일한 출입구라는 것을 한눈에 알아볼 수 있었다. 나는 유리문 가까이 다가갔다. 유리문 너머에는 또 유리문이 있고, 유리문과 유리문 사이는 통로였다. 일정 간격으로 배치된 식탁과 의자로 봐서 건너편 유리문 너머는 예전의 식당인 듯했고, 유리문 틈으로 풍겨온 된장국 냄새로 봐서 스테인리스 보조대 너머는 조리실 같았다.

나는 잠시 건물과 건물 사이의 통로와 양 끝에 있는 철문을 보다가 유리문을 돌아섰다. 양 선생이 그런 나를 빤히 쳐다보면서 걸어오다가 어느 방으로 들어갔다. 양 선생이 들어간 곳은 노인들의 옷을 정리해두는 옷방이었다.

꿈을 꾸다 잠을 깨자 어둑한 방안이 눈에 들어왔다. 방은 고요했다. 잘 때만 이불을 씹지 않는 김 노인의 숨소리조차 들리지 않아서 혹시 죽은 건 아닐까 하는 생각이 들 정도였다.

아직 밖은 어두컴컴하고 세상이 온통 조용해서 다시 자려고 했지만, 잠은 좀처럼 다시 오지 않았다. 아무리 눈을 감고 잠을 자려고 해도 잠이 오지 않아서 나는 천장을 멀뚱멀뚱 바라봤다. 별의별 생각이 내 머릿속을 다 스쳐 갔다. 아들을 낳던 때, 독사에 물려 죽은 아버지를 장사 지낼 때, 아내와 슬레이트 지붕의 집을 허물고 벽돌집을 짓던 때, 공장을 말아먹은 아들이 내게 다시 돌아오던 때, 아들이 포도와 딸기 하우스를 짓던 때가 차례로 떠올랐다 사라졌다. 그러다 문득 오일장에서 돼지고기를 사 오던 날이 머릿속에 떠올랐다. 사 온 돼지고기를 신발장 위에 올려둔 채 목줄이 풀린 개를 잡아 다시 묶어놓은 뒤 그대로 방으로 들어가 버린 내 모습이, 사흘 만에 신발장 위에서 발견된 돼지고기가 차례로 이어졌다. 마치 연쇄적으로 번지는 불길처럼. 기억은 기억의 꼬리를 물고 계속됐다. 가스레인지 위에서 국 냄비가 빨갛게 달궈지고 아들과 윤자가 비닐하우스에서 치솟는 연기를 보고 달려오던 순간까지.

한동안 잊고 있던 그 날들이 왜 갑자기 떠오르는 건지 알 수 없었다. 잊을 수 없는 기억인데도 처음으로 윤자에게 생일상을 받고 아들의 트럭을 타고 와서 코 같은 죽을 먹는 동안 잊고 있었다. 그 기억이 잠을 자다 갑자기 떠올라서 나는 숨을 깊게 들이마셨다.

내가 며칠 동안 돼지고기를 깜빡 잊고 가스레인지 위의 국 냄비를 깜빡한 건 건망증이라고 생각했다. 내 나이에는 다른 일에 정신이 팔리다 보면 어디 잠시 올려뒀던 물건을 깜빡 잊을 수도 있으니까. 점심을 먹기 위해 풋고추를 따러 갔다가 무성해진 풀을 보고 가스레인지 위에 올려놓은 국 냄비를 잊어버릴 수도 있는 일이었으니까. 하지만 마을 앞 포도 하우스에서 치솟는 연기를 보고서 소방서에 전화하고 달려온 아들과 윤자는 건망증이라고 생각하지 않은 것 같았다. 홀랑 타버린 주방을 보고 한숨을 쉬던 아들과 윤자의 표정이 그랬다. 아들과 윤자의 싸움이 잦아진 건 그때부터였다. 윤자의 팔에 붕대가 감겨있고, 빨갛게 부어있거나 멍이 들어있던 뺨과 다리를 본 것도.

나는 하마터면 집을 태울 뻔했던 일을 되도록 생각하지 않으려고 애썼다. 그렇다고 생각나지 않는 건 아니지만, 그 생각이 나면 다른 생각으로 그 생각을 덮으려고 기를 썼다. 그런 나는 늘 긴장 속에서 살 수밖에 없었다. 혼자 점심을 차려 먹어야 할 때는 아무것도 데우지 않았고, 손에 들고 있던 물건은 자리에 넣어둔 뒤에 다른 일을 하곤 했다. 하지만 뭔가를 잊고 깜빡하는 실수는 가끔 생기곤 했다.

그러는 사이 포도 수확이 완전히 끝났다. 공판장에 마지막 포도를 출하한 날 윤자는 삼겹살을 사다 구웠다. 포도 농사도 성공이었고 공판장에서 가격도 잘 받아서 기분이 좋은 나는 삼겹살에 아들이 따라주는 소주를 석 잔이나 마셨다. 하지만, 아들의 얼굴은 어딘지 심각해 보였다. 그런 아들은 안주도 없이 소주만 연거푸 마시더니 나를 물끄러미 바라봤다.

"아버지! 이제는 요양원에 가서 지내시는 게 어떠세요? 아무래도 아버지를 돌봐드려야 할 것 같은데 저희는 딸기 하우스 포도 하우스로 바쁘잖아요. 벼농사도 많고요."

아들의 말이 끝나기도 전에 나는 고개를 저었다. 요양원은 제2의 무덤이라고 했던 친구의 말이 떠올랐기 때문이었다.

"나는 요양원에 안 간다. 이 집에서 살다 죽을 생각이다."

단번에 아들의 미간이 험악하게 구겨졌다.

"왜요? 아버지 친구 분들도 요양원에 계시잖아요?"

"그러니까 안 가겠다는 거다. 그놈들이 요양원에서 어떻게 지내는지 아니까."

"아버지!"

아들과 내가 실랑이하는 동안 윤자는 말없이 제 발뒤꿈치 각질만 떼어내고 있었다. 상추 위에 하얀 쌀밥과 삼겹살 한 점을 올려놓은 채였다. 가운데 방에서는 두 손주가 저희끼리 티격태격하는 소리가 났지만, 다른 날과 달리 윤자는 모른 척했다. 그런 윤자가 아들과 싸우는 동안 내내 거슬렸다.

싸움은 좀처럼 결말이 나지 않을 것 같았다. 몇 분 동안 아들과 나는 서로 같은 이야기만 반복하고 있었다. 결국 나는 주먹으로 상을 내리친 뒤 일어나고 말았다.

"요양원 이야기는 더 하지 마라. 내가 불편하면 너희가 나가면 된다."

그것으로 싸움은 일단락되었다. 그때가 추석이 지나고 얼마 안 된 때였다.

갑자기 죽 맛이 달라졌다. 잘게 썬 양배추와 당근을 넣고 녹두가 잘 퍼진 건 같았지만, 전처럼 그렇게 미끌미끌하거나 누런 코 같지도 않았고 조금이라도 쌀알에 힘이 남아있었다. 달라진 건 죽뿐만이 아니었다. 반찬도 정갈하고 감칠맛이 있었다.

나는 간이 알맞고 부드러운 계란찜을 조금씩 아껴먹었다. 담백한 물만두 국은 마지막에 먹기로 했다. 시금치나물과 말린 가지나물은 죽 위에 얹어 먹었다. 인의예지에 와서 이렇게 맛있는 끼니는 이때가 처음이었다. 나도 김 노인처럼 물만두 국과 계란찜을 더 먹고 싶어서 쉽게 수저를 내려놓지 못했다.

죽과 반찬 맛이 달라진 이유가 궁금했지만, 그것까지는 알 수 없었다. 바로 어제까지 누런 코 같은 죽에 간장과 설탕과 인공조미료로 끓이고 무친 조림과 나물들을 먹었으면서 그것을 묻는 사람도 없었다. 모두 말없이 식판만 비울 뿐이었다.

갑자기 맛이 달라진 점심과 저녁을 먹고 난 다음 날, 오전 간식으로 설탕물을 마신 뒤 나는 통유리창 앞에 앉아서 졸았다. 공용 공간에 나와 있는 남자는 나 혼자뿐이었다. 대각선 방향으로 출입구 옆의 소파에 검버섯 여자와 한쪽 팔이 없는 여자가 차순이 노인과 함께 앉아있었지만, 그녀들은 나에게 한 마디도 건네지 않아서 나는 혼자 꾸벅꾸벅 졸 수밖에 없었다.

죽과 반찬 맛이 달라진 이유를 알게 된 건 바로 이 날이었다. 조리용 하얀 모자를 쓰고 하얀 가운을 입은 여자가 배식 수레를 밀면서 노인들이 점심을 기다리고 있는 공용 공간에 나타난 것이었다.

처음 보는 여자가 배식 수레를 밀면서 공용 공간에 나타난 건 휠체어 소리에 낮잠을 깬 내가 방으로 들어가려 할 때였다. 김 노인을 지나치려는 내 팔을 양 선생이 붙잡아서 탁자 앞에 앉힐 때 데스크 옆을 지나온 여자는, 한쪽 팔이 없는 여자와 차순이 노인과 나란히 앉아있던 검버섯 여자가 다정하게 쳐다보면서 "이제 잠이 깼나 봐요? 아까는 누가 업어가도 모를 정도 자고 있더니만." 이렇게 말할 때 데스크 앞으로 들어왔다. 내가 검버섯 여자를 외면하고 고개를 돌리는 순간 하얀 가운 위에 초록색 앞치마를 걸친 여자가 내 눈에 들어온 것이었다.

나는 꿈을 꾸는 것만 같았다. 하얗고 말간 피부. 동그란 눈과 오똑한

코. 붉고 도톰한 입술. 오십 대로 보이는 나이에도 이렇게 아름다운 여자를 들판 가운데 처박힌 요양원에서 볼 수 있으리라고는 생각도 하지 못했기 때문이었다.

잠시 나는 쉰이나 예순의 장년이 된 것 같은 착각에 빠졌다. 다시 장년의 나이로 돌아갔으면 좋겠다고도 생각했다. 인의예지에 온 뒤로 아름다운 것을 잊고 있었다는 사실도 깨달았다. 나는 통유리창으로 고개를 돌리고 한숨을 쉬면서 중얼거렸다. 아름다운 건 모두 통유리창 밖에서 오는구나. 그리운 건 다 저 밖에 있어. 초겨울 햇빛 속에 환하게 뻗어있는 농로를 보자 생일날 아내의 무덤에 들러주지 않았던 아들이 새삼 다시 원망스러워졌다.

그때까지도 여자는 배식 수레를 붙잡고 서서 노인들을 바라보고 있었다. 팀장이 탁구공만 해진 눈으로 노인들을 바라보는 여자에게 다가갔다.

"여기 놔두고 가면 저희가 배식할 겁니다. 고생하셨어요."

그제야 여자는 고개를 끄떡이고 현관 반대편으로 복도를 걸어갔다. 나는 여자가 데스크 뒤로 사라질 때까지 안타까운 눈으로 좇았다. 그러자 현관 반대편 복도 끝에 있는 유리문이 떠올랐다. 된장국 냄새가 흘러나오던 조리실 옆의 빈 식당과 유리문과 유리문 사이의 통로도 생각났다. 항상 굳게 닫혀있는 통로 양 끝의 철문도 눈앞을 스쳐 갔다.

휠체어 노인들에게 앞치마를 둘러준 요양보호사들이 배식 수레에서 쟁반과 식판을 가져 나르기 시작했다. 간호사와 사회복지사도 배식을 도왔다. 아들과 이야기를 나눴던 중년 남자는 사무실에서 대형 모니터 앞만 지키고 있을 뿐 노인들 앞에는 모습을 잘 드러내지 않았다. 원장만 배식하는 직원들을 지켜보고 잘못된 점이 눈에 띄면 지적할 뿐이었다.

56

나는 죽 한 숟가락을 떠서 입에 넣기까지 일 분이나 걸리는 노인들을 바라봤다. 노인들은 조심스럽게 죽을 먹지만, 죽은 입에 들어가는 것보다 흘리는 것이 더 많았다. 알록달록한 꽃무늬 나일론 앞치마가 금세 죽에 젖었다. 이것도 어디까지나 혼자서 죽을 먹을 수 있는 노인들 이야기였다. 숟가락도 들지 못하는 노인들은 요양보호사들이 간호사 사회복지사와 함께 일일이 먹여줘야 했다. 요양보호사들에게 식사 시간이 어느 때보다도 바쁜 이유였다.

공용 공간에서 마지막으로 배식 된 사람은 나였다. 차순이 노인의 밥 위에 식욕 촉진제가 뿌려지고, 검버섯 여자가 국에 밥을 말고, 김 노인이 줄어드는 죽을 아까워하는 동안 나는 국그릇에 담긴 죽을 물끄러미 들여다 보았다. 죽은 쌀알이 퍼지도록 끓여서 된 게 아니었다. 혼자 지내는 동안 나는 된장국에 식은 밥을 종종 끓여 먹었다. 물끄러미 죽을 들여다보고 있자 밥을 끓여서 놔두면 퍼져서 죽이 되던 기억이 떠올랐다. 그러니까 내가 보고 있는 죽은 인력을 줄이기 위해 미리 끓여서 넣어둔 죽이 보온 밥솥에서 삭아버린 것이었다.

원장은 느릿느릿 죽을 먹는 노인들을 살피고 다녔다.

"어르신들! 많이 드세요. 나이 드실수록 많이 드셔야 해요."

팀장이 원장의 말을 따라 했다.

"어르신들! 많이 드세요."

노인들은 아무도 대답하지 않았다. 그냥 멍하니 허공을 바라보거나 떠먹여 주는 죽을 외면하는 노인도 있었다. 그런 노인들의 점심은 몇 숟갈 먹지 않고 끝났다. 간호사는 식사를 마친 노인들에게 약을 먹이고 다녔다. 노인들은 한두 가지, 혹은 두세 가지 약들을 먹었다. 약을 먹지 않는 사람은 검버섯 여자와 한쪽 팔이 없는 여자, 그리고 김 노인과 나뿐이었다. 이렇게 똑같이 약을 먹지 않는데, 검버섯 여자와 한쪽 팔이 없는 여자는 밥을 먹고 김 노인과 나는 죽을 먹고 있었다. 아무리 해도 나는 이것이 이해되지 않았다.

휠체어 노인들이 약을 먹는 동안 차순이 노인은 식욕 촉진제가 뿌려진 밥 위에 다진 김치를 얹어서 먹고 있었다. 반 숟가락도 안 되는 김치는 금방 바닥이 났다. 식욕 촉진제도 김치에 맞춰 뿌려진 것 같았다. 김치가 바닥나자 차순이 노인은 숟가락을 내려놓았다. 간호사가 차순이 노인의 작은 어깨를 어루만지며 달랬다.

"조금만 더 드세요. 제가 먹여 드릴게요."

차순이 노인은 단호하게 고개를 저었다.

"빨리 약이나 줘."

노인의 고집을 잘 아는 간호사는 차순이 노인의 입에 약을 넣어주었다. 약까지 먹고 난 차순이 노인은 벌써 밥을 다 먹고 소파로 향하는 검버섯 여자와 한쪽 팔이 없는 여자를 따라갔다.

그사이 김 노인과 나도 식판을 깨끗하게 비웠다. 식판에 붙어있는 김치 찌꺼기까지 모두 긁어먹었지만, 이상하게 배는 죽을 먹기 전보다 더 고팠다. 마치 맛만 보고 먹지 않은 것처럼. 나는 밥이 간절하게 먹고 싶었다. 하얀 쌀밥에 붉은 돼지불고기를 얹어서 입이 터지도록 먹으면 당장 죽어도 여한이 없을 것 같았다. 하지만 내가 아무리 밥을 먹고 싶어 해도 이곳에 있는 한 내게 밥을 줄 일은 없었다.

나는 팀장을 불렀다.

"죽 좀 더 줘."

팀장은 내 어깨를 쓰다듬으며 내 얼굴을 들여다봤다.

"안 돼요, 어르신. 정해진 양 외에는 드실 수 없어요."

너무도 어이없는 소리에 잠시 나는 할 말을 잃었다. 나도 모르게 어금니에 힘이 들어갔다. 팀장은 그런 나를 더 이상 쳐다보지 않았다. 사무실에 갔다가 다시 건너온 원장이 데스크 앞에 서 있었고, 팀장은 빈 식판을 수거하고 노인들을 다시 방에 데려가는 요양보호사들을 도우러 가버렸다.

내 앞의 빈 식판이 치워질 때 나는 원장을 빤히 쳐다봤다. 이가 하나도 없는 노인은 밥을 먹고, 김 노인이나 나 같은 사람은 죽을 먹어야 한다는 원칙은 누가 정했을까. 누런 코 같은 죽도 국그릇으로 한 그릇만 먹도록 한 기준은 무엇일까. 이것을 물어볼 사람은 아무도 없었다. 설령 통유리창 밖에서처럼 묻는다 해도 대답해줄 사람이 없는 것도 마찬가지였다.

등을 떠밀린 김 노인이 방으로 향하자 나도 자리에서 일어섰다.

아침 일찍 간호사가 데스크에 나타났다. 다른 사람들보다 일찍 출근한 간호사를 본 건 아침을 먹고 방에 들어왔다가 다시 나갔을 때였다. 여느 날과 달리 이불을 씹는 김 노인의 침 냄새에 비위가 상해서 공용 공간으로 나갔더니 데스크로 들어서는 간호사가 보였던 것이다.

하지만 간호사는 내가 기억하고 있는 간호사가 아니었다. 노인들에게 죽과 약을 먹여주던 간호사는 키가 크고 긴 머리를 뒤로 묶고 있었는데, 데스크로 들어서는 간호사는 단발머리에 키도 작은 여자였다. 내가 단발머리 간호사를 빤히 쳐다보는 동안 사회복지사 정 선생이 데스크로 다가갔다.

"일찍 오셨네요? 여기 오는 길이 어렵지는 않으셨어요?"

새로 온 간호사가 정 선생을 보고 웃었다.

"아니요. 어렵지 않았어요. 포기하고 있었는데 전화를 주셔서 얼마나 감사한지 몰라요."

"이따 회의 끝나면 근로계약서 작성하시게요. 어제 바빠서 준비하지 못했어요."

"네."

출근부에 사인한 팀장과 양 선생과 김 선생이 간호사와 인사했다.

"선생님, 반가워요. 오래오래 함께 일하시게요."

"네, 선생님들! 감사합니다."

정 선생이 다시 사무실로 돌아간 사이 나머지 요양보호사들도 출근했다. 문 선생과 이 선생이 마지막으로 출근을 마치자 요양보호사들은 체조 대형으로 둥그렇게 둘러섰다. 사무실에서 다시 건너온 정 선생이 핸드폰으로 체조 영상을 켰다. 뒤늦게 뛰어온 조리실 여자는 양 선생과 김 선생 사이에 섰다.

핸드폰에서 구령 소리가 울려 퍼지자 요양보호사들은 간호사와 함께 정 선생을 따라 체조를 시작했다. 아주 오래전에 나도 해본 적이 있는 국민체조였다.

하나둘 셋 넷 다섯 여섯 일고여덟! 둘둘 셋 넷…….

요양보호사들과 간호사는 구령 소리에 맞춰 팔과 허리를 돌리고 다리를 구부렸다가 폈다. 나는 수족관 앞에 통유리창을 등지고 앉아서 체조하는 요양보호사들을 바라봤다.

그때 검버섯 여자와 한쪽 팔이 없는 여자가 공용 공간으로 나왔다. 두 여자는 출입구 옆에서 요양보호사들의 체조를 따라 했다. 두 여자의 체조는 엉성했다. 팔다리가 따로 놀았고 힘든 동작은 흉내도 내지 못했다. 얼마 안 있어 두 여자는 소파에 털썩 주저앉아버렸다. 나는 한숨을 쉬는 검버섯 여자를 보고 저 여자는 어쩌면 외모와 성별이 잘못 뒤바뀌어 태어 났을지도 모르겠다고 생각했다.

　내가 검버섯 여자를 바라보는 사이 체조가 끝났다. 간호사와 사회복지 사와 요양보호사들은 회의를 마치고 각자 맡은 구역으로 흩어졌다. 정 선생은 사무실로 새로 온 간호사는 데스크로 팀장과 요양보호사들은 각자 맡은 방으로 갔다. 조리실 여자의 발소리는 긴 복도를 따라 유리문 쪽으로 멀어졌다. 차순이 노인이 나와서 검버섯 여자와 한쪽 팔이 없는 여자 앞의 바닥에 앉았고, 나는 다시 방으로 들어가면서 내가 조리실 여자를 처음처 럼 오래 바라보지 않았다는 것을 깨달았다.

　변함없이 김 노인은 안간힘을 쓰면서 이불을 씹고 있었다. 옆으로 누워 서 몸을 공처럼 말고 있는 키 작은 노인도 여전했다. 나는 그런 두 노인을 보고 침대에 누워서 창문을 바라봤다. 공용 공간에 있을 때는 하늘이 맑았 는데, 먹구름이 창문에 가득했다. 비가 오려는지 쌀쌀한 느낌이 들어서 나는 이불을 끌어당겼다.

　'오늘 같은 날은 뜨뜻한 방에서 몸을 지져야 하는데…….'

　뜨뜻한 아랫목을 생각하자 문득 집이 떠올랐다. 아버지에게 물려받은 집을 헐고 아내와 다시 지은 집에는 아래채가 있었고 아래채에는 구들이 있었다. 원래 아래채 부엌은 외양간을 겸하고 있었는데, 쇠죽을 끓이면 아래채 구들이 지글지글 끓었다. 봄이나 가을에, 혹은 종일 비가 오고 몸이 으슬으슬할 때 아래채 구들에 몸을 지지고 나면 한결 가뿐해지곤 했다.

아들이 공장을 말아먹지 않았다면, 아들과 함께 살지 않았다면, 나는 아래채에 군불을 넣고 뜨뜻하게 몸을 지지고 있을 터였다. 그러니까 신발장 위에 올려놨던 돼지고기를 사흘이나 깜빡하지 않았다면, 가스레인지에 데우던 국 냄비를 깜빡하지 않았다면, 하마터면 집이 홀랑 탈 뻔하지만 않았다면.

나는 벽을 향해 돌아누우며 한숨을 쉬었다. 가스레인지에 국 냄비를 올려놓고 깜빡하고 신발장 위에 돼지고기를 올려두고 잊어버렸던 건 건망증일까, 아닐까. 나는 건망증이라고 생각하는데, 윤자는 건망증이 아니라고 생각한 것 같았다. 내가 생각해도 나는 깜빡한 횟수가 많았고, 윤자는 아들과 자주 싸웠다.

'이제야 모든 게 아귀가 맞춰지네. 이제 보니까 그랬네.'

가슴이 저릿해진 나는 한숨을 길게 천천히 내뱉었다. 생각이 많아진 내게 김 노인의 이불 씹는 소리가 여느 날보다 더 질척하게 들렸다. 나는 이불을 머리끝까지 끌어올렸다. 귀도 막아봤지만, 이불 씹는 소리는 계속 들렸다. 뿐만이 아니라 이불을 쪽쪽 빨아먹기까지 하는 소리에 방으로 들어오는 발소리가 섞여서 들려왔다.

"어르신! 어르신!"

방으로 들어온 사람은 양 선생이었다. 이불을 끌어 내리자 키 작은 노인을 반듯이 눕히는 양 선생이 보였다. 보통 노인은 기저귀를 갈기 위해 반듯하게 눕히면 가느다랗게 실눈을 뜨곤 했다. 그랬던 노인이 기저귀를 갈고 다시 아랫도리를 입혀도 눈을 뜨지 않았다. 이상한 낌새를 느낀 양 선생이 노인의 어깨를 흔들었다. 큰 소리로 부르기까지 했지만, 노인은 감고 있는 눈을 절대 다시 뜨지 않았다.

양 선생은 노인의 어깨를 흔들다 말고 밖으로 뛰어나갔다.

"팀장님! 팀장님!"

나는 팀장을 부르면서 뛰어나가는 양 선생을 눈으로 좇다가 침대에서 일어나 앉았다. 맨발을 이불 속에 넣고 키 작은 노인을 바라봤다. 노인은 깊은 잠을 자는 것처럼 보였다. 주름투성이의 얼굴이 그 어느 때보다도 편안해 보였지만, 나는 언제 떠난 지 모르게 세상을 등진 노인이 안쓰러웠다.

방 안 공기는 먹구름의 무게만큼 가라앉은 것 같았다. 그런 공기 속에서도 김 노인은 줄기차게 이불을 씹으면서 빨아대고 있었다. 무릎을 세워서 감싸 안고 김 노인과 키 작은 노인을 번갈아 보는데 양 선생이 팀장과 사무국장을 데리고 다시 방으로 들어왔다. 사무국장은 키 작은 노인의 코끝에 손가락을 갖다 대보고 나서 허리에 양손을 짚었다.

"어르신, 돌아가셨습니다. 빨리 병원에 차량 전화하세요."

"네, 국장님!"

팀장은 재빨리 방을 나갔다. 사무국장은 노인의 몸을 반듯하게 했다. 경직이 시작되기 전이었는지 작은 노인의 몸은 금방 반듯하게 펴졌다. 양 선생이 키 작은 노인의 발끝에서 머리끝까지 이불을 씌웠다. 언제나 몸을 공처럼 말고 있던 노인은 이제 어딘가로 날기 위해 탈피한 벌레 같았다.

병원에서 이송 차량이 오는 동안 양 선생은 사무국장과 함께 키 작은 노인의 곁을 지켰다. 팀장이 전화하러 간 지 십여 분도 되지 않아서 젊은 남자들이 환자 이송용 침대를 밀고 왔다. 침대에 옮겨진 노인은 부피가 한 줌도 되어 보이지 않았다. 나는 이송용 침대에 실린 노인이 병원 차에 실려 떠나는 것을 통유리창으로 지켜봤다. 노인을 실은 차는 금세 철책 문을 빠져나가 농로를 달려갔고 농로 끝에서는 왼쪽으로 꺾었다. 면 소재지로 접어든 뒤부터 차는 더 이상 보이지 않았다. 그제야 나는 밖에 비가 내리는 걸 알아차렸고, 코끝이 시큰해지는 것을 느꼈다.

'거의 한 달 가까이 함께 지냈는데 나는 저 노인의 이름도 몰랐구나. 그러고 보니 모두는 한 공간에 살면서 서로에 대해 아무것도 모르고 있어. 알려고도 하지 않고, 알려주려고도 하지 않으면서 함께 살아. 대부분 사람은 특징으로 부르면서.'

키 작은 노인의 침대에 키 크고 호리호리한 노인이 새로 왔다. 호리호리한 노인을 방으로 데려온 요양보호사가 새로 이불이 깔린 침대를 가리키며 말했다.

"여기가 박춘웅 어르신 방이에요. 피곤하실 테니까 일단 누워서 쉬고 계셔요. 간식시간이 되면 모시러 올게요."

박 노인은 대답하지 않았다. 침대에 앉아서 죽기 살기로 이불을 씹는 김 노인을 물끄러미 바라보기만 했다. 키 작은 노인이 죽어서 실려 나갈 때도 이불만 씹고 있었던 김 노인은 여전히 이불만 씹어댈 뿐 그런 박 노인을 쳐다보지도 않았다.

창문으로 들어온 햇빛을 맞은편 벽이 반사해서 내 침대까지 환하게 만들고 있었다. 비가 내리고 난 뒤부터 햇빛에서 온기가 급속도로 사라진 느낌이었다. 아무래도 털 스웨터를 더 껴입지 않으면 안 될 것 같았다. 나는 팔을 가만히 쓸어보면서 아들한테 옷을 갖다 달라고 해야겠다고 생각했다.

'아들이 옷을 갖고 와서 이렇게 야윈 나를 보면 집으로 다시 데려가겠다고 할지도 몰라. 원래 착했던 놈이니까.'

이렇게 중얼거린 나는 이불에 다시 몸을 구겨 넣었다. 이불을 다시 턱 밑까지 끌어올리는데 따끈한 아래채 구들이 또다시 생각났다.

그때 옆방에서 비명이 나고 버럭 하는 소리도 이어서 들렸다.

"어-억! 억!"

"가만! 가만 좀 있어요, 가만, 가만! 지금 똥 범벅이 됐잖아!"

고함을 친 사람은 사무국장이었다. 침대를 내려와 복도로 나가자 팀장과 김 선생이 바로 옆방으로 들어갔다가 나왔다가 다시 들어갔다. 옆방에서는 비명과 함께 물소리도 들렸다. 나는 고개를 길게 빼고 옆방을 들여다봤다. 사무국장이 화장실에서 머리가 허옇고 앙상하게 마른 노인의 팔을 붙잡고 벌거벗긴 아랫도리에 샤워기로 물을 뿌려대고 있었고, 노인은 발을 동동 구르며 숨이 넘어갈 듯 비명을 지르고 있었다.

"악! 으악! 악! 아, 차! 차! 차!"

사무국장이 팀장과 함께 샤워기로 노인을 씻기는 동안 김 선생은 똥으로 범벅이 된 이불을 들고 공용 공간을 가로질러 밖으로 향했다. 파마머리 양 선생은 물비누와 따뜻한 물을 담은 세숫대야를 들고 방으로 들어갔다. 차순이 노인이 아장아장 양 선생을 따라오다 멈춘 사이에 박 노인이 내 옆으로 다가왔다.

"아무리 입동 전이라 해도 저런 노인네한테는 얼음물 같을 텐데……."

박 노인은 잠시 쪼글쪼글한 가죽만 덜렁거리는 노인의 아랫도리를 바라보다가 고개를 저으며 혼잣말을 중얼거리고 방으로 들어갔다. 양 선생이 똥이 칠해진 벽을 닦고 팀장이 노인을 닦아주는 동안 옷이 젖은 사무국장은 사무실로 돌아갔다. 사회복지사 정 선생이 와서 차순이 노인과 나도 각자의 방으로 돌려보냈다.

먼저 방에 들어온 박 노인은 눈을 감은 채 침대에 누워있었고, 김 노인은 옆방에서 들리는 소란은 아랑곳하지 않고 이불만 죽기 아니면 살기로 씹어대고 있었다. 옆방에서는 더 이상 아무 소리도 들리지 않았다. 나는 침대에 걸터앉아서 노인의 아랫도리에 샤워기로 물을 뿌리던 사무국장과 사방에 물을 튀기며 오들오들 떨던 노인을 생각했다. 일방적으로 물을 뿌리는 사람과 물을 맞는 사람의 관계를. 인의예지에 처음 온 날 사무국장이 아들에게 잘 보살펴드리겠다고 했던 말을.

문득 팔과 종아리를 들여다보았다. 눈에 띄게 근육이 사라진 팔과 다리가 눈에 들어왔다. 쪼글쪼글하고 얇아진 살갗에는 떨어지지 못한 각질이 부석부석하게 붙어있었다. 나는 팔과 다리를 쓸어보았다. 각질이 부석부석한 팔과 다리는 꺼칠꺼칠했다. 팔다리를 쓸어보던 손을 멈추자 얇아진 살갗이 밀려있는 게 보였다.

내친김에 팔다리를 쓸었던 손도 보았다. 손톱 끝에 묻어있는 각질이 보였다. 나는 훅 하고 입바람을 불었다. 바닥에 떨어진 각질은 보이지도 않았다. 누군가의 발바닥에 묻어서 먼지가 되거나 청소기에 빨려서 쓰레기통에 버려질 각질이 문득 나는 서글프게 느껴졌다. 공처럼 몸을 말곤 했던 노인처럼 쓸쓸하게 세상에서 떨어져 나갈 내 미래가 너무도 환하게 보였기 때문이었다.

나는 저녁 시간이 될 때까지 다시 팔다리를 쓸어보면서 침대에 걸터앉아 있었다. 요양보호사가 김 노인과 박 노인과 나를 데리러 올 때까지 근육이 빠져나간 팔과 다리를 계속 만졌다. 나를 이곳에 버려 놓고 딸기 하우스에서 딸기를 따고 있을 아들의 팔과 다리를 생각했다. 전기 보온 밥솥 안에서 삭을 대로 삭고 있을 죽이 그런 내 눈앞을 스쳐 갔다.

난생처음 보는 죽을 마주한 박 노인의 눈이 휘둥그레졌다. 코처럼 느른한 죽을 말없이 들여다보던 박 노인은 소파 앞과 통유리창 앞과 한 번도 켜진 적 없는 텔레비전 앞으로 빙 둘러앉혀진 노인들을 둘러봤다. 말없이 넓은 공용 공간을 눈으로 훑던 박 노인의 손이 천천히 주먹으로 변하고 있었다.

하지만, 박 노인은 나처럼 식사를 거부하지는 않았다. 재빨리 현실을 파악한 듯 돼지고기 불고기와 말린 가지나물과 뽀시래기 무침과 김치가 시래기 된장국과 함께 들어있는 식판을 다시 들여다보더니 죽에 가지나물과 김치를 넣어서 비벼 먹기 시작했다. 가지나물과 김치를 다 먹으면 돼지고기 불고기와 뽀시래기 무침도 넣어서 비볐고, 된장국도 천천히 비워갔다.

차순이 노인이 식욕 촉진제가 뿌려진 밥을 먹다 말고 그런 박 노인을 빤히 쳐다봤다. 사회복지사 정 선생이 식판을 앞에 놓고 정면을 바라보는 모습을 핸드폰으로 찍고 나자 밥을 먹기 시작한 검버섯 여자도 국에 밥을 말던 한쪽 팔이 없는 여자도 놀란 눈으로 박 노인을 쳐다봤다.

"아이고! 잘 드시네. 그렇게 잘 드셔야 해요."

"그럼요. 그럼요. 여기서는 뭐든 다 먹고 봐야 해요."

처음에 난감해하던 것과는 달리 죽에 반찬을 넣어 비벼 먹는 박 노인을 보고 놀라기는 나도 다르지 않았다. 박 노인은 고춧가루까지 긁어먹지도 않았고, 젓가락으로 집어지지도 않는 김치 조각을 먹으려고 기를 쓰지도 않았다. 식판을 비워지자 수저를 내려놓고 물을 마신 뒤에는 곧바로 일어섰다. 그런 박 노인을 보자 또 정신이 번쩍 드는 것 같았다. 젓가락으로 집어지지도 않는 김치 조각이나 고춧가루를 먹는 것으로 자존심을 내팽개쳤다는 후회가 뒤통수를 때렸기 때문이었다.

'박 노인은 내가 보지 못한 뭔가를 보고 있는 것 같아. 그렇지 않으면 냄새 나는 죽을 저렇게 태연하게 먹어 치울 수 없어.'

인의예지에 와서 처음으로 나는 젓가락으로 집어지지 않는 김치 조각을 먹지 않았다. 죽을 다 먹고 나서는 곧장 수저를 내려놓았다. 박 노인처럼 물을 두 컵 마시고 난 뒤에는 의자에서도 곧바로 일어났다. 김 노인처럼 그릇을 더 긁어먹고 싶었지만, 탁자에서 등을 돌리고 방으로 향했다.

수북하게 담긴 밥과 반찬을 재빨리 먹어 치운 검버섯 여자와 한쪽 팔이 없는 여자가 그런 나를 빤히 쳐다보는 게 곁눈으로 들어왔다. 평소 그다지 호감을 느끼지 못하는 여자들이지만, 두 여자 앞에서 남자다운 모습을 보였다는 생각에 조금은 으쓱한 기분이 들었다. 뭐랄까. 수동적으로 하루하루를 살던 내가 능동적으로 바뀌는 느낌이었다.

방으로 향하던 나는 문득 복도에서 걸음을 멈췄다. 탁자 옆의 유리문을 긁는 고양이가 보여서였다. 잠시 나는 고양이를 바라보다가 유리문 가까이 다가갔다. 등 뒤의 집 앞에 놓여있는 밥그릇에는 사료가 수북했지만, 아늑한 실내로 들어오고 싶은 고양이는 아무도 거들떠보지 않는데도 두 발이 보이지 않을 정도로 빠르게 유리문을 긁어대고 있었다.

그때 휠체어 노인들을 모두 방에 눕히고 난 요양보호사들이 점심을 먹기 시작했다. 간호사가 밥을 먹다 말고 유리문을 긁어대는 고양이를 쳐다보더니 정수기에서 물을 받아왔다. 그리고 물에 헹군 돼지고기를 고양이 밥그릇에 놓아주었다.

나는 유리창 앞을 떠나면서 혼자 중얼거렸다.

'실내로 들어오는 대신 돼지고기를 먹는 저 고양이는 행복할까?'

아침 회의를 마치자마자 요양보호사들이 분주하게 움직이기 시작했다. 모두는 옷방에서 노인들의 옷을 챙기고, 노인들을 목욕시키고 노인들 방과 침대를 청소하느라 바빴다. 문 선생은 이 선생과 함께 박 노인과 나를 먼저 씻기고 마지막으로 김 노인을 목욕시켰다. 박 노인과 김 노인과 내가 목욕하는 동안 방은 말끔하게 청소되었고 침대에도 세탁한 이불이 깔려 있었다.

간식으로 설탕물을 마시고 온 나는 침대에 걸터앉아 마을 친구와 목욕탕으로 목욕하러 가던 때를 생각했다. 읍내로 목욕하러 가는 날은 군청 옆 식당에서 친구와 국밥에 막걸리를 마시는 날이었다. 친구는 발그레해진 얼굴로 막걸리를 마실 때마다 건배하자고 잔을 내밀곤 했다. "내 발로 걸어 다니고 먹고 싶은 것 먹고 사는 게 내 삶이잖아? 다른 사람이 입혀주고 먹여주는 게 아니라 우리가 원하는 것들을 하면서 먹고 사는 것." 그런 친구에게 나도 지지 않고 잔을 부딪었다. "어려서 여름이면 보릿겨로 만든 개떡을 먹었을 정도로 가난했지만, 우리는 가난을 자식에게 물려주지 않아도 돼. 그러니까 충분히 건배할 자격이 있어." 하지만, 그 친구는 나보다 먼저 요양원으로 들어갔고, 나는 그 친구보다 좀 더 늦게 이곳으로 왔다. 더 이상 어떤 건배도 할 수 없고, 그 어떤 존엄도 느낄 수 없는 곳에서 가끔 그 친구도 나를 이렇게 그리워할지 모르겠다.

그때 박 노인이 벽을 향해 돌아누웠다. 나는 벽을 향해 돌아눕는 박 노인을 바라봤다. 회색 운동복의 박 노인 등에서는 설명하기 힘든 분노와 힘이 느껴졌다.

'저 사람은 속으로 뭔가를 궁리하는 사람 같아. 어째 느낌이 그래.'

그사이 김 노인의 이불은 벌써 축축해져 있었다. 김 노인이 옷을 갈아입고 침대에 올라앉기 무섭게 이불을 씹어대기 시작했기 때문이었다.

박 노인은 그런 김 노인을 보고 고개를 절레절레 흔들면서 방을 나갔다. 나는 방 앞에서부터 곧장 뻗어있는 복도를 느릿느릿 걸어가는 박 노인을 물끄러미 바라봤다. 박 노인이 걸어가는 복도는 현관에서 조리실로 뻗어있는 복도의 맞은편 복도였고, 박 노인이 오기 전부터 내가 박 노인처럼 돌던 복도이기도 했다.

빈방의 문틈과 중정의 창문으로 빛이 들어와서 복도는 이 건물 안에서 어느 곳보다 아늑해 보였다. 나는 뒷짐을 진 채 그 가운데를 느릿느릿 걸어가는 박 노인의 뒷모습이 예사롭지 않게 보였다. 가끔 걸음을 멈춘 박 노인은 아직도 파란 쑥밭 가운데 감나무가 몇 그루 서 있을 뿐인 중정에서 무엇을 보는 걸까. 무엇을 찾기 위해 빈방들을 유리문 틈으로 들여다보는 걸까. 한참 동안 박 노인을 눈으로 좇던 나는 멀찍이 박 노인의 뒤를 따라가기 시작했다.

긴 복도를 걸어가서 오른쪽으로 꺾어 든 박 노인은 현관에서 유리문 앞까지 곧장 뻗어있는 복도와 만나는 T자 지점에서 걸음을 멈췄다. 그곳에서 갑자기 멈춰선 박 노인도 나처럼 좌우를 유심히 살폈다. 나처럼 조리실 옆 빈 식당과의 사이에 있는 통로와 통로 양 끝에 굳게 닫혀있는 철문을 내다봤다. 비가 오고 눈이 오는 날에도 본관 건물과 식당 건물을 편하게 다닐 수 있도록 만든 통로를. 임시 건물처럼 엉성한 통로 바닥과 플라스틱 지붕까지. 그런 통로에 비해 너무도 튼튼한 양쪽의 철문을 번갈아 보면서 박 노인은 철문 밖에서 쇠줄에 묶인 하얀 개 두 마리가 땅을 박차고 뛰어오르며 미친 듯이 짖어대는 소리를 듣고 있었다.

나 말고 유리문 밖 통로를 내다본 사람은 박 노인이 처음이었다. 그런 박 노인에게 동질감을 느낀 나는 뒷짐을 지고 나직하게 중얼거렸다.

'너도 나와 비슷한 종류의 사람이구나.'

박 노인은 유리문 앞에서 오래 서 있지 않았다. 요양보호사들이 입소 환자가 보아서는 안 되는 것을 보게 할 리 없다는 걸 아는 눈치였다. 잠시 유리문 앞에서 양쪽 철문을 번갈아 보던 박 노인은 이내 고개를 끄덕이고 돌아섰다. 그리고 T자 지점에 서 있는 나를 쳐다보지도 않고 느릿느릿 지나쳐갔다. 복도의 전등이 조도가 낮고 현관 옆의 창문으로 들어온 빛이 길고 낮게 깔려 있어서 복도를 걸어가는 박 노인은 엄숙하고 신비스럽게 보였다.

나는 T자 지점에 우두커니 서서 옷방을 지나서 공용 공간으로 들어가는 박 노인을 물끄러미 바라봤다. 박 노인을 따라 점점 멀어지는 그림자를. 문이 없는 공용 공간으로 사라지는 호리호리한 몸집을 바라보던 나는 직원들 화장실로 가다가 나를 뚫어지게 바라보는 양 선생을 보고 서 있던 자리를 떠났다.

옷방이 가까워질 때 등 뒤에서 닭볶음탕 냄새가 풍겨왔다. 나는 유리문의 그 좁은 틈으로 어떻게 이렇게 닭볶음탕 냄새가 달달하고 강렬하게 흘러나오는지 알 수 없었다. 점심으로 식판을 싹 비우고 간식으로 고구마 한 조각까지 먹었는데도 닭볶음탕 냄새를 맡자마자 맹렬한 허기가 몰려오는 것이 느껴졌다. 나는 다시 걸음을 멈추고 굳게 닫혀있는 유리문을 돌아보았다.

내가 걸음을 멈춘 곳은 노인들의 옷과 이불을 정리해두는 옷 방 앞이었다. 이름을 붙여놓은 칸마다 바구니가 들어있고, 바구니에는 셔츠와 바지와 조끼가 내의와 함께 가지런하게 담겨 있었다. 나는 내 이름이 붙어있는 바구니를 금방 찾았다. 바구니에 담겨 있는 셔츠와 조끼와 바지와 내의가 눈에 익었다. 행거에는 바구니에 담기 어려운 모직 점퍼와 패딩 점퍼가 걸려있었다.

'저 옷들은 언제 이렇게 갖다 놨을까? 트럭에 탈 때 가방을 보지 못했는데……. 그러니까 오래전부터 작정하고 있었던 거였구나.'

옷방에 걸린 내 옷들을 보는 순간 다리에 힘이 풀렸다. 다리에 무거운 돌을 매단 듯 무겁기도 했다. 새삼스럽게 놀라거나 절망할 일도 아닌데 처음 아들이 거짓말로 나를 꾀어서 이곳에 버려 놓고 사라졌을 때보다 머릿속이 더 텅 비는 느낌이었다.

화장실에 가던 간호사가 옷방 유리창에 등을 기대고 주저앉기 시작하는 나를 보고 달려왔다.

"어르신! 왜 그러세요?"

나는 말보다 손이 먼저 내저어졌다.

"아니! 아니야! 그냥 여기 좀 앉아서 쉬고 싶었을 뿐이야."

"그래도 쉬시려면 방에서 편하게 쉬셔야죠. 제가 모셔다드릴게요."

간호사는 나를 기어이 방에 데려다주고 다시 화장실로 달려갔다. 내가 방으로 갔을 때 김 노인은 여전히 이불을 씹고 있었고, 박 노인은 반듯이 누워서 눈을 감고 있었다. 박 노인은 잠을 자는 것 같지 않았다. 나도 김 노인이 이불 씹는 소리를 들으며 침대에 누웠다. 공용 공간을 가로질러서 방까지 오는 동안 충격이 조금은 가신 것일까. 아니면 복도를 지나오면서 머리통이 둥근 노인과 눈을 마주쳤기 때문일까. 희한하게도 침대에 눕자마자 또 배가 고파졌고, 조금 전에 맡았던 닭볶음탕 냄새가 떠올랐다.

인의예지에서는 죽는 사람이 아무도 없었다. 대부분 노인은 죽음이 임박하면 병원으로 실어 보내기 때문이었다. 인의예지의 모든 일을 관리하는 사무국장은 노인들이 곧 숨을 거둘 것 같으면 조용하고 신속하게 제휴병원으로 보냈다. 이곳에서는 키 작은 노인만이 미처 알아채지 못해서 예외적으로 죽었을 뿐이었다.

내가 이 사실을 눈치챈 건 아랫도리에 찬물 세례를 받은 노인이 제휴병원의 봉고차에 실려 가는 것을 봤을 때였다. 한때 마을 이장을 한 적이 있는 나는 제휴병원의 봉고차에 태워지는 노인을 보고 노인이 죽기 전에 제휴병원으로 데려간다는 걸 알아차렸다.

그렇게 노인을 태운 봉고차는 곧장 농로를 달려서 면 소재지로 꺾어 들더니 이내 시야에서 사라졌다. 나는 박 노인과 나란히 뒷짐을 지고 서서 제휴병원 이름이 커다랗게 페인팅 된 봉고차가 완전히 사라질 때까지 지켜보았다.

그때 등 뒤에서 요양보호사들이 수군거리는 소리가 들렸다.

"전번 날 똥을 싸서 이불과 벽까지 범벅으로 만들어 놓던 것이 엊그제인데 곧 돌아가시게 생긴 모양이야. 이삼일 전부터 기침과 고열이 더 심해졌대."

"뼈하고 가죽밖에 없는 노인네가 아랫도리에 찬물 세례를 그렇게 받았으니 안 아프고 배기겠어? 아직 젊은 우리도 드러눕고 말 텐데."

"아마도 급성폐렴이겠지?"

"내 생각에도 그래."

"이런 걸 볼 때는 이런 직업을 선택했다는 게 후회스러워."

"나도 그래. 늙는다는 게 겁도 나고."

"슬프기도 하고."

그때 면 소재지 위로 검은 먹구름이 하늘 가득 채워지고 있었다. 음산하고 쓸쓸해 보이는 풍경에 한숨을 쉬던 나는 뒤를 돌아보았다. 기저귀를 안은 양 선생과 김 선생이 창밖을 내다보면서 속삭이다가 휠체어 노인들의 기저귀를 갈아주러 가고 있었다.

내 옆에서 면 소재지 너머로 사라지는 봉고차를 바라보던 박 노인도 통유리창 앞에서 돌아섰다. 나는 차순이 노인이 있는 방 앞의 복도를 걷는 박 노인의 뒷모습을 물끄러미 바라봤다. 왠지 박 노인이 복도를 돌지 않을 것 같아서였다. 이런 날은 누구라도 생각이 많아질 수밖에 없겠다는 생각이 들어서였다. 침대에서 공처럼 몸을 말고 마음을 앓을 수밖에 없는 날이기 때문이었다.

박 노인이 방으로 들어간 뒤 검버섯 여자와 한쪽 팔이 없는 여자가 차순이 노인과 함께 공용 공간으로 나왔다. 마치 똥 범벅이 된 아랫도리에 찬물 세례를 받은 노인이 떠나기를 기다리고 있었던 것처럼 공용 공간으로 나온 세 여자는 늘 앉는 자리에 앉아 이야기를 주고받았다.

"잘 갔겠지?"

"잘 갔겠지. 그런 복이라도 있어야지."

"그래, 잘 갔을 거야."

"어째, 오늘 기분이 그러네. 언니, 노래 좀 불러봐."

검버섯 여자의 말이 떨어지기 무섭게 차순이 노인이 노래를 부르기 시작했다. 곡조도 가사도 알 수 없는 노래였다. 나는 차순이 노인이 즉흥적으로 부르는 듯 보이는 노래에 맞춰서 뒷짐 진 손가락을 까딱이며 통유리창 앞을 떠났다.

그때 원장이 데스크에 고개를 박고 뭔가를 쓰고 있는 간호사 앞으로 갔다. 간호사와 심각하게 이야기를 나누는 원장을 보자 언젠가 배식 수레를 갖다 놓고 조리실로 돌아가는 여자에게 했던 말이 떠올랐다.

"우리 요양원에서는 죽은 사람이 지금까지 한 명도 없어요. 왜냐면, 내가 대체의학을 적절하게 잘 활용해서 대처했기 때문이에요."

조리실로 돌아가다가 원장에게 붙잡힌 여자는 원장의 느닷없는 말에 어리둥절한 표정으로 물었다.

"아, 네. 근데 대체의학이 뭐예요?"

"한 마디로 설명하기 어렵지만, 오랜 경험을 통해서 얻은 증거를 근거로 하여 치료하는 걸 말해요. 쉽게 예를 들자면 침술이나 민간요법 같은 것이 있어요. 물론 여기서 침을 놓는다는 건 아니고요."

"그럼, 원장님이 말씀하시는 설탕물도요?"

"그렇죠. 바로 그런 거예요."

"정말 대단하시네요."

원장은 득의양양한 표정으로 웃었다. 조리실 여자는 여전히 뭔가 이해되지 않는다는 얼굴이었지만, 마지못해 고개를 끄떡이고 조리실로 돌아갔다. 혼자서 복도를 돌고 있던 나는 유리문을 향해 멀어지는 조리실 여자를 물끄러미 바라보았다. 키 작은 노인은 언제 죽었는지도 모르게 죽었는데, 그때가 며칠 되지도 않았는데, 원장은 벌써 그 사실을 잊은 것일까 하고 생각하면서.

생각해보니 그게 벌써 일주일 전쯤이었다. 원장은 그리고 일주일이 지나서 벌거벗겨진 아랫도리에 찬물 세례를 받은 노인이 곧 죽게 생기자 병원으로 보낸 것이었다. 나는 뭔가 목구멍까지 차오르는 것을 간신히 참았다.

'이곳은 노인들이 곧 죽을 같으면 재빨리 병원으로 보내잖아. 그런데 키 작은 노인은 항상 눈을 감고 있어서 언제 죽을지를 몰랐던 거네. 알았으면 오점이 남지 않게 미리 실어 보냈을 텐데……'

방으로 돌아간 나는 박 노인처럼 침대에 누워서 눈을 감았다. 곧 죽을 것 같으면 사망 선고를 받기 위해 병원으로 실려 가야 하는 이곳에서 되도록 빨리 탈출해야 한다는 생각이 눈을 감고 있는 머릿속으로 스멀스멀 파고들었다.

사실, 인의예지에 있는 노인들은 당장 죽어도 이상 할 것이 하나도 없는 상태였다. 대부분이 자신의 나이도 모르는 치매 환자였고, 대부분 혈압과 당뇨와 관절염 같은 병을 서너 가지씩 갖고 있었다. 제휴병원에서 한 달에 한 번씩 방문하는 의사는 이런 노인들에게 한 달분 약을 처방해주고 갔고, 원장은 설탕물을 먹이면서 이곳에서 죽은 노인들이 없다고 했다. 전해질만 잘 보충하면 죽지 않는 것처럼 말했다. 원장의 말대로 이곳에서 죽는 노인들은 없었다. 노인들은 대신 숨이 곧 멎을 것 같으면 다른 곳으로 실려 나갔다. 죽을 때가 되어서야 이 요양원을 벗어났다.

나는 또 한 노인이 제휴병원 봉고차에 실리는 모습을 통유리창으로 내다봤다. 언제나 그렇듯 봉고차는 뒷문을 닫자마자 농로를 달려서 면 소재지 너머로 사라졌다. 봉고차가 떠난 통유리창 앞에는 속없는 겨울 햇빛만 눈이 부시게 쏟아지고, 바로 옆 소나무밭은 겨울바람에 세차게 흔들렸다.

점점 깊어지는 겨울에 인의예지를 떠난 노인은 머리통이 둥근 노인의 방에 있던 노인이었다. 스스로 숟가락 하나 들지 못하던 노인도 머리통이 둥근 노인처럼 눈빛이 텅 비어있었던 기억이 났다.

'저 방에서만 벌써 두 명의 노인이 떠났구나.'

나는 사망 선고를 받으러 간 노인의 침대에 어떤 노인이 올까 생각했다. 새로 오는 노인은 좀 너 오래 이곳에서 머물렀으면 싶었다. 어차피 거동이 어렵다면 통유리창 밖이나 안이나 다를 게 없으니까, 이곳에서라도 좀 더 오래 있기를 바랐다.

그렇게 또 한 명의 노인이 사망 선고를 받으러 떠났지만, 노인이 탄 봉고차를 바라보는 요양보호사는 더 이상 없었다. 예전보다 요양보호사들은 더 바빠 보였다. 노인들의 기저귀를 갈고 옷을 갈아입히고 빨래하고 간식을 먹이고 점심 밥을 먹이고 빨래를 개고 또 기저귀를 갈고 저녁 밥을 먹이고 하루 일지를 쓸 때까지 쉴 틈이 없어 보이기도 했지만, 그보다는 감정을 소모하고 싶지 않았던 것인지도 몰랐다. 죽음은 어쩔 수 없는 일이고, 노인들은 요양원과 보호자가 서로 동의한 곳에서 죽음을 맞이해야 하는 것이니까.

다른 때와 달리 나는 통유리창 앞을 금방 떠나지 못했다. 철책 문까지 곧장 뻗어있는 길옆의 소나무밭과 철책 문 앞의 담이 없는 마을의 집과 자동차가 달리는 도로와 외롭게 뻗어있는 농로를 한참 동안 바라보았다. 아들의 트럭을 타고 달려왔고, 노인을 태운 제휴병원 봉고차가 달려간 농로는 겨울 햇빛 속에서 고요했다.

나는 뒷짐 진 손으로 허리를 두드리면서 생각했다.

'저 농로를 걸어서 집으로 가야 해. 나는 내가 지은 집에서 죽음을 맞이할 거야.'

방으로 돌아갈 때 나는 머리통이 둥근 노인을 쳐다봤다. 머리통이 둥근 노인의 동공은 여전히 텅 비어있었다. 텅 빈 동공에는 체념 어린 슬픔이 가득했다. 그것은 어떤 사람도 어떻게 해줄 수 없는 것이었다.

'그러니까 저 지경이 되기 전에, 팔다리에 그나마 근력이 남아있을 때, 어떻게든 이곳을 떠나야 해.'

나는 이 생각을 박 노인과 나눌 수 있다면 얼마나 좋을까 하고 생각했다. 하지만, 박 노인과 나는 여태 한 마디도 나눠본 적이 없었다. 박 노인은 복도를 돌고 뭐든 먹을 때가 아니면 항상 벽을 마주한 채 누워있곤 했다.

박 노인이 처음 온 날, 요양보호사가 이름을 말하지 않았다면 나는 아직도 박 노인의 이름조차 모르고 있었을 터였다.

방으로 들어가자 언제나 등을 보인 채 누워있곤 하던 박 노인이 웬일로 반듯이 누워있었다. 방으로 들어온 내가 곁눈에 들어왔을 텐데도 아랑곳없이 팔짱까지 끼고서 골똘하게 찬장만 노려보고 있는 것이었다.

"아침 식사는 아침 일곱 시 반, 점심은 낮 열두 시, 저녁은 다섯 시. 아침과 점심 사이에 설탕물이 주어지고, 점심과 저녁 사이에는 라면이나 초코파이나 과일 같은 것이 간식으로 주어진다. 오후 다섯 시 이후에는 두 명의 야간 요양보호사가 있을 뿐이고, 원장은 이층에 있다. 이 건물의 출입구는 두 개. 비밀번호를 누르지 않으면 절대 열리지 않는다. 아무리 해도 방법이 보이지 않아. 누군가 실수로 문을 열어놓기 전에는 이곳을 빠져나갈 방법이 없어. 인지 능력이 떨어지고 건강이 나빠지기 전에 무슨 방법이든 생각해내야 할 텐데……"

나는 우두커니 서서 그런 박 노인을 물끄러미 바라보았다. 갑자기 옆에 있는 사람이 알아들을 정도로 혼잣말을 중얼거리는 이유를 알 수 없어서였다.

'한 공간에서 지낼 뿐, 우리는 요양보호사가 이름을 불러주지 않으면 서로 이름도 알 수 없는 사이인데……. 이 노인은 대체 나를 어떻게 알아본 것일까?'

하지만, 나는 말없이 내 침대에 걸터앉았다. 탈출을 공모한다고 해서 성공할 것 같지도 않고 탈출할 방법도 보이지 않기 때문이었다. 이곳을 빠져나갈 방법을 공유하면 좋겠다는 생각은 내 생각을 그대로 말하는 박 노인을 보자 사라져버렸다. 비밀번호를 누르지 않으면 절대로 열리지 않는 문 이외에는 이곳을 빠져나갈 개구멍조차도 이 건물에 없다는 사실이 새삼 다시 떠올랐기 때문이었다.

침대에 누운 나는 벽을 마주하고 눈을 감았다. 왠지 피로가 전신을 짓누르는 느낌이 들었다. 원장의 말대로 전해질이 부족하기 때문일까. 지금 내게 필요한 것은 정말 한 잔의 설탕물일까. 어쩌면 그럴지도 모른다는 생각이 들었다. 나는 그동안 설탕물을 너무 마시지 않았다.

김 노인이 이불 씹는 소리와 실내용 슬리퍼를 끌고 오는 소리가 함께 들려오고 있었다. 다른 날보다 좀 늦게 들려오는 슬리퍼 소리는 오전 간식을 먹이기 위해 노인들을 데리러 오는 발소리였다.

번갯불에 콩 볶아 먹듯 하는 아침 식사가 끝난 뒤 방으로 들어온 박 노인은 곧바로 침대에 눕지 않았다. 그렇다고 방에 들어오자마자 이불을 씹기 시작하는 김 노인을 보는 것도 아니었고, 침대에 벌렁 드러눕는 나를 바라보는 것도 아니었다. 박 노인은 활짝 열려있는 문으로 복도만 골똘하게 바라볼 뿐이었다.

나는 그런 박 노인을 보다가 눈을 감았다. 침대에 누워있자니 나른하게 졸음이 밀려들었기 때문이었다. 식곤증이라고 하기에는 맥없이 전신에 퍼지는 졸음이었다. 몸에서 근력이 꽤 빠져나간 것 같다고 느낀 게 얼마 전이었다. 어느 날 만져본 다리는 근육이 빠져서 종아리가 말랑말랑하고 가늘어져 있었다. 침대에 자주 드러눕기 시작한 건 그런 어느 때부터였다. 먹는 게 부실하고 텃밭으로 들과 산으로 마을로 돌아다니던 내가 겨우 복도 한 바퀴씩 돌고 있으니 당연한 결과였다.

'아무래도 복도를 더 자주 돌아야겠어. 이대로 가다가는 큰일 날 것 같아.'

이 생각을 하고 일어나려는데 박 노인이 침대에서 일어서는 소리가 들렸다. 내가 침대에서 몸을 일으켰을 때는 뒷짐을 진 채 방을 나서고 있었다. 나는 천천히 침대에서 내려와 멀찍이 박 노인을 따라가기 시작했다. 박 노인은 현관에서 유리문 쪽으로 곧장 뻗어있는 복도의 맞은편 복도, 우리들의 방에서 빤히 보이는 복도를 걸어가고 있었다.

몇 걸음 안 가서 박 노인은 중정을 내다봤다. 나도 중정을 보았다. 햇살이 중정의 넓이만큼 떨어지고 있는 중정은 바람 한 점 없이 고요했고, 회색 줄무늬 고양이는 어디에도 보이지 않았다.

고개를 돌리자 공용 공간 출입구 옆의 소파에 앉아서 박 노인과 나를 보고 있는 검버섯 여자와 한쪽 팔이 없는 여자가 유리창과 유리창 너머로 보였다. 차순이 노인은 두 여자 앞의 바닥에 주저앉아서 다리를 문지르며 노래를 부르는 중이었다. 요양보호사들이 빨래 바구니를 들고 현관 쪽으로 가고 있었고, 정 선생은 데스크 앞에서 간호사와 뭔가 이야기를 나누고 있었다. 이 모든 움직임은 조용해서 음 소거한 티브이를 보는 것 같았다.

박 노인은 세 여자를 보지 않았다. 중정을 구석구석 훑어본 뒤 하늘을 바라보고 나서 다시 걸음을 옮겼다. 내가 뒤따라가는 것을 알면서도 뒤한 번 돌아보지 않는 박 노인은 걸음이 한없이 느렸다. 나는 박 노인과 대여섯 걸음 정도 떨어져서 어둑한 복도를 따라갔다. 이유는 한 가지뿐이었다. 나는 한 번도 박 노인과 나란히 걸어본 적이 없었다.

복도와 복도가 T자로 만나는 지점에서 박 노인은 예외 없이 걸음을 멈췄고, 유리문을 바라보았다. 그게 다였다. 비밀번호로 굳게 잠겨있는 유리문 앞에서 할 수 있는 것은 아무것도 없기 때문이었다. 내가 가까이 다가가자 박 노인은 유리문을 등지고 다시 복도를 걸어갔다. 내가 T자 지점으로 갔을 때 유리문 틈으로는 고등어 조리는 냄새가 새어 나오고 있었다.

말없이 복도를 가던 박 노인은 다시 옷방 앞에서 멈춰 섰다. 그리고 복도의 흐릿한 전등 불빛이 비치는 방을 들여다봤다. 노인들의 이름표가 붙은 바구니마다 가지런하게 들어있는 옷들을. 행거에 걸린 솜 조끼와 점퍼와 패딩 같은 옷들 가운데서 자기 옷을 발견한 박 노인은 무표정한 얼굴이었다. 대여섯 걸음 떨어진 거리에서도 나는 그런 박 노인의 표정을 알 수 있었다.

유리문을 바라보듯 옷방을 들여다보던 박 노인은 잠시 뒤 다시 남은 복도를 걸어갔다. ㅁ자 복도를 한 바퀴 도는 동안 한 번도 나를 돌아보지 않았던 박 노인은 데스크 옆에 이르러서야 흘깃 뒤를 돌아봤다. 하지만 그 역시 그뿐이었다. 박 노인은 마저 현관 앞까지 갔다가 되돌아왔고, 방으로 들어가서 침대에 누웠다. 검버섯 여자와 한쪽 팔이 없는 여자가 차순이 노인과 함께 그런 박 노인을 유심히 바라봤지만, 고개 한 번 옆으로 돌리지 않았다.

나는 박 노인을 뒤따라 복도를 돌면서 박 노인이 무엇을 중점적으로 보는지 살폈다. 박 노인이 복도를 돌면서 눈여겨보는 건 요양보호사들과 복도 양쪽 끝의 출입문이었다. 산책하듯 느릿느릿 복도를 가면서 요양보호사들이 움직이는 장소와 방향을 눈여겨봤고, 현관문과 조리실로 통하는 유리문은 시간을 두고 확인하는 것 같았다. 얼핏 보면 박 노인은 무료하고 심심해서 운동 삼아 복도를 도는 것처럼 보였지만 사실은 어떤 것도 예사로 봐 넘기는 것 같지 않았다.

나는 그런 박 노인을 보고 뭔가 막연한 예감을 느꼈다. 무슨 일을 저질러도 저지르고 말 것 같다는 예감이었다.

벽까지 똥칠하고 찬물 세례를 받았던 노인의 자리로 새 노인이 왔다. 노인은 금방 죽는다 해도 이상하지 않을 만큼 짧고 허연 머리에 눈이 퀭하고 뼈만 남은 모습이었다. 그런 노인은 마치 사망 선고받을 날을 기다리기 위해 요양원에 들어온 것처럼 보였다. 내 바람처럼 이곳에서 그다지 오래 머무를 것 같지 않았다.

나는 복도를 돌면서 머리통이 둥근 노인의 옆 침대에 눕혀져 있는 노인을 잠시 바라봤다.

'한 사람이 떠나면 그 빈자리는 어떻게든 채워지는구나.'

비워지고 채워지는 건 노인들의 침대만이 아니었다. 단발머리 간호사가 키가 큰 단발 파마머리 간호사로 바뀌었다. 단발머리 요양보호사 김 선생도 어느 날 갑자기 인의예지를 떠났다. 그녀의 어머니를 돌보기 위해서라고 했다. 김 선생의 자리에는 허 선생이라는 여자가 자주색 앞치마를 입고 들어왔나.

짧은 커트 머리를 시장 아줌마처럼 뽀글뽀글하게 파마한 허 선생은 말투도 하는 짓도 시장 아줌마 같았다. 점심시간에 간호사와 사회복지사와 조리사와 요양보호사들이 노인들을 다시 방에 눕히고 밥을 먹는데, 허 선생이 온 뒤부터는 점심때마다 순대가 탁자에 오르곤 했다. 속이 당면으로 채워진 순대는 허 선생이 시장에서 팔다 남은 순대라고 했다.

끼니마다 먹는 게 국그릇으로 죽 한 그릇뿐인 나는 접시에 수북한 찹쌀 순대를 보고 눈을 떼지 못했다. 오래전 아내와 함께 오일장에서 사 먹었던 기억이 떠오르기도 했고, 원래 순대를 좋아했기 때문이기도 했다. 나도 모르게 나는 탁자 가까이 다가갔다. 조리실 여자가 그런 나를 짠한 눈으로 바라봤다.

"저 어르신, 순대 좀 드리면 안 될까요?"

팀장이 순대를 먹다 말고 고개를 저었다.

"조리실에서 조리한 음식 이외에는 어떤 것도 드려서는 안 됩니다. 만약 식중독 사고가 발생하면 역학 조사를 할 수 없잖아요?"

새로 온 간호사와 사회복지사도 순대를 먹다가 나를 쳐다봤다.

"당연히 외부 음식은 드리면 안 되죠."

"어르신! 방으로 들어가세요. 어르신은 이런 음식 드시면 큰일 나요."

조리실 여자의 눈에는 안타까운 빛이 가득했다. 그러나 그뿐이었다. 조리실 여자는 이내 어쩔 수 없다는 얼굴로 밥에 김치를 얹어 먹기 시작했다. 다시는 순대를 먹지 않았다.

그때 순대를 가져온 허 선생이 갑자기 다른 요양보호사들에게 물었다.

"그런데, 저 어르신은 왜 죽을 드세요? 이가 하나도 없는 차순이 어르신 도 밥을 드시는데……."

방으로 향하던 나는 그 말에 걸음을 멈추었다. 나도 차순이 노인이 남기 는 밥을 볼 때마다 허 선생과 같은 생각을 했기 때문이었다.

내가 걸음을 멈추자마자 등 뒤로 팀장의 목소리가 넘어왔다.

"원장님 지시예요. 원장님께서 어르신들 상태에 따라 정하신 거죠."

허스키한 허 선생의 목소리가 팀장의 목소리를 뒤따랐다.

"아무리 봐도 저 어르신은 죽이 아니라 밥을 드셔야 할 것 같은데……."

또 팀장이 대답했다.

"원장님은 대체의학으로 박사 학위까지 받으신 분이에요. 우리가 아는 것보다 훨씬 더 많이 어르신들의 몸과 영양에 관한 공부를 하신 분이죠."

그때 간호사가 물에 씻은 고등어를 고양이 밥그릇에 놓아주었다. 나는 부러운 눈으로 허겁지겁 고등어를 먹는 고양이를 바라봤다. 그런 내 귓가로 조리실 여자의 목소리가 날아왔다.

"그럼, 죽을 좀 더 많이 드리는 건 어떨까요? 쌀알이 다 풀어져서 죽이 너무 힘이 없는데요."

"그건 원장님께 말씀드려볼게요."

나는 간질간질 나오려고 하는 눈물을 간신히 참고 방으로 향했다. 방에서 나오던 박 노인은 방으로 들어가려던 나와 하마터면 부딪칠 뻔했다. 박 노인은 여전히 아무 말도 하지 않았다. 나를 흘깃 쳐다보고 어둑한 복도를 걸어갈 뿐이었다.

그런 박 노인의 뒷모습을 빤히 쳐다보던 나는 또다시 거리를 두고 박 노인을 뒤따르기 시작했다. 뒷짐을 지고 느릿느릿 가끔은 중정을 내다보기도 하면서. 중정에는 여전히 중정의 넓이만큼 햇빛이 비치고 있었고, 그새 고양이는 어디론가 가버리고 없었다.

공용 공간 옆의 복도에 원장의 입간판이 세워졌다. 현관 앞에 만들어진 작은 정원이 보이는 곳이었다. 참나무 토막들 위에 놓인 작은 화분들과 아직도 활짝 피어 있는 국화꽃 화분. 그 옆에 있는 관음죽 같은 커다란 화분. 늙은 호박이 참나무 앞이나 커다란 화분 옆에 놓여있어서 원장이 정성 들여 만든 이 작은 정원은 가을 정취를 물씬 풍기고 있었다. 원장의 입간판이 그런 정원이 있는 복도를 사이에 두고 세워진 것이었다.

입간판에는 원장이 펴낸 책에 대한 안내가 원장의 사진과 함께 들어있었다. 나는 뒷짐을 진 채 원장의 입간판을 한참 동안 바라봤다. 박 노인은 벌써 방으로 들어가고 난 뒤였다. 입간판을 보고 있자 멀쩡하게 밥을 잘 먹는 사람에게 원래 양에도 훨씬 못 미치는 죽을 먹는 것이 대체의학일까 하는 의문이 들었다. 적은 식사로 인해 부족해지는 전해질을 설탕물로 채우는 것이 대체 의학일까 싶었다.

나는 뒷짐 진 손으로 허리를 톡톡 두드리면서 입간판을 노려봤다. 양방도 한방도 아닌 제3의 의학이 밥을 먹을 수 있는 사람에게 죽과 설탕물을 먹이는 것이 대체 의학이라면 대체의학은 절대 사양하고 싶다고 생각했다.

'이건 사기야.'

이 생각을 하다가 문득 나는 깜짝 놀랐다. 집에 있을 때보다 더 생각과 추측을 논리적으로 전개하는 나를 느꼈기 때문이었다. 더 이상 나는 돼지고기를 신발장 위에 올려두고 깜빡하거나 데우던 국을 까맣게 잊고 집을 홀랑 태울 뻔했던 늙은이가 아니었다. 면 소재지 앞까지 가면 얼마든지 집으로 가는 길을 찾을 수 있을 것 같다는 생각까지 하는 늙은이였다.

사무실에서 나오던 정 선생이 입간판 앞에 서 있는 나를 보고 다가왔다.

"어르신! 뭘 그렇게 보고 계세요?"

나는 원장의 입간판 앞에서 돌아섰다. 사회복지사는 차순이 노인의 딸 노릇을 해줄 정도로 다정했지만, 사회복지사와는 아무 말도 하고 싶지 않아서였다. 아들한테도 배신당한 내가 누구와 말을 섞을 수 있을까 싶었던 거였다.

"아! 원장님 입간판 보고 계셨네요?"

나는 잠자코 사회복지사를 지나쳐갔다. 사회복지사도 나를 뒤따랐다.

"어르신들은 운이 좋은 분들이에요. 원장님 같은 분이 원장님으로 계시니까요."

검버섯 여자와 한쪽 팔이 없는 여자가 차순이 노인과 함께 소파에 앉아서 뒷짐을 진 채 앞만 보고 가는 나를 빤히 쳐다봤다. 데스크의 간호사에게 가려던 정 선생은 언제나 그랬듯 차순이 노인에게 붙잡혔다.

"여란아! 우리 여란이, 어디 갔다 왔어?"

"아이고, 엄마! 여란이 장에 갔다 왔어요. 장에."

"장에는 뭐 하러 갔어?"

"엄마한테 맛있는 거 사다 드리려고 갔었지요."

"맛있는 거 어디 있어?"

"아이고, 엄마! 맛있는 거는 이따 저녁밥 먹을 때 드릴게요."

"그래? 알았어."

차순이 노인과 정 선생의 대화는 내가 유리문을 닦는 고양이 앞에 이르렀을 때 끝났다. 나는 털을 곤두세운 채 빠르게 유리문을 닦고 있는 고양이를 잠시 쳐다보다가 방으로 향했다. 차순이 노인의 방 앞을 지나 복도를 가면서 언제나처럼 머리통이 둥근 노인과 눈을 마주쳤다. 혼자서는 휠체어도 탈 수 없는 노인의 눈망울은 그 어느 때보다 처연하게 보였다. 그런 노인의 눈은 잠시도 더 볼 수 없어서 나는 재빨리 방으로 들어갔다.

박 노인은 또 침대에 누워 눈을 감고 있었다. 마치 아무것도 한 적이 없다는 듯이. 유리문과 두 건물 사이의 통로 끝에 있는 철문과 현관문은 살피지도 않았다는 듯이. 하지만 깍지 낀 두 손을 머리에 받치고 누워있는 박 노인이 무슨 생각하는지는 자신감이 보이는 표정으로 충분히 알 수 있었다.

그런 박 노인을 보자 요즘 들어 회의 시간마다 요양보호사들에게 문단속 잘하라고 지시하던 사무국장이 생각났다. 사무국장의 이런 지시는 박 노인이 오고 얼마 안 돼서 시작되었다. "항상 문이 완전히 닫히는 것을 확인해주시고요. 비밀번호는 잘 가리도록 해주세요" 사무국장의 지시를 처음 받은 날, 요양보호사들은 어둑어둑한 어느 저녁에 소나무밭 뒤에서 우왕좌왕하는 한 노인을 발견하고 났기 때문이라고 수군거렸다. 노인의 실종이 어떤 결과로 이어지는지를 말해주지 않아도 잘 아는 요양보호사들은 그렇게 수군거리면서 너나없이 문단속에 주의를 기울였다. 비밀번호는 몸으로 가리고 눌렀고, 기능의 특성상 천천히 닫히게 되어있는 유리문은 완전히 닫힐 때까지 지켜봤다. 이렇게 문은 항상 굳게 닫혀있고 실수하거나 깜빡하는 사람이 아무도 없는 한, 인의예지를 벗어나 철책 문밖으로 나갈 방법은 아무리 해도 없었다. 그것을 잘 아는 나로서는 자신에 찬 표정으로 눈을 감고 있는 박 노인이 도무지 이해되지 않았다.

나는 침대에 걸터앉아서 그런 박 노인을 잠시 골똘하게 바라봤다. 누구에게 말을 건네지도 않고, 묻는 말에도 잘 대답하지 않는 박 노인은 나와 비슷한 것 같으면서도 어딘지 달랐다. 큰 키에 호리호리하면서도 조금은 단단해 보이는 몸이 그랬고, 코 같은 죽을 거침없이 먹어 치운 모습이 그랬고, 절망적인 상황임에도 좌절감이라고는 하나도 찾아볼 수 없는 표정이 그랬다.

뭔가를 먹거나 빨 때가 아니면 늘 이불을 씹고 있는 김 노인도 체격은 박 노인에게 뒤지지 않았다. 말랐지만 건장하고 단단해 보이는 골격. 젊은 시절에는 단정했을 눈매. 하지만, 이제 김 노인은 모든 것이 백지상태로 리셋 되어버렸고, 먹을 것을 향한 욕구 이외에는 아무것도 남아있지 않았다.

'저 사람이야말로 대체의학에 길이 잘 들여진 사람이구나. 먹고 싶어 하는 본능 외에는 아무것도 남겨놓지 않았어. 기억도 추억도 다 사라지게 만들어버렸어.'

노인들이 잃어버린 건 그뿐이 아니었다. 대개는 말도 잃어버렸다. 노인들이 좀처럼 말을 하지 않는 건 마지막 남은 자존심과 자존감을 지키는 유일한 방법이기 때문인지도 몰랐다. 노인들은 누구도 과거를 말하지 않있다. 누구든 요양원에 어떻게 오게 됐는지 물으면 모두 시선을 외면했다. 조리실 여자에게 질문을 받은 검버섯 여자는 그냥 차순이 노인의 노래를 따라서 불러버리기도 했다.

이렇게 노인들은 자신의 과거를 잊어갔고, 그들의 과거는 기록에 서너 줄로 남았을 뿐이었다. 기록한 사람은 노인들의 신상을 함부로 말해서는 안 된다는 규칙에 철저했고, 요양보호사들은 노인들을 돌보는데 필요한 정보 외에는 아무것도 알 수 없었다. 인의예지에 들어오기 전의 김 노인을 아무도 알지 못하는 건 그러니까 너무도 당연한 일이었다. 박 노인이 나에게 말을 걸지 않는 것도, 내가 박 노인에게 말을 건네지 않는 것도 같은 맥락일 터였다.

'모든 추억은 인의예지 밖에 있구나. 우리의 늙어가는 뇌와 함께 잊히는구나.'

나는 몸을 돌려서 창문을 바라봤다. 살얼음처럼 투명하게 파란 하늘이 창문에 가득했다. 딸기는 이렇게 추울 때 가장 맛있다는 아들의 말이 생각났다. 그리고 보니 아들과 윤자가 딸기 하우스에 벌을 풀어놓고 수분을 시킬 시기였다.

# 3부

겨울이 깊어 가면서 원장은 부쩍 회의를 자주 소집했다. 사회복지사 간호사 요양보호사들은 아침 체조를 마치고 나면 곧바로 탁자 주위에 둘러앉아 원장을 기다렸다. 아침마다 소집되는 회의에는 조리실 여자도 반드시 참석해야 했다.

회의는 말만 회의였다. 회의 시간에 말을 하는 사람은 원장뿐이었다. 언제나 원장은 한 시간 동안 일방적인 훈계와 잔소리로 일관했다. 회의는 늘 그렇듯 군청에서 내려온 공문을 전달하는 것으로 시작해서 마지막은 반드시 원장의 잔소리로 끝났다. 원장은 날마다 노인 폭력 예방을 강조했고, 요양보호사들에게 여러 요양원과 공유한 사례들을 들려줬다. 원장은 함부로 하는 말이나 반말도 폭력이라고 했다. 노인들에게는 항상 공손하게 말할 것을 요청했고, 팀장을 비롯한 몇몇 요양보호사들은 수첩에 원장의 말을 모두 받아 적었다.

아침 일찍부터 하늘이 흐리고 뭐가 오든 올 것 같은 날이었다. 요양보호사들이 체조할 때 통유리창 앞으로 나온 나는 회의가 계속되는 동안 원장을 바라봤다. 아프리카인처럼 짧은 머리카락을 머리통에 바짝 붙여서 파마하고 밍크 털조끼를 입은 원장은 무려 삼십 분이 넘도록 폭력에 대해서 말했다.

"다정하고 친절한 말은 사람을 살리지만, 폭력적인 말은 사람을 죽이기도 해요. 여러분이 아무 생각 없이 하는 말에 어르신들은 지우기 힘든 상처를 입는다는 말이에요. 얼마 전에 어떤 선생님이 어떤 어르신한테 이런 말을 했다지요? 어르신! 어르신도 딸딸이 쳐? 어르신을 돌보는 사람이 어떻게 이런 말을 할 수 있죠? 나는 이 말을 듣고 기절하는 줄 알았어요."

원장의 말에 깊이 공감하는 표정으로 고개를 끄떡이는 사람은 팀장과 양 선생뿐이었다. 나머지는 무표정하게 탁자만 보고 있었고, 조리실 여자는 수첩에 동그라미만 수없이 반복해서 그리고 있었다. 나는 같은 자리에 계속해서 원을 그리는 여자의 손을 물끄러미 바라봤다.

문득 이 요양원에서 딸딸이를 칠 수 있는 노인이 누구일까 하는 의문이 들었다. 떠오르는 사람은 박 노인과 나, 그리고 김 노인이었다. 하지만, 박 노인은 인의예지에 온 지 얼마 되지 않았고, 나는 그런 말을 들은 적이 없었다. 마지막으로 김 노인이 남았지만, 나는 고개가 갸웃해졌다.

'설마……, 그럴 리가. 딸딸이가 뭔지도 모를 텐데.'

나도 모르게 한숨이 나왔다. 이 말은 언젠가 나도 들을 수 있는 말이기 때문이었다. 처음 이곳에 왔을 때 나는 노인들 가운데서 가장 키가 크고 건장했지만, 누런 코 같은 죽을 먹으면서부터 근육이 점점 사라지고 몸이 이제는 예전 같지 않았다.

그 사이 원장의 회의는 자신의 자랑으로 이어지고 있었다.

"내가 여러분들이 하는 일을 모를 것 같죠? 나, 박사 학위 받은 사람이에요. 대체 의학으로 박사 학위를 받은 사람!"

순간 모두의 눈이 원장에게 향했다. 원장을 바라보는 모두의 표정은 두 가지로 나뉘었다. 무표정과 존경심이 가득한 표정이 통유리창 앞에서도 구분되었다. 나는 원장을 보면서 고개를 끄떡이는 팀장과 양 선생을 보다가 수첩을 볼펜으로 쿡쿡 찍어대는 조리실 여자와 허 선생을 번갈아 봤다.

회의를 시작한 지 한 시간이 지나면서 조리실 여자는 시계를 보기 시작했다. 원장은 조리실 여자를 흘깃 쳐다보고 자기 자랑을 계속 이어갔다. 원장이 취득한 자격증이 처음에는 열네 개였다가 열여섯 개가 되었다. 급기야 조리실 여자는 한숨을 쉬는 눈치였다. 통유리창 앞에서도 가만히 오르내리는 조리실 여자의 가슴이 보였다. 원장은 조리실 여자를 빤히 쳐다보면서 자랑을 계속했고, 더 자랑할 것이 없어지고 나서야 회의를 끝냈다.

"어르신들은 늙은 아기예요. 생각 없이 하는 말에 어르신들에게 상처를 입히는 일이 없도록 주의해주시길 한 번 더 당부 드리고 회의를 마칠게요."

드디어 원장은 핸드폰을 들고 자리에서 일어섰다. 원장의 핸드폰에서 끊임없이 문자 도착을 알리는 신호음이 울렸다. 원장이 사무실로 건너가기도 전에 조리사 여자는 유리문 쪽으로 긴 복도를 달려갔고, 요양보호사들은 노인들의 기저귀를 갈기 위해 각자 맡은 방으로 뿔뿔이 흩어졌다.

그때 방에서 나온 박 노인이 나와 떨어진 자리에 통유리창을 등지고 앉았다. 출입구 옆의 소파로 나온 검버섯 여자와 한쪽 팔이 없는 여자는 차순이 노인과 함께 앉아서 나와 박 노인을 보면서 속닥거렸다.

나는 여자들을 외면하고 중정을 보면서 원장의 말을 생각했다. 말을 정중하게 하고 먹을 것은 제대로 주지 않는 것과 말은 정중하지 않지만 먹을 것은 제대로 주는 것 중에 어느 쪽이 더 나은지를 따져봤다. 어느 쪽도 더 나은 건 없었다. 말을 정중하게 하지 않는 것도 먹을 걸 제대로 주지 않는 것도 기분 나쁜 일이었다. 모두 상대를 존중하지 않는 것이기 때문이었다.

"허-억! 이게 무슨 일이야? 아니 이게……?"

통유리창 앞에서 일어서는데 넓은 공용 공간의 바로 옆방으로 들어가다가 뒷걸음질 치는 허 선생이 보였다.

나는 검버섯 여자와 한쪽 팔이 없는 여자가 출입구 옆 소파로 가는 걸 보고 복도에 들어서다가 허 선생이 뒷걸음질 치는 방을 들여다봤다. 방에는 침대 난간에 묶인 손이 풀린 노인이 바지를 반쯤 벗은 채 똥 묻은 손을 흔들며 해맑게 웃고 있었다. 허 선생은 2호실에서 기저귀를 갈고 있는 이 선생과 양 선생을 불렀다.

"어르신 손이 풀렸어요. 어떻게 해요?"

양 선생은 또 4호실에 있는 문 선생을 불렀다. 귀신처럼 눈빛만 살아있는 노인의 기저귀를 갈다 달려온 문 선생은 노인을 이불로 감아 안고 화장실로 갔다. 이 선생이 침대를 치우는 동안 허 선생은 세숫대야에 따뜻한 물을 담아 가지고 와서 벽을 닦았다. 양 선생은 문 선생과 두 눈이 퀭한 노인을 벗기고 물을 뿌렸다. 아랫도리에 물이 뿌려지자마자 노인은 버둥거리면서 비명을 질렀다.

"차! 아, 차! 차!"

"어르신! 가만히 좀 계세요. 온몸이 똥 범벅이잖아요."

"차! 차! 아! 차! 차! 차!"

"어르신! 지금 따뜻한 물이 안 나와요! 좀 참아요!"

노인이 덜덜 떨면서 버둥거리자 물방울이 방까지 튀었다. 그때 사무국
장이 노인 앞에 나타나서 꽥- 소리를 질렀다.

"춥기는 뭐가 추워! 그러게 왜 똥을 온몸에 처바르고 난리야?"

사무국장의 고함이 얼마나 큰지 나도 요양보호사들도 모두 깜짝 놀랐다.
똥 묻은 손을 흔들던 노인도 더 이상 버둥거리지 않고 덜덜 떨기만 했다.
퀭한 눈이 다시 사무실로 돌아가는 사무국장을 한참 동안 좇았다.

그동안 침대에는 비누 냄새가 나는 이불이 다시 깔렸다. 이 선생은 말끔
하게 씻겨진 노인에게 옷 방에서 꺼내 온 옷을 입혔고, 문 선생은 침대
난간에 노인의 손을 다시 묶었다. 허 선생은 걸레를 빨아다 방을 닦았다.
바닥에 깔린 매트 앞과 침대에 묶인 노인 앞을 닦고 돌아서던 허 선생이
갑자기 걸레를 놓고 구석 쪽 침대 밑을 들여다봤다.

"아니, 어르신! 왜 여기 계세요?"

나도 허 선생을 따라 허리를 숙이고 침대 밑을 들여다봤다. 차순이 노인
이 화장실 바로 옆의 침대 밑에서 작은 몸을 납작 엎드린 채 부들부들
떨고 있었다. 허 선생은 그런 차순이 노인의 손을 끌어당겼다.

"어르신! 이제는 그만 나오셔도 돼요."

차순이 노인이 동그래진 눈을 희번득이며 물었다.

"그 사람 갔어?

침대 밑을 나오자마자 사방을 두리번거리는 차순이 노인을 허 선생이
고개를 주억이면서 꼭 끌어안았다.

"예, 갔어요. 이제 괜찮아요, 어르신."

"그 사람, 무서운 사람이야. 무서운 사람!"

"무서운 사람 갔어요."

"그 사람, 정말 갔어?"

"예, 어르신!"

그제야 차순이 노인은 엉금엉금 기어서 바닥에 펼쳐져 있는 매트로 갔다. 허 선생은 옆으로 누워서 몸을 공처럼 말고 있는 차순이 노인에게 이불을 덮어줬다. 나는 차순이 노인을 다독여주는 허 선생을 빤히 쳐다봤다. 허 선생은 아직도 차순이 노인이 침대 밑으로 숨을 만큼 사무국장이 무서운 이유가 무엇일까 궁금한 얼굴이었다.

팀장이 데스크 앞에서 그런 허 선생을 불렀다.

"허 선생님! 다 정리됐으면 빨리 빨래 좀 널고 와요. 쓰레기도 정리해야 하고 할 일이 많아요."

"예, 알겠습니다."

허 선생은 차순이 노인을 한 번 더 다독거려주고 방을 나갔다. 여전히 얼굴에는 궁금증이 가득한 채였다.

방 앞으로 가자 뒷짐을 진 채 긴 복도를 걸어가는 박 노인이 보였다. 귀신처럼 퀭한 눈의 노인이 침대 난간에서 풀린 손으로 바지를 내리고 똥을 주무르고, 차순이 노인이 침대 밑으로 숨는 소동이 일어나도 내다보지 않던 박 노인은 중정을 건성으로 넘어다보고 유리문과 현관문을 유심히 보았다.

나는 또 박 노인을 멀찍이 따라갔다. 중정을 넘어다보는 박 노인을 따라서 중정을 보고 T자 지점에서 박 노인이 옷방 앞으로 멀어지는 동안 유리문을 보기도 했다. 그날이 그날인 곳에서 박 노인은 유일하게 내 관심을 끄는 존재였고, 나를 심심찮게 하는 사람이었다.

현관 앞으로 간 박 노인은 참나무 토막 위의 작은 정원과 현관문을 번갈아 본 뒤 원장의 입간판 앞에서 멈춰 섰다. 그리고 원장의 책 사진과 원장의 사진을 한참 동안 물끄러미 바라보았다.

그때 데스크 앞에서 이 선생의 목소리가 들렸다.

"차순이 어르신이요? 왜 그 어르신이 큰 소리만 나면 침대 밑으로 숨는지는 아무도 자세히 몰라요. 오일팔 때 계엄군을 피해 달아나는 아들을 보고 차순이 노인이 불렀는데 아들이 잠깐 멈칫하다가 계엄군의 총에 맞아 죽었다고도 하고, 아들이 총에 맞는 걸 보고 놀라서 주저앉았다고도 하고. 암튼 그 뒤부터 큰소리만 나도 어디든 숨기 시작했다고 해요. 나도 예전에 일했던 요양보호사에게 들은 것이고, 예전 요양보호사는 그 전 요양보호사에게 들었다고 해요."

고개를 돌리자 두 손으로 입을 가린 채 눈을 동그랗게 뜨고 이 선생을 바라보는 허 선생이 눈에 들어왔다.

"세상에! 그래서 그렇게 차순이 어르신이 벌벌 떨기까지 했군요."

바로 옆에서 기저귀를 챙기던 양 선생이 이 선생을 돌아보았다.

"그러면 김영수 어르신은 왜 맨날 그렇게 이불을 씹으신대요? 전 그 어르신이 너무 궁금해요."

이 선생은 고개를 저었다.

"김영수 어르신이요? 저도 그 어르신은 몰라요. 김영수 어르신을 말해준 사람은 아무도 없었거든요."

양 선생은 기저귀를 안고 미간을 살짝 찡그렸다.

"다른 어르신들도 거의 마찬가지겠네요?"

"그렇죠. 차순이 노인은 워낙 유별나니까 그렇게 그렇게 알게 된 거고. 요양보호사들은 어르신들의 신상에 관한 비밀을 함부로 누설하지 못하게 되어 있잖아요. 그전에 우리한테 비밀에 부쳐지고 있지만요. 인지가 없으신 분들도 개인사는 절대 말씀 안 하시기도 하고."

이 선생의 말에 양 선생은 슬픈 표정으로 한숨을 쉬었다.

"한 공간에서 밥을 먹고 잠을 자는데, 딱 거기까지네요."

데스크에서 요양보호사들의 이야기를 듣고 있던 간호사가 이 선생 옆으로 왔다.

"정말 놀랍네요. 정신이 오락가락하는 상태에서도 자존심을 지키려고 한다는 게……. 그런 것도 본능일 거예요."

양 선생이 숨을 크게 들이쉬면서 어깨를 들썩했다.

"갑자기 막 서글프고 쓸쓸해지네요. 우리도 곧 저 나이가 될 거잖아요."

"그러게요."

기저귀를 안은 이 선생이 담당하고 있는 방으로 향하자 모두 뿔뿔이 흩어졌다. 양 선생과 허 선생도 시계를 본 뒤 담당하고 있는 방으로 갔고 간호사는 데스크로 돌아갔다.

그때 허리가 반쯤 굽은 차순이 노인이 아장아장 걸어 나와서 검버섯 여자와 한쪽 팔이 없는 여자 옆에 앉았다. 조금 전에 무슨 일이 있었는지는 까맣게 잊은 듯 연신 싱글거리며 웃는 얼굴이었다.

나는 통유리창 앞으로 가서 늘 앉던 자리에 앉았다. 복도를 필요 이상으로 돌면 안 될 것 같기도 했고, 김 노인의 침 냄새를 견디기도 힘들기 때문이었다. 내가 소파에 앉아서 시계를 보는 사이 박 노인은 공용 공간을 가로질러 갔다. 하지만 박 노인은 곧 다시 나와야 할 터였다. 얼마 안 있으면 저녁 시간이었다.

노인들의 일과는 하루 세끼 죽과 두 번의 간식을 먹고 똥을 싸고 누워있는 게 전부였다. 그런 노인들의 시간은 생각하는 것보다 느리게 흘러갈지도 몰랐다. 호기심이 사라지고 하는 일 없이 무언가를 기다리기만 하는 시간은 유속이 느린 강에 떠 있는 배와 같을지 모르기 때문이었다. 노인들은 그런 하루하루를 살면서도 같은 방 동료와 물티슈 한 장과 샘플 로션 한 병을 두고 다투기도 하는 눈치였다. 침대에 두 손이 묶이거나 사라진 근육과 근력만큼 욕심도 없어진 노인들만 퀭한 눈빛으로 누가 무엇을 하든 말없이 바라보았다.

"임복임 어르신 있잖아요. 이제는 식사를 거의 드시지 못하던데요. 샘플 로션을 가져가도 아무 말도 안 하시고."

내가 양 선생의 이런 말을 들은 곳은 옷방 앞이었다. 요양보호사들은 날마다 노인들의 옷을 빨아서 옷 방에 정리하고 노인들을 목욕시킨 뒤 갈아입히는데, 내가 박 노인을 뒤따라 복도를 돌 때 팀장이 양 선생과 이 선생을 데리고 노인들 빨래를 개켜서 정리하고 있었다. 임복임 노인이 누군지도 모르면서 나는 이 말을 듣고 걸음을 멈췄다. 이때 이 선생이 반듯하게 갠 내의를 어떤 바구니에 담고 있었다. 바로 임복임 노인의 바구니였다.

"그러니까요. 얼마 전까지는 그래도 서너 숟갈은 먹었는데, 요즘은 한 숟갈 먹고는 절대 안 먹잖아요."

"그럼, 죽을 드리는 게 낫지 않을까요? 설탕물에만 의존할 게 아니라……."

"죽은 또 절대 안 드시는 분이세요."

"대체 어디가 안 좋아서 식사를 못 하시는 거예요?"

팀장은 회색 셔츠를 김 노인의 바구니에 담기 위해 일어섰다.

"위암 말기에요."

순간 양 선생의 눈이 탁구공처럼 커졌다.

"예? 그 어르신이 위암 말기였어요? 두상이 둥글고 얼굴에 고운 태가 아직도 남아있어서 젊었을 때 미인이었겠다고 생각했는데……."

양 선생의 말을 듣고 나서야 나는 머리통이 둥근 노인이 임복임 노인이라는 것을 알았다. 임복임 노인이 설탕물에 만 밥을 한 숟갈만 먹고 그대로 남긴다는 것도. 복도를 지나갈 때면 가끔 마주치곤 했던 임복임 노인의 눈빛이 떠올랐다. 마주칠 때마다 텅 빈 눈빛이 처연해서 가슴이 시렸는데 알고 보니 그런 이유가 있었다.

나는 통유리창으로 비쳐 들었다가 공용 공간을 거쳐 복도로 번진 오후의 빛을 바라봤다. 해가 질 무렵의 햇빛이 복도에 길게 깔렸다는 말은 곧 저녁이 온다는 말이었다. 그 빛 속을 걸어서 공용 공간으로 향하는 동안 나는 가슴이 저릿해지는 것을 느꼈다.

차순이 노인의 방 앞을 지나 복도를 가면서 임복임 노인의 방을 들여다봤다. 내가 임복임 노인의 방을 일부러 들여다보기는 처음이었다. 나는 임복임 노인과 또 눈이 마주치지 않을까 했지만, 임복임 노인은 다른 노인들처럼 힘없이 누워서 천장만 바라보고 있었다. 그런 임복임 노인의 몸은 너무 말라서 한쪽 팔로 안고도 남을 것 같았다.

나는 잠시 걸음을 멈추고 임복임 노인을 바라봤다. 천장을 보는 임복임 노인의 눈빛은 마치 다른 세상 사람처럼 신비스럽게 보였다. 넓지도 좁지도 않은 둥근 이마는 십여 년 전에 저세상으로 간 아내가 생각나게 했다. 그때 아내도 임복임 노인처럼 눈빛이 텅 비고 몸이 비쩍 말라 있었다.

아내는 폐암으로 죽었다. 마을 사람들은 아내가 담배도 안 피우는데 왜 그런 병에 걸렸는지 모르겠다고 말했다. 그때는 몰랐다. 아내가 죽고 한참 지나서야 연기 때문이 아니었을까 하고 짐작했을 뿐이었다. 새집을 짓기 전에 살았던 집은 불만 때면 부엌이 연기로 가득했다. 아내는 그 부엌에서 날마다 밥을 지었다. 새집을 짓고 나서는 한동안 아래채 아궁이가 연기를 굴뚝으로 내보지 못했다. 아무리 생각해봐도 아내가 폐암에 걸린 이유는 그것밖에 없었다. 나는 그렇게 생각했다.

이윽고 나는 임복임 노인의 방 앞을 조용히 지나갔다. 방으로 들어가자 변함없이 가장 먼저 들리는 건 김 노인이 이불 씹는 소리였다. 박 노인의 코 고는 소리도 들렸다. 내가 코까지 골면서 낮잠 자는 박 노인을 보는 건 처음이었다.

'이 사람은 뭐가 이렇게 피곤할까? 도대체 뭐가.'

나는 창문을 올려다보고 침대에 누웠다. 침 냄새가 비릿하게 풍겨왔다. 벽을 향해 돌아눕는데 옷방 앞에서 들었던 양 선생의 말이 떠올랐다. 머리통이 둥근 노인의 이름은 임복임이었고, 그녀는 지금 위암 말기라고 했던 말이었다. 눈을 감자 십여 년 전에 죽은 아내의 모습이 임복임 노인의 모습 위에 겹쳤다. 그때 내 눈에서 뜨거운 것이 나와서 인중으로 흘러내렸다.

아침 일곱 시가 되자 어김없이 야간 요양보호사들은 노인들을 깨웠다.

나를 깨운 야간 요양보호사는 다 풀린 단발 파마머리를 꽁지처럼 묶은 중년 여자였다. 나는 눈을 뜨자마자 재빨리 몸을 일으켰다. 아침에는 빨리 죽을 먹으러 가야 한다는 생각이 어느덧 뇌리에 깊게 박혔기 때문이었다.

탁자 앞에 앉자 누런 코 같은 죽과 콩나물국과 연근조림과 어묵볶음과 시금치나물과 김치가 담긴 식판이 놓였다. 나는 실처럼 가늘게 썰어서 볶은 어묵볶음과 간장과 물엿을 듬뿍 넣고 조린 연근조림을 들여다봤다. 조림과 볶음은 아침 반찬으로 어울리지 않는다는 생각이 들어서였다. 박 노인이 나를 흘깃 쳐다보고 죽에 어묵볶음과 연근조림을 넣어 비벼가면서 먹기 시작했다. 나도 김치를 죽에 넣고 비볐다.

그때 누군가 나지막하게 소리쳤다.

"눈 온다!"

나는 죽을 한 입 떠 넣다가 숟가락을 입에 문 채 통유리창을 바라봤다. 커다란 통유리창이 바람에 날리는 눈으로 가득했다. 철책 문까지 뻗어있는 길옆의 소나무밭이 바람에 곧 부러질 듯이 흔들리고 있었고, 철책 문 앞으로 보이는 마을의 집과 작은 들판 건너 면 소재지가 자욱한 눈발에 흐릿하게 보였다.

임복임 노인도 둥근 머리통을 돌려서 창밖을 보고 있었다. 밥은 먹었는지 안 먹었는지 숟가락을 밥그릇 위에 올려놓은 채였다. 뼈만 남은 하얀 머리의 뒷모습이 창밖의 풍경과 쓸쓸하게 어울려 보였다. 나는 숟가락을 쥔 채 그런 임복임 노인의 뒤통수를 잠시 바라보았다.

그때 사무국장이 침대에 손이 묶인 노인에게 미음을 먹이고 나왔다.

"뭣들 하고 있어요? 빨리 아침들 안 먹여요?"

첫눈에 홀려 있던 요양보호사들이 그제야 정신을 차렸다.

"아, 어르신들! 빨리 드세요, 빨리."

휠체어 노인들에게 서둘러 죽을 먹인 두 야간 요양보호사는 탁자 앞으로 달려왔다. 몇몇 노인들이 재빨리 남은 죽을 입에 긁어 넣기 시작했다. 박 노인도 나도 재빨리 식판을 비웠다. 김 노인은 식판에 묻은 고춧가루까지 손가락으로 집어 먹었다. 차순이 노인은 식욕 촉진제가 뿌려지지 않아서 밥을 그대로 남겼고, 검버섯 여자와 한쪽 팔이 없는 여자 역시 허겁지겁 남은 밥을 입에 몰아넣었다. 죽을 더 먹을 수 없는 노인들은 그냥 숟가락을 내려놓았다. 노인들이 숟가락을 내려놓기 무섭게 요양보호사들은 푸석한 얼굴로 식판을 걷어갔다.

다시 휠체어 노인들이 방으로 들어가고, 빈 식판을 뺏긴 김 노인은 네 손가락을 빨면서 방으로 떠밀려 들어갔다. 넓은 공용 공간에는 검버섯 여자와 한쪽 팔이 없는 여자와 나만 남았다. 남은 세 사람은 대각선으로 맞은편에 떨어져 앉았다. 검버섯 여자와 한쪽 팔이 없는 여자는 나란히 앉아서 소나무밭으로 몰아치는 눈을 바라봤고, 나는 중정 가운데로 고요하게 쏟아지는 눈을 보았다.

"올해 첫눈 아닌가? 근데, 뭔 첫눈이 이렇게 많이 오는지 모르겠어."

"그러게나 말이야. 오늘은 원장이 해주는 밥 먹게 되는 건 아닌지 모르겠네."

검버섯 여자는 한쪽 팔이 없는 여자를 쳐다보면서 큰 목소리로 말했다. 내가 대꾸를 해주길 바라고 높인 목소리였지만 나는 검버섯 여자를 보지 않았다. 그냥 중정만 물끄러미 바라볼 뿐이었다. 중정에는 바람이 없어서 눈이 고요하게 수직으로 낙하하고 있었다.

내가 중정을 바라보는 이유는 중정에 오고 있는 눈을 보면 시간이 멈춘 것 같은 느낌이 들어서였다. 아내의 무덤에도 저렇게 눈이 내리겠다는 생각이 들기 때문이었다. 눈이 내리고 나면 날이 더 추워질 것이고 이곳을 빠져나가려면 아무래도 봄까지 기다려야 할지도 모르겠다는 생각이 들어서였다.

요양보호사들이 출근할 시간이 다 된 듯했다. 나는 몸을 돌려서 통유리창 밖을 내다봤다. 바람에 세차게 휘날리는 눈발 사이로 농로를 느릿느릿 달려오는 자동차들이 보였다. 자동차들은 철책 문과 전봇대 사이의 공터에 정차했고, 팀장과 간호사와 양 선생이 눈을 털면서 들어왔다. 문 선생과 이 선생과 허 선생도 손을 비비며 들어와서 출근부에 사인했다. 차순이 노인의 여란이는 퇴근하는 야간 요양보호사가 현관으로 나가고 난 뒤 웬 남자와 함께 왔다.

나는 키 크고 골격이 좋은 남자를 물끄러미 바라봤다. 얼굴이 젊어 보이는 남자는 앞머리가 다 빠지고 몇 가닥 남지 않아서 나이를 가늠하기 어려웠다. 남자에게 악수를 청하는 문 선생과 비교해봤지만, 여전히 알 수 없기는 마찬가지였다.

파란색 조끼를 입은 정 선생이 체조 대형으로 둘러선 사람들 앞에 핸드폰으로 체조 영상을 켰다. 그제야 차순이 노인이 나와서 검버섯 여자와 한쪽 팔이 없는 여자 옆에 앉았다. 나는 늘 앉던 통유리창 앞에서 요양보호사들과 간호사와 사회복지사가 하는 체조를 지켜봤다. 그 가운데서 체조를 가장 못하는 사람은 새로 온 남자와 허 선생이었다. 아직도 시장 아줌마티를 벗지 못하고 있는 허 선생의 체조는 여전히 일하는 것만큼이나 엉성했다.

다른 날과 달리 원장은 데스크 앞에서 체조가 끝나기를 기다리고 있었다. 원장의 핸드폰에서는 쉴 새 없이 문자 도착을 알리는 신호음이 울리고, 원장의 얼굴은 여느 날보다 번질번질했다. 쉴 없이 오는 문자를 확인하면서 데스크 앞에 서 있던 원장은 체조가 끝나자마자 바로 회의를 소집했다.

변함없이 회의는 일방적이었다. 원장은 몇 가지 공지 사항을 전달하고 군청에서 보내온 공문을 읽었으며 몇 가지 사례를 예로 들었다. 원장이 말하는 요점은 언제나처럼 노인 폭력 예방이었다. 원장이 말하는 동안 요양보호사와 간호사와 사회복지사가 할 말은 없었다. 그냥 원장의 말을 듣고 적을 뿐이었다.

"어르신들 폭력 예방은 아무리 강조해도 지나치지 않습니다. 엊그제도 충청도 어느 요양원에서 어르신 한 분이 멍이 들도록 얻어맞은 사건이 있었다고 해요."

그 노인은 밥을 빨리 먹지 않아서 맞았다고 했다. 노인이 맞는 장면은 다른 요양보호사에게 찍혔다. 원장은 간밤에 그렇게 충격적인 장면을 핸드폰 영상으로 전해 받고 잠을 이룰 수 없었다고 했다.

"그런데 선생님들! 과연 물리적으로 사람을 때리는 것만이 폭력일까요? 아닙니다. 상대에게 상처를 주는 언어도 폭력입니다. 반말해서는 안 되는 사람에게 반말하는 것도 폭력이에요. 제가 엊그제 수족관 물고기들 밥을 주다가 어떤 선생님이 어르신들에게 반말하는 소리를 듣고 깜짝 놀랐어요. 그 선생님이 누구라고는 말하지 않겠어요. 하지만 그것을 지적하지 않을 수는 없어요. 그렇게 자꾸 반말하다 보면 행동도 말투를 따라가기 마련이거든요."

원장의 목소리는 여느 날보다 높았다. 체조가 끝나기를 기다리고 있었던 이유가 이것이었겠다는 생각이 들 정도였다. 나는 격앙된 원장을 빤히 쳐다보았다. 원장이 폭력 예방을 말할 때마다 누런 코 같은 죽이 생각났기 때문이었다. 나는 원장에게 묻고 싶었다. 밥을 먹어야 하는 사람에게 코 같은 죽을 먹이는 건 폭력인지 아닌지를. 보호자들은 귤과 초코파이를 노인들이 충분히 먹을 수 있도록 사 오는 것 같은데, 왜 귤과 초코파이는 한 개로 한 접시를 만들어 주는지를. 죽을 양이라도 늘려줬으면 좋겠다는 조리사 여자의 말을 듣긴 했는지를 난 정말 꼭 묻고 싶었지만, 내가 낼 수 있는 용기는 조용히 지켜보는 것이 다였다.

다시 원장은 노인들에게 말부터 조심해서 할 것을 강조하기 시작했다. 같은 말을 반복하는 원장은 유리창을 긁어대는 고양이 같았다. 이십 분만 해도 될 이야기를 한 시간씩이나 할 만큼 집요했다. 원장은 같은 말을 계속 반복해서 요양보호사들을 세뇌하고 있었다.

'어쩌면 저렇게 지치지도 않을까?'

그때 중정의 유리문 앞으로 회색 줄무늬 고양이가 나타났다. 말 그대로 눈은 이제 펑펑 쏟아지고 있었고, 고양이는 등을 공처럼 만 채 유리문을 긁어대기 시작했다. 나는 노인 폭력 예방을 강조하고 또 강조하는 원장의 말을 들으면서 유리문을 긁고 있는 고양이를 보았다.

고양이는 사무국장에게 안겨서 이곳에 온 날부터 한 번도 중정을 벗어난 적이 없다고 했다. 내가 복도를 돌 때 이곳에서 가장 오래 일하고 있다는 팀장이 고양이가 싫다는 양 선생에게 그렇게 말했다.

"이곳에 고양이를 사 오기 전에는 쥐가 엄청 많았대요. 근데, 원장님이 사무국장님 시켜서 사 오게 하신 뒤부터는 정말 쥐가 잘 보이지 않는다고 해요."

"중정에만 놔둬도 쥐를 다 잡는다고요?"

"글쎄. 고양이가 잡기도 하고 쥐가 알아서 숨기도 하고 그러겠죠."

"할 수 있는 게 쥐를 잡는 것밖에 없으니까, 집요할 수밖에 없겠네요."

이 말이 생각나는 순간 나는 고양이에게 동질감을 느꼈다. 사실 고양이와 비슷한 사람은 원장이 아니라 박 노인과 나인지도 모른다는 생각이 들었다. 아무리 바둥거려도 실내로 들어올 수 없는 문을 긁어대는 고양이와 이곳을 나갈 출구가 보이지 않는데도 날마다 복도를 도는 박 노인과 나는 서로 비슷한 것 같았다.

나는 다시 회의에 집중하고 있는 사람들을 바라봤다. 이제 원장은 노인 폭력 예방 교육을 마치고 정 선생과 함께 온 남자를 호명했다.

"박재민 선생님. 일어나세요."

얼굴은 젊어 보이지만 앞머리는 거의 다 빠진 남자가 문 선생 옆에서 일어났다.

"문근식 선생님은 개인 사정으로 오늘까지만 근무하십니다. 앞으로는 문근식 선생님이 하셨던 일을 박재민 선생님이 하실 겁니다. 선생님, 인사하세요."

박 선생이 서 있는 자리에서 꾸뻑하고 절했다.

"잘 부탁드립니다. 박재민입니다."

원장이 다시 문 선생을 불렀다.

"그동안 어르신들 보살피시느라 고생 많으셨습니다."

문 선생은 앉은 자리에서 고개를 숙여 보였다. 아무 말 없이 고개만 숙여 보이는 문 선생은 어딘지 단단하게 굳은 표정이었다. 원장은 그런 문 선생을 흘깃 쳐다보고 다른 날보다 일찍 회의를 끝냈다.

기저귀를 챙기던 허 선생이 금시초문이라는 얼굴로 이 선생을 쳐다보았다.

"선생님은 알고 있었어요? 남자 선생님 바뀐다는 거요."

이 선생은 씁쓸한 표정으로 고개를 저었다.

"나도 아까 출근하면서 들었어요. 어제 퇴근할 때 사무국장님이 갑자기 문 선생님을 부르더니 그만두라 했대요."

"왜요?"

"문 선생님이 그것까지는 말씀 안 하시네요."

이 말을 끝으로 두 요양보호사는 기저귀를 안고 각자 담당하고 있는 방으로 갔다. 나는 일어서서 창밖을 내다봤다. 여전히 밖은 눈보라가 자욱했다. 녹색 철책 문이 흐릿하고 농로가 묻힌 들판은 희미했다.

4부

어디선가 고양이 우는 소리가 들렸다. 고양이는 실내 어딘가에서 우는 것 같았다. 하지만 어디서 우는지는 알 수 없었다. 고양이가 중정에 있을 때는 울음소리가 들리지 않아서 몰랐는데, 실내 어딘가에서 들려오는 고양이 울음소리는 소름이 끼치도록 음산했다.

오랜만에 맑게 갠 하늘을 창문으로 바라보던 나는 고양이 울음소리가 나는 곳을 찾아 나섰다. 공용 공간으로 나가자 차순이 노인이 이가 하나도 없는 입을 벌리고 숨을 몰아쉬면서 우왕좌왕 어쩔 줄 몰라 하고 있었다.

"하-아! 하-아! 아아!"

간호사가 옆방 노인의 종기에 약을 바르다 뛰어나오고, 그 옆방과 또 그 옆방에서 노인들을 목욕시키고 난 팀장과 양 선생이 놀란 얼굴로 달려 나왔다.

"왜, 왜요? 왜 그러세요, 어르신?"

팀장이 차순이 노인을 안았다. 차순이 노인은 키 작은 팀장의 품에 쏙 안겼다.

"여, 여란이가 없어. 우리 여란이가 없어. 여란아! 여란아!"

간호사가 사무실로 달려갔다가 빈손으로 되돌아왔다. 사무국장 심부름으로 외출한 사회복지사 정 선생이 아직 돌아오지 않았다고 했다. 팀장은 차순이 노인을 안은 채 등을 쓰다듬었다.

"어르신! 저기 조금만 앉아 계세요. 제가 여란이 찾아다 드릴게요."

"여란이가 없어. 우리 여란이 죽었어."

차순이 노인은 울음을 터뜨렸다. 팀장은 차순이 노인의 등을 토닥였다.

"여란이가 왜 죽어요? 여란이 안 죽었어요. 여란이 지금 어르신 과자 사러 갔잖아요?"

"아니야. 우리 여란이 죽었어. 나 우리 여란이한테 데려다줘."

팀장의 품에서 미끄러져 바닥에 주저앉은 차순이 노인은 여란이를 부르며 통곡하기 시작했다. 팀장은 종기에 약을 바르다 말고 나왔다는 간호사와 노인들 옷을 입히다 나온 양 선생을 돌려보내고 다시 차순이 노인을 안고 달랬다.

"아니에요. 여란이 금방 온다니까요."

마침 외출에서 돌아온 정 선생이 차순이 노인의 울음소리를 듣고 달려왔다.

"엄마! 왜 그러세요? 여란이 여기 왔어요, 여기."

그제야 울음을 그친 차순이 노인이 정 선생을 빤히 쳐다봤다. 정 선생을 마치 처음 보는 사람처럼 쳐다보다가 이내 고개를 저었다.

"너는 우리 여란이가 아니야. 우리 여란이 아니야."

"아이고, 엄마! 우리 엄마가 또 여란이를 잊어버렸구나. 여란이가 이렇게 과자도 사 왔는데?"

그때 데스크로 가는 사무국장이 보였다. 데스크에서 서류를 찾는 사무국장을 발견한 차순이 노인은 팀장의 가슴에 얼굴을 묻었다. 팀장은 정 선생이 사 온 과자를 차순이 노인에게 안겨주고 방으로 데려갔다. 나는 팀장의 손을 잡고 과자를 흔들며 방으로 향하는 차순이 노인을 보다가 사무실 앞의 복도를 향해 돌아섰다. 문 선생이 달려와서 복도로 나서는 내 팔을 붙잡았다.

"어르신! 어르신 목욕하실 차례에요. 얼른 가십시다."

고양이가 어디서 울고 있는지 찾고 싶었지만, 나는 문 선생을 따라갈 수밖에 없었다. 임복임 노인의 방 앞을 지날 때 나는 고양이 대신 임복임 노인을 보았다. 순간 문밖을 빤히 내다보고 있던 임복임 노인과 내 시선이 중간에서 부딪쳤다. 임복임 노인의 눈은 여전히 우물처럼 깊고 투명하게 빛나고 있었다.

문 선생은 방 옆에 붙어있는 욕실에서 나를 플라스틱 목욕 의자에 앉혀놓고 박 선생에게 목욕시키는 시범을 보여줬다. 박 선생은 고개를 끄떡였다.

"생각보다 어렵지 않군요."

그런 박 선생을 보고 문 선생이 웃었다.

"다음부터는 여자 선생님들하고 목욕시켜드려야 해요. 남자는 선생님 혼자뿐이고, 혼자서 여섯 분은 무리거든요."

나를 다 씻긴 박 선생과 문 선생은 김 노인의 옷을 벗기고 플라스틱 목욕 의자에 앉혔다.

"뭐, 괜찮습니다. 그런데, 이 어르신은 왜 이렇게 이불을 씹습니까? 배가 고파서 그러시는 건가요?"

문 선생은 김 노인의 머리에 물을 뿌리며 고개를 저었다.

"그건 저도 모릅니다. 어르신들 성함과 아픈 증상 외에는 말해주지 않으니까요. 여기 처음 온 날부터 이 어르신이 이렇게 이불을 씹는 걸 봐왔지만, 모른다는 대답만 들었어요. 다른 건 뭐……, 차차 아시게 될 겁니다."

"알겠습니다."

박 선생은 다 씻긴 김 노인에게 옷을 갈아입혔다. 박 노인은 침대에 누워서 눈을 감고 있었고, 김 노인은 이불을 바꿔놓자마자 또 씹기 시작했다. 문 선생은 고개를 도리질하면서 박 선생을 데리고 나갔다. 두 남자가 침에 젖은 이불과 세 사람의 빨랫감을 안고 나가자 나는 다시 고양이 울음소리가 나는 곳을 찾아 나섰다. 하지만, 고양이 울음소리는 더 이상 들리지 않았다.

방을 나선 김에 나는 복도를 돌기 시작했다. 박 노인과 김 노인과 내가 함께 쓰는 방 앞에서 곧장 뻗어있는 복도를 뒷짐 지고 천천히 걸어갔다. 감나무 밑에 눈이 그대로 쌓여있는 중정도 넘어다보면서 현관에서 유리문 쪽으로 곧장 뻗어있는 복도와 만나는 T자 지점까지 멈추지 않고 걸었다. 그곳에서 나는 습관대로 조리실 옆의 빈 식당으로 통하는 유리문을 바라봤다. 거짓말처럼 유리문이 활짝 열려있었다. 유리문 맞은편 식당 문도 마찬가지였다. 식당에서 조리실로 드나드는 문과 사용하지 않는 식당의 식탁과 의자들이 환하게 보였다.

날마다 복도를 돌았지만, 이런 일은 처음이었다. 나는 너무 놀라서 오른손으로 왼쪽 가슴을 힘껏 누르고 숨을 죽였다. 항상 굳게 닫혀있던 문이 활짝 열려있다는 게 도무지 믿어지지 않아서였다.

'이게 도대체 어떻게 된 일이야?'

나는 활짝 열려있는 유리문을 한동안 멍하니 바라기만 했다. 이곳을 벗어날 수 있는 절호의 기회였지만, 너무 환한 한낮이라는 사실이 나를 꼼짝도 하지 못하게 했다. 두 건물 사이의 통로 끝에 달린 철문 너머에서는 개 짖는 소리도 요란했다. 철책 앞에 쇠줄로 묶여 있는 두 마리의 개와 사회복지사와 간호사와 요양보호사들의 눈을 피해 이곳을 빠져나간다는 건 아무리 생각해도 불가능했다. 나는 목구멍으로 올라오는 탄식을 토해내고 깊은 한숨을 쉬었다.

그때 조리실에서 조리사 여자가 나오다가 활짝 열려있는 두 유리문을 보고 깜짝 놀랐다. T자 지점에서 망연히 서 있는 나를 보고 더욱더 놀란 조리실 여자는 서둘러 유리문을 힘껏 끌어당거서 닫았다. 조리사 여자는 딸깍하고 유리문이 잠기는 것을 확인하고 나서야 나를 다시 힐끗 쳐다본 뒤 조리실로 사라졌다.

인의예지를 벗어날 기회는 이렇게 사라졌지만, 나는 그렇게 아쉽다는 생각이 들지 않았다. 누군가 유리문을 열어놓고 잊었다는 건 또 잊을 수 있다는 말이었다. 복도를 돌다 보면 활짝 열려있는 유리문을 언젠가 또 분명히 볼 수 있을 터였다. 나는 현관 쪽을 향해 걸어가면서 뒤를 돌아보지 않았다. 여느 때처럼 현관 옆의 유리창으로 농로를 내다보지도 않았고,

현관 앞의 작은 정원만 한참 동안 들여다보았다. 통유리창 앞의 소파에 앉아서는 중정만 멍하니 바라봤다. 검버섯 여자와 한쪽 팔이 없는 여자와 차순이 노인이 그런 나를 빤히 쳐다보았다.

오후 간식으로 케이크가 나왔다. 부드러운 빵 위에 생크림이 발라지고 딸기가 예쁘게 장식되어 있었다는 케이크였다. 내가 이 요양원에 온 뒤 간식으로 케이크가 나온 건 처음이었다. 그동안 나왔던 오후 간식은 고구마 단감, 혹은 초코파이나 라면 귤 같은 것들이었다. 고구마와 단감은 원장이 소나무밭 뒤의 텃밭에서 가꾼 것이었고, 초코파이와 귤은 노인들의 보호자들이 사 온 것이었다. 원장이 직접 산 것은 라면밖에 없었다.

케이크는 입에 넣자마자 순식간에 녹아버렸다. 생일 때마다 아들이 사주었던 케이크는 먹지 않았는데, 이제는 얇게 썰어서 접시에 깔아놓은 케이크가 너무 아쉬웠다.

양 선생이 김 노인에게 마지막으로 케이크를 나눠주고 이 선생 곁으로 갔다. 이 선생은 차순이 노인에게 케이크를 먹여주고 있었다.

"이 케이크, 누가 사 오신 거예요?"

"임복임 어르신 보호자께서 아까 다녀가셨어요. 어르신 때문에 고생이 많다고, 아마 우리 먹으라고 사 오신 모양인데, 언제 우리한테 이런 걸 준 적이 있나요?"

"뭐, 우리는 먹지 않아도 상관없지만……, 어르신들이 간에 기별이나 갈까요?"

"그러니까요. 생크림은 오래 보관할 수도 없는데 말이에요."

케이크를 먹으면서 나는 딸기 맛이 나지 않는 설탕물 딸기주스를 먹을 때처럼 아들을 생각했다. 거짓말로 나를 속이고 이곳에 데려다 놓은 아들은 지금까지 한 번도 나를 찾아온 적이 없었다. 아들은 선별하고 남은 딸기를 먹으면서 진작 효용가치가 끝난 아버지를 더는 그리워하지 않기로 한 게 틀림없었다. 그런데 아들은 알까. 아들의 미래가 나라는 것을. 딸기를 선별하듯 미래는 선별할 수 없다는 것을. 오 년 전의 미래를 사는 나는 그래서 케이크를 다 먹고 나서도 목이 멨다.

내가 빈 접시를 물끄러미 바라보는 동안 박 노인은 케이크를 먹어 치우자마자 자리에서 일어섰다. 김 노인은 박 노인의 케이크 부스러기까지 손가락 끝으로 찍어 먹었다. 요양보호사들이 김 노인과 박 노인의 빈 접시를 내 접시와 함께 카트에 실었다. 카트에는 금방 빈 접시가 다 모였다. 휠체어 노인들이 각자의 침대의 눕혀지는 동안 양 선생이 빈 접시를 실은 카트를 조리실로 밀고 갔다.

나는 김 노인의 등을 떠미는 박 선생을 뒤따라 방에 들어갔다. 방에 들어가자마자 김 노인은 이불을 씹기 시작했고, 방안은 비릿한 침 냄새가 맴돌기 시작했다. 하지만, 이 넓은 요양원에서 마음 편하게 누워있을 수 있는 곳은 이 방뿐이었다. 이곳에 처음 온 날 내 방이라고 했던 방. 김 노인의 것도 되고 박 노인의 것도 되는 방. 이곳에 빈방은 많아도 다른 곳에서는 누워있을 수도 없고 잘 수도 없었다.

김 노인이 이불 씹는 소리를 들으면서 나는 침대에 누웠다. 박 노인은 천천히 벽을 향해 돌아누웠다. 나도 박 노인처럼 벽을 향해 돌아누워서 눈을 감았다. 복도를 오가는 요양보호사들의 발소리와 말소리가 점점 귀에서 멀어졌다. 내가 있는 곳이 꿈속 같고, 꿈속이 현실 같은 느낌이었다.

늙어서 그런지 먹는 것이 시원찮기 때문인지 누웠다 하면 잠이 드는 것 같다는 것이 어렴풋한 잠결에 느껴졌다. 그렇게 나는 잠 속으로 빠져들었고, 처음으로 저녁 시간까지 깨지 않고 잤다.

아침 일찍부터 차순이 노인이 여란이를 찾았다. 차순이 노인 앞에는 손도 대지 않은 식판이 그대로 놓여있었고, 차순이 노인을 달래던 야간 요양보호사는 연신 시계를 보고 있었다. 정 선생이 출근하려면 아직 사십 분이나 남은 시간이었다. 야간 요양보호사는 끝내 차순이 노인에게 밥을 먹이지 못했다. 야간 요양보호사는 둘이었고, 돌볼 노인은 스물다섯 명이었다. 꽁지머리 야간 요양보호사는 한숨을 쉬면서 임복임 노인에게 갔고, 차순이 노인은 사무국장을 보고 나서야 밥을 먹기 시작했다.

사회복지사 정 선생은 휠체어 노인들을 침대에 눕히고 모든 정리가 끝났을 때 출근했다. 정 선생의 출근은 다른 날보다 빨랐다. 커트 머리 야간 요양보호사는 먼저 퇴근하고, 뒤늦게 패딩 점퍼와 가방을 들고나오던 꽁지머리 야간 요양보호사가 정 선생을 보고 인사했다.

"일찍 출근하셨네요. 좋은 아침 맞죠?"

"예, 좋은 아침이 맞겠지요? 수고하셨어요."

"그런데, 차순이 어르신이 요즘에는 시도 때도 없이 여란이를 찾으시네요."

복도에서 중정을 내다보고 있던 나는 바닥의 매트에 누워있는 차순이 노인을 흘깃 돌아봤다. 차순이 노인은 옆으로 공처럼 몸을 말고서 눈을 감고 있었다. 정 선생은 차순이 노인이 있는 방을 쳐다보고 데스크를 돌아섰다.

"그러니까요. 그래서 제가 더 바쁜 것 같아요. 안녕히 가세요."

"수고하세요."

야간 요양보호사가 나가자마자 하얀 패딩 코트를 입은 여자가 들어왔다. 정 선생이 종이 몇 장을 들고 데스크로 갔다. 웬일로 검버섯 여자와 한쪽 팔이 없는 여자는 내가 늘 앉던 자리에 앉아서 하얀 패딩 코트 입은 여자를 쳐다보고 있었다. 하는 수 없이 나는 세 여자가 날마다 앉던 자리에 앉았다. 그제야 데스크의 간호사가 또 바뀐 것을 알 수 있었다.

패딩 코트를 벗고 분홍색 카디건으로 갈아입은 간호사가 정 선생이 건넨 종이를 보았다.

"필요한 서류는 이따 오후에 준비할게요. 그런데, 선생님이 여란이에요? 아까 여란이라고 하는 것 같아서……."

"처음 출근한 날부터 저를 여란이라고 부르는 어르신이 계세요. 근데 요즘에는 시도 때도 없이 여란이를 찾는대요. 저보고 여란이가 아니라고 할 때도 있고요."

"그 어르신은 왜 그렇게 여란이를 찾는대요?"

"이 요양원에서 어르신이 여란이를 찾는 이유를 아는 사람은 없어요. 얼마 전에 그만둔 요양보호사들이 오일팔 때 잃어버린 딸을 말하는 것 같다고 하긴 했지만요. 말을 잘 안 듣는 어르신들에게 사무국장님이 큰소리를 칠 때마다 침대 밑으로 숨으면서 여란이를 부르는 걸 보면 그 말이 맞는 것 같긴 해요. 여란아! 너도 얼른 이리 숨어. 옆집 딸도 군인 칼에 찔려 죽었어. 그러셨거든요."

새로 온 간호사는 잠시 생각에 잠기다가 정 선생을 쳐다봤다.

"저 어르신한테 좋은 딸이시네요."

정 선생이 웃으면서 고개를 끄떡이고 데스크를 돌아섰다. 마침 방에서 나오던 차순이 노인이 정 선생을 보고 데스크로 다가갔다.

"여란아! 우리 여란이 언제 왔어?"

사무실로 돌아가려던 정 선생은 차순이 노인을 다정하게 안아주었다.

"좀 전에 왔어요, 엄마! 잘 잤어요?"

차순이 노인이 정 선생의 뺨을 쓰다듬었다.

"여란아! 우리 여란이 밥 먹어야지. 왜 이렇게 말랐어?"

정 선생은 차순이 노인의 등을 토닥였다.

"알았어요, 엄마. 저 얼른 가서 밥 먹고 올게요. 그동안 소파에 앉아 계세요."

"알았어. 우리 여란이 밥 먹고 얼른 와야 해?"

"알았어요, 엄마."

차순이 노인은 검버섯 여자와 한쪽 팔이 없는 여자 앞으로 가서 바닥에 앉았다. 정 선생이 사무실로 간 사이 요양보호사들이 줄줄이 내 옆을 지나 갔다. 그들은 데스크에 놓인 출근부에 사인하자마자 체조 대형으로 둘러섰 다. 다시 돌아온 정 선생이 핸드폰으로 체조 영상을 켜고 티브이 앞에 섰다. 검버섯 여자가 수족관 앞에서 체조를 따라 했다.

그때 박 노인은 중정의 유리문 앞에 서서 고양이를 보고 있었다. 그동안 왜 고양이 울음소리가 들리지 않는가 했더니 다시 중정으로 쫓겨났던 모양 이었다. 박 노인이 이렇게 고양이를 오래 바라보는 건 처음인 것 같았다. 나는 고양이를 보는 박 노인과 빠르게 유리문을 긁어대는 고양이를 번갈아봤다. 박 노인은 발이 보이지 않을 정도로 빠르게 유리문을 긁어대는 고양이를 보고 무슨 생각을 할까. 바람이 부는 건물 밖과 바람이 없는 중정 사이에서 박 노인은 무표정하기만 했다.

그때 체조를 끝낸 요양보호사들이 탁자 앞에 모여 앉기 시작했다. 원장은 데스크를 등지고 앉았다. 회의를 시작하기 위해서였다. 나는 소파에서 일어섰다. 이미 박 노인은 어둑한 복도를 중간만큼 걸어가고 있었다. 임복임 노인의 방앞을 걸어가는 내 등 뒤로 새로 온 간호사를 소개하는 원장의 목소리가 들렸다. 나는 멀찍이 걸어가는 박 노인의 뒷모습을 보면서 언제나처럼 노인 폭력 예방을 말할 원장의 커다란 목소리를 떠올렸다.

오후 간식 시간이 얼마 남지 않았을 때였다. 통유리창 앞에서 대성통곡하는 소리가 들렸다. 나는 방문 앞에서 곧장 뻗어있는 복도로 나가다 공용 공간으로 향했다. 작고 깡마른 몸집에 짧은 흰 머리의 노인이 까맣게 마른 손으로 통유리창을 긁으며 울고 있었다. 유리창 밖으로는 노인의 손을 따라 유리창을 긁으며 울고 있는 중년 여자가 보였다. 중년 여자의 등 뒤에는 눈가를 손바닥으로 훔치는 두 중년 남자도 있었다. 창밖에서 울고 있는 중년 여자와 남자들은 노인의 딸과 아들과 사위인 듯했고, 유리창을 긁어대며 울고 있는 노인은 중정의 고양이 같았다.

나는 탁자 앞에 앉아서 통유리창을 사이에 두고 서로를 부르는 노인과 중년 여자를 바라봤다. 통유리창에 달라붙어서 긁어대는 노인의 뒷모습과 유리창을 사이에 둔 채 노인과 손을 맞대고 문질러대는 중년 여자를.
"막둥아! 막둥아!"
"엄마! 엄마, 엄마!"

급기야 노인은 두 손으로 유리창을 두드려대기 시작했다.

"막둥아! 막둥아! 나, 집에 갈란다. 나, 집에 갈란다."

통곡 소리를 듣고 소파로 나와앉은 검버섯 여자와 한쪽 팔이 없는 여자가 눈물을 훔쳤다. 데스크에서는 간호사가 얼굴이 보이지 않을 정도로 고개를 숙이고 있었다. 그 외에 노인을 보는 사람은 아무도 없었다. 사회복지사와 요양보호사들은 끝까지 보이지 않았다.

중년 여자가 노인을 부르며 손바닥을 유리창에 갖다 대고 활짝 펼쳤다. 노인도 손바닥을 활짝 펼쳐서 중년 여자의 손바닥과 맞댔다. 마디가 굽은 노인의 손은 활짝 펴지지 않고 유리창에서 떠 있었다.

"엄마! 나중에. 나중에, 열 밤만 자고 데려갈게."

노인은 울음 섞인 중년 여자의 말을 용케 알아듣고 고개를 저었다.

"아니, 나 지금 갈란다. 막둥아! 나 좀 데리고 가."

"엄마! 담에! 담에 데려갈게. 지금은 못 데려가."

나는 중년 여자의 말도 노인의 말도 다 알아듣기 어려웠다. 내게는 중년 여자의 말이나 노인의 말이나 모두 울음소리로 들렸다. 언제인지 모르게 박 노인이 내 옆에 와서 앉아있었다. 박 노인은 유리창을 사이에 두고 대성통곡하는 두 모녀를 서늘한 표정으로 바라봤다.

마침내 깊숙이 고개를 박고 있던 간호사가 데스크를 빠져나갔다. 유리창 밖의 한 중년 남자는 돌아서서 눈물을 닦다가 핸드폰을 꺼내 들고 어디론가 전화를 걸었다. 중년 남자가 귀에 대고 있던 핸드폰을 내리자마자 팀장과 양 선생이 박 선생과 함께 나왔다.

"어르신! 이제, 그만 우세요. 너무 많이 울면 머리 아파요."

"자자! 그만 들어가십시다."

"아니야! 나, 안 들어가! 집에 갈 거야!"

"어르신! 그만 들어가셔야 해요."

"놔! 이년들아! 이거 놔!"

노인은 팀장과 양 선생의 손을 뿌리쳤다. 작고 마른 몸 어디에서 그런 힘이 나오는지 노인은 완강했다. 노인이 팀장과 양 선생의 손을 뿌리치자 박 선생이 노인의 몸을 꼭 안았다.

"다른 어르신들은 자식들 얼굴도 못 보는데, 어르신은 따님도 보시고 아드님도 보시고 사위도 보셨잖아요? 그리고 코로나가 끝나면 모시러 올 거예요."

"코……, 뭐? 난 그런 거 몰라. 나는 집에 갈 거야. 집에 가고 싶어."

박 선생이 버둥거리는 노인을 안고 노인의 방으로 향했다. 노인의 대성통곡이 방에서 방으로 복도에서 복도로 길게 울려 퍼졌다. 노인을 방으로 데려가고 나자 중년 남자들은 중년 여자를 데리고 소나무밭 옆에 세워진 검은색 자동차로 향했다. 나는 철책 문 맞은편 마을의 집 앞에서 농로로 접어드는 자동차를 물끄러미 바라봤다. 느릿느릿 농로를 벗어난 자동차는 이 차선 도로로 들어서더니 금세 면 소재지 너머로 사라졌다.

한참 동안 나는 통유리창 앞을 떠날 수 없었다. 생각하고 싶지 않았지만, 아들의 트럭을 타고 농로를 달려오던 늦가을이 생각났다. 개천 둑을 따라 달리는 동안 중세 유럽의 성을 조잡하게 흉내 낸 건물을 바라보았던 기억도 났다.

'지금 나는 그때 바라보던 건물 안에 갇혀서 그때 달렸던 길을 바라보고

있구나. 내가 저 길을 걸어서 다시 집으로 갈 수 있을까?'

며칠 전 눈에 묻혔던 농로를 바라보고 있자 아들을 향한 분노가 다시금 슬며시 치밀어 올랐다.

'괘씸한 놈! 아무리 그래도 아버지인데, 집으로 데려가지는 못한다고 해도 한 번씩 찾아보긴 해야 하는 것 아닌가? 딸기 한 바구니만 따 가지고 오면 될 것을……'

사실 내 아들만 부모를 찾아보지 않는 건 아니었다. 대부분은 입원비만 계좌 이체하는 형편이었고, 입원비를 밀려놓고 주소도 연락처도 바꿔버린 보호자도 있다는 말이 있었다. 귤, 딸기, 혹은 케이크 같은 특별한 간식을 사 들고 다녀가는 보호자는 그런 보호자들을 더 돋보이게 하는 셈이었다. 유리창을 사이에 두고 노모와 상면한 사람들은 더 말할 것이 없었다.

이윽고 나는 통유리창 앞에서 돌아섰다. 차순이 노인이 있는 방 앞의 복도로 들어서는데 중정을 내다보면서 복도를 걷는 박 노인이 보였다. 천천히 복도를 지나면서 나는 임복임 노인의 방을 들여다봤다. 침대에 우두커니 앉아있던 임복임 노인과 또 눈이 마주쳤다. 웬일인지 임복임 노인의 눈은 우물처럼 깊어 보이지도 않았고 가슴이 저리도록 처연해 보이지도 않았다.

# 5부

단발 파마머리 이 선생이 떠났다. 이 선생이 인의예지를 떠나자마자 파마머리를 높게 틀어 올려서 핀을 꽂은 요양보호사가 후임으로 들어왔다. 원장은 아침 회의 때 새로 들어온 요양보호사를 임 경희라고 소개했다.

임 선생이 처음 출근한 날은 노인들을 목욕시키는 날이었다. 팀장과 양 선생이 임 선생을 데리고 옷 방에서 노인들에게 갈아입힐 옷을 챙겨왔다. 그동안 김 선생과 한 선생이 한 조를 이루고 박 선생과 허 선생이 한 조를 이루어서 노인들을 씻겼다.

노인들의 목욕이 끝난 뒤 임 선생은 팀장을 따라 조리실에서 설탕물을 만들어 왔다. 카트에 설탕물을 담은 페트병과 조그만 스테인리스 컵을 싣고 공용 공간으로 들어오는 임 선생을 데스크 앞에 있던 원장이 불렀다.

"어르신들은 목욕하면서 땀을 흘리고 나면 전해질이 부족해지기 쉬워요. 그걸 설탕물로 보충해줘야 하는 거예요. 그렇지 않으면 근육에 경련이 일어나고 탈수나 저혈압이 올 수 있거든요. 선생님이 오늘 처음이라 일러

주는 거예요.”

“네, 원장님!”

그때 박 선생이 임 선생을 불렀다. 임 선생이 박 선생한테 카트를 밀고 가자 요양보호사들이 노인들에게 설탕물을 나눠주기 시작했다. 노인들은 무표정한 얼굴로 설탕물을 한 컵씩 마셨다. 김 노인은 변함없이 세 컵을 마셨다.

나는 검버섯 여자와 한쪽 팔이 없는 여자가 늘 앉던 자리에 앉아서 원장을 물끄러미 바라보았다. 크림을 번질번질하게 바른 원장의 말이 도무지 이해되지 않기 때문이었다. 전해질이 부족하면 근육에 경련이 일어나고 탈수나 저혈압이 온다고 했지만, 나는 설탕물을 마시기 전에도 그런 증상을 겪은 적이 한 번도 없었다.

인의예지의 노인들 평균 연령은 여든한둘이었다. 언젠가 간호사와 양 선생이 칠십 대가 서너 명이고 팔십 대 중후반이 대부분이라고 하는 말을 들은 적이 있었다. 이렇게 나이가 많은 노인들은 서너 가지 병을 가지고 있는 게 보통이었다. 이런 노인들에게 설탕물이라도 먹이는 게 약이 되는 건지 먹이지 않는 게 나은 건지 나로서는 도무지 알 수 없었다.

임 선생은 임복임 노인에게 설탕물을 먹였다. 임복임 노인은 밥을 설탕물에는 말아 먹지만, 설탕물은 잘 먹지 않았다. 임 선생이 겨우 한 숟갈만 받아먹고 고개를 젓는 임복임 노인에게 다시 설탕물을 가져갔다.

“어르신, 젊었을 때 진짜 예뻤겠어요.”

“……”

임복임 노인은 임 선생을 쳐다보지도 않았다. 그냥 멍하니 앉아서 시선을 놓고만 있을 뿐이었다. 그러다 어느 순간 나와 시선을 부딪기도 했다.

그때조차도 임복임 노인은 무표정했다. 나는 텅 비워진 표정을 한동안 저릿한 심정으로 바라봤다.

어쩐 일로 박 노인은 설탕물을 두 컵이나 마셨다. 내가 겨우 설탕물 한 컵을 비우고 있을 때 한동안 복도를 돌지 않던 박 노인은 다시 복도를 돌기 시작했다. 복도를 도는 박 노인을 보고 있자 얼마 전에 활짝 열려있던 유리문이 생각났다. 나는 허 선생이 더 따라준 설탕물을 그대로 놔두고 박 노인을 뒤쫓았다.

벌써 박 노인은 복도 끝으로 멀어지고 있었다. 나는 박 노인이 열려있는 유리문을 보게 되면 어떻게 할까 하고 생각해봤다. 앞뒤 살펴보지도 않고 뛰쳐나갈까. 아니면 나처럼 지켜보기만 할까. 박 노인이 어떻게 할지는 잘 상상이 되지 않았다.

불행인지 다행인지 유리문은 굳게 닫혀있었다. 박 노인은 T자 지점에서 단단하게 잠겨있는 문을 물끄러미 바라보고 선 채 뒷짐을 고쳐서 졌다. 그런 박 노인은 꼿꼿하게 서 있는 허수아비처럼 보였다. 막대기처럼 호리호리한 몸 위에 낡은 운동복을 걸쳐 입은 모습이 영락없는 허수아비였다.

유리문 틈으로 또 고등어를 조리는 냄새가 흘러나왔다. 매콤하고 비릿한 간장 냄새를 맡자 배에서 꼬르륵 소리가 났다. 아침 일곱 시 반에 조그만 국그릇으로 죽 한 그릇을 먹고 오전 간식으로 설탕물 한 컵을 마셨을 뿐이어서 배가 너무 고팠다. 나는 옷 방 앞으로 멀어지는 박 노인을 보다가 유리문을 다시 돌아보았다. 고작 유리 한 장이 나누고 있는 세계를 물끄러미 바라보고 있자 사람과 사람 사이에도 이런 유리문이 있다는 생각이 들었다. 그것을 재빨리 깨닫는 사람은 인덕이 있는 것이고, 뒤늦게 깨닫는 사람은 인덕이 없는 사람이라는 것을 나는 그제야 생각해낸 것이었다.

휠체어 노인들이 넓은 공용 공간 가장자리로 차례차례 자리 잡았다. 박 선생과 임 선생이 노인들을 계속 방에서 데리고 나왔고, 팀장과 양 선생과 김 선생과 허 선생이 휠체어 노인들에게 앞치마를 둘러줬다.

나는 김 노인의 옆에 앉아서 통유리창을 등지고 있는 휠체어 노인들을 바라봤다. 통유리창으로는 겨울 햇빛이 한없이 쏟아져 들어오고 있었고, 무정물처럼 앉아서 점심을 기다리는 노인들의 흰 머리가 억새꽃처럼 눈이 부셨다. 그 가운데서 임복임 노인을 찾고 있는데, 정 선생이 한 노인의 손을 잡고 탁자 앞으로 왔다. 점심 식사가 오기 전의 자투리 시간을 이용해 노인에게 블록 쌓기 시범을 보여주고 블록을 노인 앞에 놓아주었다.

"이제 어르신이 한 번 해보세요."

노인은 수줍은 표정으로 느릿느릿 정사각형 블록에 블록을 얹었다. 노인의 손이 떨려서 블록은 반듯하게 얹어지지 않았다. 노인이 비뚤어지게 쌓인 블록 위에 또 블록을 얹자 블록이 무너져버렸다. 노인은 탁자 아래로 손을 툭 떨어뜨렸다. 정 선생은 다시 노인에게 블록을 건넸다.

"어르신! 한 번만 더해 보시게요."

짜증이 난 듯 노인은 블록을 탁자 가운데로 밀쳤다.

"인제 그만해!"

정 선생은 탁자 가운데로 날아간 블록을 다시 노인 앞에 놓았다.

"아이! 어르신! 사진을 못 찍어서 그래요. 한 번만 더 해보시게요."

블록 쌓기는 색칠하기처럼 인지 기능이 떨어져 가는 노인들이 매일 해야 하는 훈련이었고, 다른 모든 것처럼 기록으로 남겨야 하는 모양이었다. 잠시 블록을 만지작거리던 노인은 하는 수 없다는 듯 다시 블록을 쌓기 시작했다. 조심스럽게 블록 위에 블록을 올리는 노인의 손이 바들바들 떨렸고, 블록은 블록의 가장자리에 가까스로 얹혀졌다. 정 선생은 서둘러 그런 노인을 핸드폰으로 찍고 사무실로 돌아갔다.

그때 조리사 여자가 배식 수레를 밀고 오면서 사무실로 건너가는 정 선생을 보고 웃었다. 조리사 여자는 웃는 모습까지 환했다. 나는 정 선생과 몇 마디를 나눈 뒤 다시 조리실로 돌아가는 조리사 여자를 잠시 황홀한 눈으로 좇았다.

검버섯 여자와 한쪽 팔이 없는 여자가 서로의 귀에 대고 속닥거렸다.

"남자들은 늙으나 젊으나 젊고 예쁜 여자만 보면 정신을 놓네."

"그래봤자 늙으면 다 똑같은데 뭐. 저기, 저, 설탕물에 밥 말아 먹는 늙은이 좀 봐. 옛날에는 미인이라는 소리깨나 들었다고 그러드만, 지금은 내일 갈지 모레 갈지 모르는 상태잖아?"

"누가 아니래? 그러니까 잘 먹고 안 아프고 오래 사는 게 장땡이라는 거지."

차순이 노인은 이가 하나도 없는 입을 합죽거리기만 할 뿐 두 여자는 쳐다보지 않았다. 휠체어 노인들에게 죽과 국이 놓인 쟁반을 놓아준 요양보호사들이 차순이 노인 앞에 식판을 놓아주었다. 차순이 노인 앞에 식판이 놓이기 무섭게 간호사가 하얀 가루를 차순이 노인의 밥 위에 뿌렸다.

수저를 들기 전에 나는 식판을 먼저 들여다봤다. 매 끼니 반찬은 달라져도 절대 달라지지 않는 죽이 지겹다는 생각이 들었다. 검버섯 여자와 한쪽 팔이 없는 여자의 밥이 항상 수북하다는 것 역시 조금은 짜증이 났다. 어디에 근거를 두고 이런 차별을 하는 건지, 나는 그것이 여전히 궁금했다.

나는 조리사 여자가 최선을 다해 만들어 준 무나물과 말린 가지나물과 돼지불고기를 죽에 넣고 비볐다. 내가 이곳에서 그나마 존중받고 있다고 느끼는 건 조리사 여자가 만들어 준 반찬을 먹을 때이기 때문이었다.

다른 날보다 일찍 빈 식판을 수거하러 온 조리사 여자가 탁자 옆으로 다가왔다. 식판이 수거되는 동안 여자는 벽에 걸린 그림을 바라봤다. 그림은 꽃과 배추 무와 동물의 밑그림 위에 색칠만 한 것이었다. 색종이를 잘라서 붙인 것도 있고, 유치원 아이가 그린 것 같은 그림 아래는 이름이 삐뚤빼뚤 쓰여 있었다. 그림을 모두 보고 났을 때까지도 식판이 다 수거되지 않자 여자는 그냥 조리실로 돌아갔다. 나는 조리사 여자를 따라보던 그림들 가운데서 사슴 그림을 오래 바라봤다. 분홍색과 연두색으로 칠해진 사슴 그림 옆에는 임복임이라는 이름이 쓰여 있었다.

나는 임복임 노인의 사슴 그림을 보면서 죽을 먹었다. 그동안 요양보호사들이 휠체어 노인들을 방으로 데려가기 시작했다. 김 노인은 박 선생이 억지로 일으키자 네 손가락을 빨면서 방으로 떠밀려갔다. 박 노인이 가지나물을 마지막으로 긁어먹을 때 나도 무나물을 마지막으로 식판을 비웠다. 박 노인과 나는 동시에 자리에서 일어났다.

김 노인과 박 노인과 내가 함께 쓰는 방 앞에 다다르자 중정을 내다보면서 복도를 걷는 박 노인이 보였다. 나는 멀찍이 박 노인을 따라갔다. 박 노인과는 거리가 좁혀지지 않았다. 멀찍이 박 노인을 뒤따르다 보니 하루하루가 지겹다는 생각이 들었다. 김 노인의 침 냄새도 지겹고, 김 노인의 침 냄새를 견디면서 누워있는 것도 지겹고, 코 같은 죽도 지겨웠다. 그제야 조리사 여자도 코 같은 죽만은 어쩔 수 없었던 모양이라는 생각이 들었다.

뒷짐을 지고 박 노인 뒤를 따라가는 내 발에서는 소리가 나지 않았다. 양말을 신지 않은 발바닥이 고양이 발 같았다. 고양이처럼 그렇게 복도를 가만가만 돌아간 나는 T자 지점에 서 있는 박 노인 옆에서 걸음을 멈추었다. 여전히 유리문은 굳게 닫혀있었다. 문이 열려있었던 건 어쩌다 한 번 있는 실수였던 것 같았다. 요양원의 모든 직원은 회의 때마다 사무국장이 했던 말을 잊지 않고 철저하게 지키는 모양이었다. 가끔 간호사가 문을 열어놓고 잊어버릴 때가 있긴 했지만, 조리사 여자가 재빨리 닫아버리는 것을 두 번이나 봤다.

그때 임 선생이 박 노인과 내 앞을 지나가더니 유리문의 비밀번호를 눌렀다. 네 자리 숫자를 누르자 딸깍 소리를 내면서 잠금장치가 풀리고 임 선생은 통로에서 문이 완전히 닫히는 걸 확인하고 나서야 식당으로 들어갔다. 박 노인과 나는 굳게 잠긴 문을 쳐다보다 공용 공간으로 향했다.

공용 공간은 마지막 정리가 한창이었다. 차순이 노인의 식판을 마지막으로 식판이 모두 배식 수레에 실렸다. 검버섯 여자가 배식 수레를 밀고 조리실로 돌아가려는 조리사 여자에게 다가갔다.

"잘 먹었어요. 고마워요."

"아니요. 맛있게 드셔주셔서 제가 감사하지요."

"고마워요. 정말 맛있게 먹었어요."

여러 번 조리사 여자의 어깨를 토닥이고 난 검버섯 여자는 출입구 옆의 소파로 가서 앉았다. 한쪽 팔이 없는 여자가 검버섯 여자 옆에 앉았다. 조리사 여자는 차순이 노인에게 물을 먹이고 오는 팀장에게 검버섯 여자와 한쪽 팔이 없는 여자를 눈짓으로 가리켰다.

"저 어르신들은 인지가 정상이신 것 같은데, 왜 이곳에 오셨을까요?"

팀장은 보일 듯 말 듯 미소를 지었다.

"얼핏 보기에는 정상 같지만, 저분들도 치매가 있어요. 아니, 치매가 있대요."

"진짜 치매라고요?"

고개를 갸웃하던 조리사 여자가 검버섯 여자와 한쪽 팔이 없는 여자를 돌아봤다. 팀장은 그런 조리사에게 빨리 가라는 손짓을 하고 휠체어 노인들의 앞치마를 빨러 갔다.

그때 간호사가 차순이 노인에게 약을 먹이고 왔고, 조리사 여자는 긴 복도로 수레를 밀고 가기 시작했다.

통유리창으로 바람에 세차게 흔들리는 소나무밭이 보였다. 소나무밭 옆으로 철책 문까지 곧게 뻗어있는 길이 빗물로 번질번질했다. 작은 들판과 면 소재지는 비안개에 흐릿하게 잠겨있었다. 마치 여름 태풍 같은 바람이 불고 비가 오는 날이었다. 나는 통유리창 앞에서 곧 부러질 듯 흔들리는 소나무들을 조마조마하게 바라봤다.

철책에 빨래를 널 수 없어서 허 선생과 임 선생은 식당으로 빨래를 널러 갔다. 날마다 요양보호사들은 노인들의 빨래를 네다섯 번 정도 세탁기에 돌렸다. 맑은 날은 긴 철책에 널린 노인들의 빨래가 바람에 나부끼는 것을 볼 수 있었다. 비나 눈이 오는 날은 철책에다 널던 빨래가 빈 식당에 널렸다. 오랫동안 비어있는 식당은 눈비가 오는 날 빨래를 너는 용도로 쓰이고 있었다.

두 건물 사이의 통로로 나간 임 선생은 유리문이 완전히 닫힐 때까지 기다리고 있었다. 허 선생은 벌써 건조대를 펼치고 빨래를 널기 시작했다. 유리문이 완전히 닫히는 시간은 휠체어 노인들이 죽 한 숟가락을 입에 넣는 시간과 비슷하게 걸렸다. 문이 꼭 닫히고 나서야 빨래를 널러 가는 임 선생은 사무국장이 얼마나 요양보호사들을 세뇌했는지를 알게 했다. 아침마다 사무국장은 회의가 끝날 때면 원장의 뒤에 서서 이렇게 말했다.

"현관문은 자동으로 닫혀서 상관없지만, 조리실로 통하는 문은 반드시 확인하셔야 합니다. 가끔 보면 문이 활짝 열려있을 때가 있어요. 그때마다 내가 닫아서 아무 일 없이 넘어갔지만, 그런 부주의가 잦아지면 분명히 사고가 생기고 맙니다. 그때 그 책임은 누가 지겠습니까? 그러니까 모두 명심해주시기 바랍니다."

나는 성실하게 문을 닫고 빨래를 너는 허 선생과 임 선생에게서 고개를 돌렸다. 원장과 사무국장의 말을 충실하게 따르는 요양보호사들을 보는 것이 내게는 절망스러운 순간이었다. 모든 요양보호사가 임 선생 같다면 유리문이 또 활짝 열려있게 될 일은 전무할 터였다.

작은 정원 앞에 선 나는 현관 옆의 붙박이 창문으로 면 소재지를 내다봤다. 비안개는 더 자욱해져 있었다. 사선으로 지상에 꽂히는 빗발이 선명해 보였다. 면 소재지는 화살 같은 빗줄기 속에 들어있어서 어렴풋하게 보였다. 한동안 보지 못한 사이 철책 너머 논에는 비닐하우스가 지어져 있었다. 면 소재지에서 시선을 당긴 나는 맹렬하게 빗물을 튕겨내는 비닐하우스에 잠시 시선을 놓았다. 하우스에서 처음 딸기를 수확하면서 들뜨던 아들이 떠올랐다.

'처음은 항상 감격스러운 순간이지. 너는 내게 그런 아들이었다.'

이 생각이 들자 갑자기 턱이 떨리고 으슬으슬 한기가 느껴졌다. 내게 모든 비닐하우스는 왜 딸기 하우스로 보이는지 알 수 없다는 생각이 들었다. 나는 그만 공용 공간을 향해 돌아서고 말았다. 출입구를 들어서는데 검버섯 여자가 불쑥 튀어나왔다. 하마터면 나는 검버섯 여자와 부딪칠 뻔했다. 검버섯 여자가 비명을 지르는 나를 보고 히죽 하고 웃었다.

"무슨 겨울비가 이렇게 퍼붓는지 모르겠어요. 꼭 여름비 같아요."

"······."

나는 검버섯 여자를 빤히 쳐다봤다. 가까이서 본 여자는 얼굴이 통통해서 팽팽했고 어깨가 남자처럼 건장했다. 아무리 다시 봐도 검버섯 여자는 노인처럼 보이지 않았다. 이렇게 젊어 보이는 여자가 요양원에 있다는 것을 이해할 수 없는 나는 속으로 고개를 갸웃하면서 검버섯 여자를 지나쳤다.

데스크에 있는 간호사를 보면서 공용 공간으로 들어온 나는 늘 앉던 통유리창 앞에 앉았다. 소파에 등을 기대고 앉았지만, 등이 따뜻하지 않아서 졸음은 오지 않았다. 실내가 춥지 않은데도 몸이 여전히 으슬으슬하기도 했다. 나는 또 방바닥이 따끈따끈한 아래채가 생각났다. 하지만 그 집은 너무 멀리 있었다. 그것은 물리적인 거리가 아니라 제도로 인해서 생긴 거리였다. 나는 통유리창으로 빤히 보이는 면 소재지조차 죽을 때가 되기 전에는 가볼 수 없을 터였다. 간호사와 사회복지사와 요양보호사들은 너무 쓸데없이 성실했고, 원장과 사무국장은 관리에 철저했다. 죽을 때가 되기 전에는 내가 이곳을 빠져나갈 수 없으리라는 건 요양원에 들어온 지 두 달이 되어가는 데도 받아들이고 싶지 않은 사실이었다.

어쩌다 보니 넓은 공용 공간에는 나 혼자만 남았다. 빨래를 널고 온 임 선생과 허 선생은 공용 공간으로 들어오면서 나를 쳐다봤다.

"어르신! 날씨도 이런데 한숨 주무세요. 이런 날은 낮잠이 최고잖아요."

"······."

나는 임 선생을 힐끗 쳐다보고 통유리창 앞에서 일어섰다. 쓰레기를 정리하고 돌아온 팀장과 박 선생이 허 선생 임 선생과 함께 노인들을 살피기 위해 나를 앞장서서 복도로 향했다.

세차던 빗줄기가 어느 순간 눈으로 바뀌기 시작했다. 눈과 비 사이의 눈송이는 땅에 떨어지자마자 녹아서 빗물이 되었다. 소나무밭과 철책 문 앞의 집과 작은 들판이 면 소재지와 함께 진눈깨비에 흠뻑 젖어서 김 노인의 이불처럼 한없이 무거워 보였다.

진눈깨비가 내리는 날 넓은 공용 공간에 둘러앉혀진 노인들 앞에는 에나멜 공기가 놓였다. 날이 어둑했지만, 노인들은 창밖을 보지 않았다. 오후 간식으로 나온 라면을 느릿느릿 포크로 건져 먹기만 했다.

나는 두 젓가락 만에 그릇을 다 비웠다. 예전에는 라면에 입도 대지 않았지만, 라면을 먹고도 속이 헛헛해서 김 노인처럼 국물까지 남김없이 마셔버렸다. 탁자 앞의 노인들 가운데서 국물을 남긴 사람은 차순이 노인과 박 노인뿐이었다.

간식을 먹고 방으로 들어오는 사이 진눈깨비는 눈으로 바뀌기 시작했다. 소나무도 비바람이 불 때처럼 심하게 흔들리지 않았다. 나는 김 노인이 이불 씹는 소리를 들으며 침대에 걸터앉아서 먹구름이 까맣게 뒤덮고 있는 하늘을 창문으로 바라보다 방을 나섰다. 박 노인이 뒤따라 나오는 기척이 등 뒤에서 들렸다

복도를 도는 방향은 언제나 똑같았다. 방앞에서 곧장 뻗어있는 복도를 걸어가서 오른쪽으로 돌아 T자 지점에서 유리문을 바라본 뒤 현관 앞 작은 정원 옆에서 면 소재지를 내다보고 방으로 되돌아가는 순서는 나도 박 노인과 다르지 않았다.

나는 복도와 복도가 T자로 만나는 지점에서 유리문이 닫히는 것을 보고 임 선생과 허 선생을 보았다. 임 선생이 다시 빨래를 가지러 가는 동안 허 선생은 느릿느릿 빨래를 널었다. 죽 한 숟가락을 입에 넣는 데 일 분이나 걸리는 노인들 같았다. 허 선생은 스테인리스 조리 보조대 안쪽의 조리실을 바라보며 이야기하는 시간이 더 길었다. T자 지점에서는 보이지 않는 조리실에서 닭볶음탕 냄새가 풍겨왔다. T자 지점을 돌아서는데 며칠 전에도 닭볶음탕을 먹었던 기억이 났다. 닭볶음탕은 날마다 줘도 죽만큼 지겹지 않겠다고 생각하면서 나는 다시 느릿느릿 복도를 걸었다. 네댓 걸음 뒤에서는 박 노인이 따라왔다.

방에 들어가자 김 노인의 침 냄새가 먼저 코를 후볐다. 날씨가 궂어서인지 김 노인의 침 냄새는 여느 날보다 심했다. 나는 다시 통유리창 앞으로 가기 위해 방을 나갔다. 복도를 지나는데 옆방과 또 그 옆방에서 노인들의 기저귀를 갈고 있는 팀장과 허 선생과 임 선생과 김 선생이 곁눈으로 들어왔다. 누워있는 임복임 노인은 허 선생과 임 선생이 가리고 있어서 보이지 않았다.

공용 공간으로 들어가자 때마침 정 선생이 출입구로 들어오고 있었다. 출입구 옆의 소파에 검버섯 여자와 나란히 앉아서 무릎에 적외선을 쬐고 있던 차순이 노인이 정 선생을 보고 환하게 웃었다.

"여란아! 우리 여란이, 밥 먹었어?"

데스크로 향하던 정 선생은 소파에서 일어서려는 차순이 노인을 다시 앉혔다.

"엄마! 저 선생님 좀 만나고 밥 먹으러 갈게요. 엄마는 치료하고 계세요."

"밥 먹으러 어디로 가?"

"장으로요. 장에 가서 밥 먹고 엄마 맛있는 것도 사 올게요."

"맛있는 거? 응! 그래, 알았어."

정 선생은 간호사에게 서류 몇 장을 건네받은 뒤 다시 사무실로 돌아갔다.

그때 누런 밍크 털조끼를 입은 원장이 공용 공간으로 들어왔다. 원장은 간호사에게 뭔가 물어보려다 말고 실내를 두리번거리더니 중정의 유리문을 열었다. 수족관 앞의 소파에 앉은 나는 건조대에서 나일론 꽃무늬 앞치마 하나를 걷어서 탈탈 터는 원장을 바라봤다. 처음에는 빨아서 널어놓은 앞치마를 왜 털고 있을까 의아해했는데, 내가 앉은 곳에서도 앞치마에서 우수수 떨어지는 밥알이 보였다.

"이 앞치마, 세탁한 거 아니에요?"

빨랫감 바구니를 들고 탁자 앞을 지나가던 양 선생과 김 선생이 원장을 돌아봤다. 두 사람은 무슨 말을 하는지 모르겠다는 얼굴이었다.

"……?"

"이 앞치마, 누가 빨았어요?"

양 선생과 김 선생은 서로의 얼굴을 쳐다보다 원장을 바라봤다.

"글쎄요……."

"장경희 어르신이 점심 드시다 토해서 뒤처리하고 오니까 누가 벌써 빨아서 널어놨던데요."

두 요양보호사를 말없이 번갈아 보던 원장은 건조대에 널려있는 앞치마를 모두 걷었다. 건조대 아래로 또다시 밥풀이 우수수 떨어졌다. 원장은 건조대에서 걷은 앞치마를 양 선생에게 건넸다.

"조금 있으면 간식 시간인데, 언제 이걸 빨아서 말리겠어요? 옷 방에 가면 플라스틱 서랍장 맨 아래 칸에 새 앞치마가 있어요."

"예, 원장님."

"이 앞치마들은 지금 얼른 빨아서 널도록 하고요."

"예, 원장님."

원장은 다시 사무실로 건너갔고, 양 선생과 김 선생은 데스크 옆을 돌아서 긴 복도를 걸어갔다. 나는 어둑한 복도 끝으로 멀어지는 두 사람을 잠시 바라봤다. 식당에서 빨래를 널어놓고 조리 보조대 너머의 조리사 여자와 수다를 떨던 허 선생이 떠올랐다. 하지만, 나도 앞치마를 빤 사람을 본 것은 아니었다.

창밖에는 이제 눈송이가 나풀나풀 바람에 휘날리고 있었다. 빗줄기가 세찼던 만큼 눈송이는 커서 흡사 꽃잎 같았다. 간호사는 이런 날씨도 아랑곳없이 데스크에 고개를 깊숙이 박고 있었다. 바로 옆방에서 기저귀를 갈고 나온 팀장도 창밖을 쳐다보지 않았다. 팀장이 보는 건 세탁기를 돌리고 오는 양 선생과 박 선생이었다.

"허 선생님 어디 갔어요? 4호실 어르신들 기저귀 갈아드려야 하는데, 아까부터 안 보여요."

박 선생과 임 선생은 고개를 저었다.

"혹시 빨래 걷으러 가지 않았을까요?"

"무슨 빨래를 한나절이나 걷어요?"

팀장이 복도로 나가자 임 선생과 박 선생은 각자 맡은 방으로 노인들을 살펴보러 갔다. 실내가 조용해지자 나는 눈꺼풀이 무거워지기 시작했다. 적외선을 다 쬐고 난 차순이 노인과 검버섯 여자는 늘 앉던 자리로 옮겨 앉았다. 나는 눈발이 고요한 중정을 바라보다 꾸벅꾸벅 졸기 시작했다.

"어머나! 무슨 눈이 이렇게 많이 와? 이제는 아예 쏟아붓고 있네!"

나는 갑작스러운 호들갑에 놀라서 떨어지던 고개를 번쩍 들었다. 허 선생이 마른빨래 몇 개를 안고서 공용 공간으로 들어서다 통유리창을 바라보고 있었다. 허 선생의 호들갑에 간호사도 데스크에서 고개를 들었다.

"어머! 집에 어떻게 간대요? 저녁 되면 기온이 더 떨어질 텐데……."

의자에서 일어선 간호사는 난감한 표정을 지었다. 노인들에게 약을 먹이고 바르는 때가 아니면 데스크에서 고개를 들지 못할 만큼 바쁜데도 당장 해야 하는 일마저 까맣게 잊은 얼굴이었다. 허 선생이 걱정스러운 얼굴로 간호사를 돌아봤다.

"그러게요. 낮에 내린 진눈깨비가 얼어붙고 눈이 쌓이면 장난 아닐 텐데요. 그렇다고 면 소재지까지 걸어갈 수도 없고, 차를 놔두고 갈 수도 없고, 어떡해요?"

검버섯 여자와 한쪽 팔이 없는 여자는 허 선생과 간호사를 보고 창밖을 보았다. 나는 통유리창 앞에서 일어섰다. 창밖은 말 그대로 눈이 펑펑 쏟아지고 있었다. 작은 들판과 면 소재지가 자욱한 눈발에 잠겨서 흐릿했다.

3호실의 기저귀를 갈고 나온 팀장이 김 선생과 함께 허 선생에게 다가갔다.

"왜 마른빨래를 옷 방에 갖다 놓지 않고 이리로 가져왔어요?"

그제야 허 선생은 깜짝 놀란 얼굴로 안고 있는 빨래를 보았다.

"빨래를 걷으면서 보니까 눈이 많이 오기에, 길은 어떤가 하고 보려다가 잊었어요. 빨리 옷 방에 가져다 놓고 올게요."

"3호실은 우리가 모두 갈아드렸으니까 4호실 기저귀는 선생님이 갈아드리세요. 조금 있으면 저녁 식사 시간이니까 빨리 끝내야 해요."

팀장은 김 선생과 쓰레기를 정리하러 가는 눈치였고, 허 선생은 빨래를 옷 방에 갖다 놓고 4호실로 향했다. 아직도 시골 아줌마 티를 벗지 못하고 있는 허 선생이 복도로 사라지자 잊었던 한기가 다시 찾아왔다. 나는 방으로 들어가다 임복임 노인의 옆방에 있는 양 선생을 보고 불렀다.

"옷 줘. 추워."

양 선생은 휘둥그레진 눈으로 나를 보더니 옷방에서 카디건과 양말을 갖다줬다.

"눈이 오니까 좀 춥죠?"

나는 카디건을 껴입고 양말까지 신고 나서 이불을 뒤집어썼다. 그제야 오슬오슬하던 한기가 사라졌다. 눈이 펑펑 쏟아지는 중정도 느긋하게 볼 수 있었다.

눈은 꼬박 이틀을 내리고 한나절을 더 내렸다. 눈이 그치자 기온은 급격하게 떨어졌다. 날이 추워지자 사무국장은 실내 온도를 좀 더 높여준 것 같았다. 차순이 노인과 검버섯 여자처럼 맨발로 다닐 수 있는 온도였다. 카디건을 입지 않아도 전혀 춥지 않았지만, 눈이 온 뒤부터 나는 양말을 신고 복도를 돌았다.

사흘 동안 내린 눈이 하얗게 얼어붙은 날에도 원장은 누런 밍크 털조끼를 입고 회의를 소집했다. 실내가 따뜻했지만, 원장은 밍크 털조끼를 벗지 않았다. 겨울이 되면서 하루도 밍크 털조끼를 입지 않는 날이 없는 원장이 체조를 마치고 탁자 앞에 둘러앉은 요양보호사들과 사회복지사와 간호사를 보고 자리에 앉았다. 원장은 데스크를 등지고 앉아서 잠시 침묵했다.

138

회의 때마다 잘못을 지적받던 요양보호사들이 가만히 고개를 숙이고 있었다. 피곤해 보이는 어깨가 눈에 띄게 들썩였다. 실수든 잘못이든 한 번 눈 밖에 난 사람은 회의 시간을 조용히 견디고 버티는 것 외에는 다른 방법이 없기 때문인 듯했다. 사실과 거짓을 교묘하게 바꿔서 지적하는 원장은 수족관 앞의 내가 보기에도 너무 억지스러웠지만 지적받은 당사자들은 반박도 해명도 하지 못했다.

언제나처럼 회의는 노인 폭력 예방 교육으로 시작되었다. 원장은 회의 시간 내내 노인 폭력 예방을 강조하고 여러 사례를 들었다. 노인 폭력 예방 교육을 끝낸 뒤에는 눈 밖에 난 사람을 지적하기 시작했다. 핸드폰에서 메시지 도착을 알리는 신호음이 울리면 메시지를 확인한 뒤 더 강도 높은 지적을 이어갔다.

"요즘 왜 그렇게 식당에 빨래를 자주 널러 가는지 모르겠어요. 빨래는 또 왜 그렇게 오래 너는 걸까요? 그리고 빨래를 널면서 조리사하고는 무슨 이야기를 그렇게 많이 하는 겁니까?"

원장은 허 선생을 쳐다보기만 할 뿐 끝까지 그 사람이 누구인지는 지목하지 않았다. 나는 수족관 앞에서 허 선생을 물끄러미 바라봤다. 원장의 맞은편에서 허 선생은 고개를 숙인 채 볼펜으로 수첩만 콕콕 찍어대고 있었다. 원장은 그런 허 선생을 쳐다보면서 계속 지적을 이어갔다.

"그 사람이 그렇게 꾀를 부리는 사이 그 사람의 일은 다른 누군가가 하게 되잖아요. 급여는 똑같이 받으면서 그러면 안 되는 거잖아요?"

노인 폭력 예방 교육을 겸한 회의는 어느덧 직원들 잘못을 지적하는 시간으로 바뀌었다. 원장은 난장판이 된 쓰레기장도 언급했다. 반도 안 찬 종량제봉투가 쓰레기장에 있고, 동네 고양이가 쓰레기봉투를 뜯어놓아서 쓰레기장이 아수라장이 되었다고 했다. 박 선생이 고개를 숙였다. 박 선생의 머리 위로는 연두색 머리에 분홍색 몸통의 사슴 그림이 보였다. 나는 임복임 노인의 그림을 물끄러미 바라보았다.

거의 지적으로 일관했던 회의는 아홉 시가 조금 넘어서 끝났다. 언제나 그렇듯 회의가 끝나자 원장과 정 선생은 사무실로 건너갔고, 간호사는 데스크 안으로 들어갔다. 요양보호사들은 두 명씩 짝을 지어서 기저귀를 챙겼다. 누군가 노인들 기저귀를 갈 시간이 늦었다고 투덜거렸다.

다른 요양보호사들이 짝을 지을 때 박 선생은 허 선생을 불렀다.

"선생님 보면 동지애가 생기는데, 어때요? 오늘부터 저랑 짝꿍 해보죠?"

허름한 앞치마만큼 머리 모양도 촌스러운 허 선생이 박 선생을 보고 웃었다.

"저도 선생님 보면 동지애가 느껴져요. 아침부터 깨진 사람들끼리 뭉쳐 보죠, 뭐."

허 선생과 박 선생이 기저귀를 챙겨서 배정된 방으로 가자 원장이 다시 데스크 앞으로 건너왔다. 잠시 데스크를 손가락으로 두드리던 원장은 간호사를 향해 고개를 길게 뺐다.

"순대를 갖고 온 날부터 교묘하게 힘든 일 할 때마다 빠져나가더니, 이젠 대놓고 꾀를 부리네요. 선생님들 일거수일투족을 다 보고 있는데 말이에요.

간호사는 애매하게 웃을 뿐 대답하지 않았다. 그 순간에 원장의 핸드폰이 울렸다. 원장은 그런 간호사를 잠시 쳐다보고 전화를 받으면서 사무실로 건너갔다. 원장이 사무실로 건너가자 간호사는 멍한 표정으로 한숨을 쉬었다. 나는 간호사가 다시 데스크 안에 앉는 것을 보고 소파에 등을 기댔다. 등이 따뜻하고 실내가 조용해서 졸음이 밀려왔기 때문이었다.

나는 검버섯 여자와 한쪽 팔이 없는 여자가 바닥에 앉은 차순이 노인과 함께 부르는 노래를 들으며 꾸벅꾸벅 졸기 시작했다. 점점 등이 따뜻해져서 나는 꿈까지 꾸었다. 계속 무언가를 먹는 꿈이었다. 나는 꿈속에서 하얀 쌀밥에 뻘건 김치를 먹기도 했고, 우렁이와 죽순을 넣고 끓인 된장국에 보리밥을 먹기도 했다. 하지만, 그 꿈은 어느 순간 누군가 내 어깨를 흔들면서 깨버렸다.

내 어깨를 흔든 사람은 설탕물을 카트에 싣고 온 양 선생이었다.

"어르신! 간식 드시게요. 등이 따뜻하니까 앉아있기만 해도 잠이 막 오지요?"

양 선생은 내가 통유리창 앞에서 일어서자 휠체어 노인들에게 설탕물을 따라주러 갔다. 탁자 앞으로 가려던 나는 바로 앞에 멈춘 휠체어의 둥근 머리통을 보았다. 설탕물을 기다리던 임복임 노인이 고개를 들고 나를 쳐다봤다. 바로 앞에서 본 임복임 노인의 눈빛은 끝이 보이지 않았다. 동공이 텅 비었고 초점이 우주 어딘가에 닿아있는 것 같았다.

끼니마다 설탕물에 밥을 말아 먹는 여자, 위암 말기의 임복임, 가끔 나와 시선을 부딪는 노인, 흰 머리가 유난히 눈이 부시는 그녀 옆을 지나서 탁자로 가는데 이상하게 가슴이 또 찡하게 저렸다. 나는 탁자 앞에 앉으면서 인의예지에서는 죽는 노인늘이 없다고 했던 원장의 말을 떠올렸다. 임복임 노인도 설탕물을 자주 마시면 죽지 않을까 생각했다.

"이게 사람을 살리는 대체의학의 힘이에요."

나는 원장의 이 말을 생각하면서 임복임 노인이 설탕물만 마시고서라도 좀 더 오래 살길 바랐다. 삶에 아무 희망도 없고 연민도 애착도 없겠지만,

늦가을 억새처럼 통유리창 앞을 지켜줬으면 좋겠다고 임복임 노인에게
말해주고 싶었다. 당신은 하루하루가 고통스럽겠지만, 통유리창 앞에서
햇빛을 등지고 있는 당신이 얼마나 아름다운지 아느냐고 묻고도 싶었다.

하지만 임복임 노인은 설탕물을 겨우 두 모금 마시고 고개를 저었다.
다른 노인들은 모두가 설탕물을 다 마셨다. 박 노인과 김 노인은 세 컵을
마시고도 더 마시려고 했다. 나는 양 선생을 외면하는 임복임 노인을 보면
서 설탕물 한 컵을 마셨다.

김 노인에게 설탕물을 더 따라주려고 하는 허 선생을 팀장이 말렸다.

"그 어르신, 그만 드리세요. 과유불급도 모릅니까?"

여느 날과 달리 바지런을 떨던 허 선생은 돌아서서 아랫입술을 악물었
다. 그리고 설탕물이 남은 페트병을 카트에 내려놓고 빈 컵을 수거하기
시작했다. 다 거둔 빈 컵을 조리실로 갖다주는 것도 허 선생이 했다. 팀장
과 양 선생이 그런 허 선생을 보고 눈빛을 교환했다.

어느 때보다 허 선생은 열심히 일하는데도 분위기는 어딘지 어수선했다.
날마다 하는 일이 그 일인데 요양보호사들은 뭔가 빠뜨리거나 자잘한 사고
를 일으키는 것 같았다.

"진짜 이상하네. 다들 왜 이러지?"

급기야 팀장이 허리에 양손을 짚고 한숨을 쉬었다. 박 선생이 그런 팀장
을 쳐다보고 야릇한 웃음을 지으며 쓰레기장으로 향했다.

나는 통유리창 앞에 서서 철책 문 옆의 쓰레기장으로 가는 박 선생을
바라봤다. 머리칼이 듬성듬성한 박 선생의 머리통이 햇빛에 반짝이고 기저
귀로 가득 찬 종량제봉투가 박 선생의 손에서 덜렁거렸다. 눈이 녹아서
바닥이 질척거리고 햇볕은 따뜻해 보이지만, 풍경이 살얼음에 덮인 것처럼

투명하고 추워 보이는 날이었다. 박 선생이 쓰레기 정리하는 모습을 바라보던 나는 복도를 돌기 위해 통유리창 앞을 떠났다.

겨울 해가 짧아서 창밖에는 벌써 어스름이 내리고 있었다. 나는 뒷짐을 진 채 국화꽃이 시들어버린 작은 정원 옆에서 요양원과 면 소재지 사이의 작은 들판에 있는 비닐하우스를 바라보다 양말을 벗었다. 비닐하우스의 유독 눈이 부신 햇빛 속에서 딸기를 따보던 아들의 딸기 하우스가 떠오르자 발바닥이 뜨거워졌기 때문이었다.

오랜만에 흙 대신 마룻바닥의 감촉을 느껴보는데 등 뒤에서 바퀴 구르는 소리가 들려왔다. 나는 반사적으로 뒤를 돌아보았다. 배식 수레를 밀고 온 조리사 여자가 데스크 앞으로 들어가고 있었다.

언제나처럼 저물어가는 햇빛 속에 앉아있는 노인들의 머리가 하얗게 눈이 부셨다. 요양보호사들이 정 선생과 함께 죽과 국물이 놓인 쟁반을 억새꽃 같은 휠체어 노인들에게 날라주기 시작했다. 간호사는 쟁반 옆에 약을 놔주었다. 마지막으로는 탁자 앞의 노인들 앞에 밥이나 죽이 담긴 식판이 놓였다. 저녁 배식은 그것으로 끝났다.

요양보호사들과 간호사와 사회복지사는 어둠이 빠르게 깔리고 있는 창밖을 쳐다보면서 노인들에게 죽을 먹이고 약을 먹였다. 길이 얼고 밤바람이 칼 같은 겨울 저녁 퇴근을 정시에 하기 위해 모두는 죽을 떠먹이며 노인의 저작을 재촉했다. 팀장이 그렇게 분주하게 돌아다니는 허 선생을 불렀다.

"식당에 가서 마른빨래 있으면 좀 걷어 와요. 야간에 어르신들 갈아입힐 옷이 부족하니까 미리 준비해놔야 해요."

"예, 팀장님."

허 선생은 숟가락도 들지 않는 노인에게 죽을 떠먹이다 말고 복도로 나갔다. 나보다 먼저 죽을 먹고 방으로 향하는 박 노인의 뒷모습을 눈으로 좇다가 나는 남은 죽을 천천히 먹었다. 허 선생은 내가 식판에 붙어있는 무 생채 한 가닥까지 어렵사리 집어먹고 났을 때에서야 빨래를 걷어놓고 돌아왔다.

그제야 안심이 된 나는 물을 마시고 방으로 들어갔다. 뜻밖에 박 노인의 침대는 텅 비어있었다. 어두컴컴한 저녁에 박 노인이 어디 갔을까 생각해봤지만, 떠오르는 곳은 전등이 켜지지 않는 복도뿐이었다. 나는 복도를 내다보았다. 하지만 박 노인의 모습은 보이지 않았다. 잠시 박 노인을 찾아갈까 생각했지만 캄캄한 복도를 걷고 싶지 않은 나는 침대에 누워버렸다.

그사이 주간 요양보호사들은 모두 퇴근하고 야간 요양보호사들이 출근했다. 그때까지도 박 노인은 돌아오지 않았다.

# 6부

느닷없이 고함이 들리고 창문이 부르르 떨었다. 내가 막 깊은 잠에 빠져 있을 때였다. 벽력같은 고함에 놀란 나는 내가 꿈을 꾸는 줄 알았다. 꿈이 아닌 현실이라는 것은 벽에 비친 보안등 불빛과 개가 길길이 뛰며 짖어대 소리를 듣고서야 깨달았다. 나는 침대에 누운 채 방안을 둘러봤다. 김 노인은 숨소리도 내지 않은 채 자고 있었고, 박 노인의 침대는 여전히 비어있었다. 나도 모르게 침대에서 벌떡 일어나 앉았다.

그때 창밖에서 또 고함이 들렸다. 나는 침대에 올라서서 창밖을 내다봤다. 아직도 바닥에 눈이 수북한 소나무밭 뒤에서 거친 발소리와 숨소리가 고함과 함께 늘렸다. 그 소리는 마치 짐승들이 싸우는 소리처럼 들렸다.

"아! 와악! 억!"

"야! 야! 야! 가만 안 있어?"

"욱! 어억!"

고함을 지르는 사람이 누군지는 알 수 있었지만, 짐승 같은 비명을 지르는 사람이 누군지는 감이 오지 않았다. 나는 잠시 별이 총총한 밤하늘과 보안등 불빛이 비치는 소나무밭과 이불만 덩그러니 있는 박 노인의 침대를 번갈아 보았다. 그제야 오밤중에 짐승처럼 비명을 지르는 사람이 누구인지 감이 왔다.

두 사람의 실랑이는 한참 동안 계속되었다. 두 개의 검은 그림자는 내가 잠을 깬 지 십여 분이 지나서야 소나무밭 앞으로 나왔다. 두 그림자 중 한 그림자는 키 크고 몸집이 통통한 사무국장이었고, 또 한 그림자는 큰 키에 몸집이 호리호리한 박 노인이었다.

사무국장한테 멱살이 잡힌 박 노인은 현관 앞으로 질질 끌려갔다. 박 노인의 멱살을 틀어쥔 사무국장은 불빛이 환한 현관 앞에 이르러서야 걸음을 멈췄다. 사무국장에게 멱살이 잡혀있는 박 노인은 팔을 축 늘어뜨리고 있었다. 나는 창문에 눈을 갖다 대고 점퍼도 입지 않은 채 맨발에 슬리퍼를 신고 있는 박 노인을 보았다. 순간 배신감과 안타까움이 내 안에서 교차했다. 박 노인의 실패가 다행이라는 생각과 왜 철책 문밖으로 나가지 못했을까 하는 의문이 그 위에 겹쳤다. 건물 옆에서 쇠줄에 묶인 개들이 땅을 박차고 뛰어오르며 미친 듯이 짖어대는 소리를 들으며 나는 창문에 더 눈을 바짝 붙였다.

마침내 현관 앞에서 잠시 숨을 고른 사무국장과 멱살이 잡힌 박 노인이 현관 안으로 사라지고 나자 이윽고 전등이 꺼졌다. 다시 창밖이 고요해지자 나는 그대로 침대에 털썩 주저앉았다. 박 노인이 언제 어떻게 유리문 밖으로 빠져나갔는지를 생각해봤다. 아무리 생각해도 박 노인이 언제 어떻게 유리문 밖으로 나갔는지는 알 수 없었다. 조리사 여자가 빈 그릇을 수거하러 왔을 때였을까. 주간 직원들과 야간 직원들과 교대할 때였을까.

시간의 빈틈은 그때뿐이었지만, 평소 성실한 직원들을 생각하면 그것도 맞지 않는 말이었다. 결국 생각은 미궁에 빠져버렸다. 아무것도 추리해낼 수 없는 나는 하마터면 김 노인처럼 이불을 씹을 뻔했다.

방문 밖에서 원장과 사무국장이 야간 요양보호사에게 뭔가 지시하는 소리가 들렸다. 나는 독특한 원장의 목소리를 들으며 침대에 누웠다. 내가 침대에 누운 지 얼마 되지 않아서 야간 요양보호사가 박 노인을 침대에 눕히고 나갔다.

다시 인의예지는 아무 일도 없었던 것처럼 조용해졌다. 미친 듯이 짖어대던 개도 더 이상 짖지 않았고, 방안에는 김 노인의 숨소리만 가득했다. 하지만 박 노인은 좀처럼 잠을 이룰 수 없는 모양이었다. 잊을 만하면 뒤척이는 소리가 들렸고, 그때마다 침대에서 삐걱대는 소리가 났다. 나는 박 노인이 뒤척이는 소리를 들으며 벽을 향해 돌아누웠다. 그 순간에는 그렇게 눈을 감고 잠을 청하는 것밖에는 할 수 있는 일이 없었다.

야간 요양보호사가 노인들을 데리러 오는 시간은 항상 똑같았다. 아침 일곱 시가 되면 여자들은 어김없이 노인들을 공용 공간으로 데려가기 시작했다. 그러니까 아침 일곱 시면 잠이 깨는 버릇은 야간 요양보호사들 때문에 생긴 것이었다.

여느 날과 같은 시간에 잠을 깬 나는 일어나자마자 박 노인을 보았다. 박 노인이 잠을 깨면서 기침을 쏟아내기 시작했기 때문이었다. 꽁지머리 요양보호사가 기침 소리를 듣고 달려왔다. 박 노인을 부축해서 일으키고 따뜻한 물도 먹였다. 꽁지머리 요양보호사가 물을 먹이고 등을 두드려줘도 박 노인의 기침은 멈추지 않았다.

아침 요양원은 모든 게 그대로였다. 휠체어 노인들이 공용 공간 가장자리를 빙 둘러있고, 아홉 명의 노인들이 탁자 앞에 앉았으며, 야간 요양보호사가 죽 쟁반과 식판을 날랐다. 사무국장은 아침을 빨리 먹으라고 다그쳤고, 죽을 몇 숟가락 먹기도 전에 야간 요양보호사와 사무국장은 휠체어 노인들을 다시 침대에 눕혔다. 간밤의 작은 소동이 무색하게 이렇게 인의예지의 아침은 달라진 게 아무것도 없었다. 달라진 건 박 노인이 기침이 심하다는 것뿐이었다.

꽁지머리 야간 요양보호사는 박 노인에게 감기약을 먹이고 퇴근했다. 주간 요양보호사와 사회복지사와 간호사는 야간 요양보호사가 퇴근하자마자 출근했다. 출근을 마친 사람들이 체조를 끝내자 기다리고 있던 원장이 회의를 소집했다. 나는 통유리창 앞에 앉아서 탁자 앞에 둘러앉는 사람들을 유심히 바라보았다.

원장은 회의를 소집해놓고 바로 회의를 시작하지 않았다. 데스크를 등지고 앉아서 핸드폰을 탁자에 내려놓은 뒤 말없이 모두를 잠시 바라보기만 했다. 요양보호사들과 간호사와 사회복지사를 한 사람씩 차례차례 일별하던 원장은 다시 핸드폰을 집어 들었다. 통유리창 앞에서도 나는 여자들의 어깨와 등이 긴장하는 것을 느낄 수 있었다. 나는 나도 모르게 등을 곧추세우고 두 손을 무릎 위에 얹었다.

그때 원장이 회의를 시작했다.

"군청에서 또 노인 폭력 예방 교육에 관한 공문이 내려왔어요."

예상과 다른 말에 나는 원장을 의아한 눈으로 쳐다봤다. 회의를 시작하자마자 당연히 간밤에 일어난 소동을 말할 줄 알았는데 노인 폭력 예방을 말하고 있기 때문이었다. 박 노인이 탈출에 성공하지 못했어도 원장은 태연하게 노인 폭력 예방 교육이나 전달할 때가 아니었다. 간밤의 아찔했던 순간을 생각한다면 무슨 일이 있었는지를 이야기하고 직원들에게 경각심을 심어줘야 했다. 그게 맞는 일이었다.

나는 간밤의 소동을 말하지 않는 원장이 왠지 이상했다. 치밀어 오르는 화를 참고 있는 표정은 역력했지만, 엉뚱하게 노인 폭력 예방 공문부터 말하는 원장이 이해되지 않았다. 십 년 동안 마을 이장을 했던 경력도 이런 상황을 이해하는 데는 아무 소용이 없었다.

다른 날과 달리 원장은 회의를 오래 하지 않았다. 군청에서 하달된 노인 폭력 예방에 관한 몇 가지 지시사항을 전달하고 사례 몇 건을 말한 뒤 노인 폭력 예방 교육을 다시 강조하고 나서 회의를 끝냈다.

"누차 말하지만, 어르신들은 사회적 약자예요. 보호하고 돌봐야 할 어르신들에게 폭력을 행사한다는 건 정말 비열한 짓입니다. 다른 말은 이제 그만하기로 하고 이것만 기억했으면 해요. 어르신들은 우리들의 미래 모습이라는 걸요. 오늘 회의는 여기까지입니다."

원장의 말이 끝나자마자 조리사 여자는 조리실을 향해 복도를 달려갔다. 요양보호사들은 각자 담당하고 있는 방으로 노인들의 기저귀를 갈아주러 갔고, 간호사는 데스크 안으로 들어갔으며, 정 선생은 사무실로 갔다가 다시 건너왔다. 데스크 앞으로 온 정 선생은 간호사에게 종이 한 장을 건넸다. 내가 통유리창 앞에서 일어설 때였다.

"노인 폭력 예방에 대한 교육을 받았다는 서명해주셔야 해요."

그제야 데스크에서 고개를 든 간호사는 정 선생이 가리키는 곳에 서명했다. 정 선생은 간호사가 서명한 서류를 손에 들고 데스크 안을 들여다봤다.

"보고 자료를 작성하고 계셨네요? 의사 선생님은 몇 시에 오세요?"

다시 데스크에 고개를 박으려던 간호사가 정 선생을 바라봤다,

"아홉 시에 오신대요. 이걸 어제까지 끝냈어야 했는데, 하-! 일이 너무 많아요."

"그러니까요. 저도 일이 너무 많아서 죽을 것 같아요."

나는 한숨을 쉬는 간호사와 사회복지사를 보면서 복도로 향했다. 차순이 노인의 방 앞으로 갈 때 얼어붙은 고양이 밥그릇과 털을 곤두세운 채 등을 동그랗게 말고 있는 고양이를 보았다. 임복임 노인의 방 앞을 지날 때는 똥 기저귀를 들고 있는 박 선생 허 선생과 마주쳤다. 두 사람의 얼굴은 피로에 절어서 까칠해 보였다. 나는 그런 박 선생과 허 선생이 전혀 안쓰럽지 않았다. 부디 이곳 사람들이 지쳐서 쓰러질 정도로 일이 더 많아졌으면 좋겠다고 생각했다.

임복임 노인의 방 앞을 지나서 김 노인과 내가 박 노인과 함께 지내는 방을 들여다봤다. 박 노인은 약을 먹었는지 자고 있었다. 잠을 자는 박 노인의 숨소리는 절반이 앓는 소리였다. 그 옆에서 김 노인은 여전히 죽기 아니면 살기로 이불을 씹어대고 있었다.

고개를 주억이고 난 나는 닫혀있는 빈방과 중정을 보면서 복도를 걸었다. 복도는 어둑했고, 중정의 넓이만큼 열려있는 하늘에는 얇은 구름이 높게 떠 있었다.

'눈이 올 것 같지는 않은데, 상당히 추워 보이는 날이구나.'

나와 박 노인과 김 노인이 함께 지내는 방 앞에서 곧장 뻗어있는 복도를 가서 오른쪽으로 돌자 복도는 더 어두워졌다. 검버섯 여자와 한쪽 팔이 없는 여자가 맞은편 T자 지점에서 나타났다. 두 여자는 야릇한 미소를 서로 주고받으며 나와의 간격을 느릿느릿 좁혀왔다.

두 여자를 보는 순간 나는 속으로 망설였다. 복도를 다시 돌아갈 것인가. 아니면 그냥 모른 척 지나칠 것인가. 복도를 되돌아가는 건 자존심이 허락하지 않았고, 두 여자의 야릇한 미소는 느낌이 좋지 않았다. 내 걸음은 점점 더 느려졌다. 그러는 사이에도 두 여자와의 간격은 서너 걸음도 안 되게 좁혀졌다.

어둑한 복도에서 마주한 검버섯 여자는 체구가 사무국장보다 건장해 보였다. 요양원을 천국에 비유한 그녀는 목도 두껍고 어깨와 팔뚝 역시 나보다 훨씬 굵었다. 나는 검버섯 여자의 어깨와 팔을 보면서도 뒷짐을 풀지 않았다. 아무리 검버섯 여자의 덩치가 나보다 좋아 보여도 어디까지나 여자였다. 나는 두 여자를 비켜 가기 위해서 복도 가장자리로 붙었다.

그때 검버섯 여자가 갑자기 다리가 꼬인 것처럼 비틀하더니 나를 향해 돌진했다. 여자가 느닷없이 나에게 달려들자 나는 빈방 벽을 마주 보고 달라붙었다. 순간 검버섯 여자의 두툼하고 억센 손이 내 성기를 움켜쥐었다. 나는 단말마 같은 비명을 지르고 그 자리에 주저앉았다. 여자가 손을 놓지 않아 성기가 뽑히는 듯한 통증이 정수리까지 뻗쳐올랐다.

"억! 어, 어, 억! 억!"

내 비명을 들었는지 누군가 복도를 달려오는 소리가 들렸다. 그제야 검버섯 여자는 내 성기를 놓고 한쪽 팔이 없는 여자와 함께 내가 지나왔던 복도를 향해 가버렸다. 두 여자가 중정이 보이는 복도로 사라지자 나는 바닥에 털썩 주저앉았다. 복도와 복도가 T자로 만나는 지점까지 뛰어온 양 선생이 그런 나를 보고 한달음에 달려왔다.

"어르신! 왜 그러세요? 어디가 아프신 거예요?"

나는 그냥 손만 내저었다. 무엇보다 창피했고 느닷없이 당한 상황에 아무 말도 할 수 없었다. 하지만 양 선생은 내가 복도를 돌다가 어지러웠거나 다리에 쥐가 났을지도 모르겠다고 생각한 것 같았다. 내 겨드랑이에 손을 집어넣고 일으켜 세우는 양 선생의 목소리에서 근심이 묻어났다.

"어르신! 걸을 수는 있죠? 일단 간호사 선생님에게 가보시게요. 아, 오늘 의사 선생님이 제휴병원에서 오시는 날이니까 잘됐네요."

입을 앙다문 나는 양 선생에게 부축받고 제휴병원의 의사에게 갔다. 아랫도리의 통증이 가시는 만큼 얼굴은 점점 싸늘해지고 있었다. 무엇보다 눈앞이 하얗게 보일 정도로 화가 치밀어 올랐다. 비참한 기분도 들었다. 이제 나는 나의 무엇을 지킬 수 있을까 싶었다. 지킬 무엇이 남아있기는 한 건지 생각해봤지만 나는 이제 바닥이었다. 마치 바닥에 떨어진 내 자존감을 내가 밟고 가는 것 같았다.

의사는 원장의 입간판과 현관 사이의 작은 방에서 요양보호사들이 날마다 기록한 일지를 보고 있었다. 양 선생에게 보고받은 간호사가 나를 삼십 대 의사 앞에 데리고 갔다. 제휴병원에서 한 달에 한 번씩 출장을 나와서 노인들의 상태를 점검하고 약을 처방해준다는 의사는 한참 동안 내 가슴에 청진기를 대보고 맥박과 혈압을 쟀다.

"영양상태가 안 좋군요. 영양실조 상태까지는 가지 않았지만요."

간호사가 겸손한 표정으로 고개를 끄떡였다.

"네. 원장님께 말씀드리겠습니다."

그렇게 나는 한순간에 영양실조 환자가 되었다. 믿어지지 않는 일을 겪고 뜻밖의 진찰을 받은 나는 원장의 입간판을 지나서 방으로 향했다. 긴 소파에 한쪽 팔이 없는 여자와 나란히 앉아있던 검버섯 여자가 그런 나를 보고 보일 듯 말 듯 웃었다. 그런 검버섯 여자를 보자 나는 또 얼굴이

씨늘해지는 것을 느꼈다.

박 노인은 다음날도 침대에서 꼼짝하지 못했다. 박 노인의 기침은 갈수록 심해졌다. 발작하듯 기침을 토하곤 하는 박 노인은 죽은커녕 물 한 모금도 먹으려 하지 않았다.

야간 요양보호사와 주간 요양보호사에게 박 노인의 상태를 보고받은 팀장이 방으로 와서 박 노인을 불렀다.

"어르신! 어르신!"

팀장이 부르는 소리에 박 노인이 겨우 눈을 떴다. 하지만 박 노인은 팀장을 힘없이 바라보고 이내 다시 눈을 감았다. 팀장은 다시 박 노인을 흔들었다.

"어르신! 눈 좀 떠봐요. 어디가 아프세요?"

또 맥없이 눈을 뜨던 박 노인은 발작처럼 기침을 토해냈다. 팀장은 기침이 멎기를 기다렸다가 박 노인의 이마에 손을 갖다 댔다. 박 노인의 이마를 짚어 본 팀장은 깜짝 놀랐다.

"세상에! 어르신! 머리가 왜 이렇게 뜨거워요? 언제부터 이러신 거예요?"

박 노인은 손을 한 번 내젓고 또 눈을 감았다. 입을 열면 말보다 기침이 먼저 터져 나오기 때문인 듯했다. 팀장은 데스크로 달려가서 간호사를 데리고 왔다. 박 노인의 이마를 짚어본 간호사도 눈이 탁구공만 해졌다.

"열이 너무 높아요. 삼십구 도는 될 것 같은데요?"

간호사가 박 노인의 귓속에 넣었던 체온계를 꺼내서 팀장에게 보여줬다. 팀장은 체온계의 수치를 보고 크게 벌린 입을 두 손으로 가렸다.

"일단 해열제라도 드리는 게 어떨까요? 사무국장님께는 제가 말씀드릴게요."

　팀장은 사무실로 뛰어갔고, 간호사는 데스크로 달려갔다. 나는 다시 이불을 둘러쓰고 공처럼 몸을 말고 있는 박 노인을 바라봤다. 폭설이 그친 다음 날인가 그다음 날인가 한밤중에 소나무밭 뒤에서 현관 앞으로 끌려오던 박 노인이 떠올랐다. 서로 말은 안 했지만 같은 방에서 잠을 자고 함께 복도를 도는 사이라고 생각했는데 혼자만 요양원을 탈출했다고 서운해했던 것도 기억났다.

　박 노인이 또 기침을 시작했다. 얼굴이 빨개지도록 기침을 토해내는 박 노인을 보자 이제는 그런 박 노인이 딱하게 보였다. 탈출은 그렇게 섣부르게 하는 게 아니라고 말하고 싶었지만, 나는 그 말을 목구멍 깊숙이 감췄다. 박 노인의 실패는 철책 앞의 쇠줄에 묶여 있는 개들을 간과했기 때문일지도 모른다는 생각이 들었지만 나는 그 말도 꾹 참았다.

　얼굴이 뻘겋게 되도록 박 노인이 기침을 토하는 사이에도 김 노인은 죽어라 이불을 씹고 있었다. 김 노인이 쥐고 있는 이불 귀퉁이에서는 침이 뚝뚝 떨어졌다. 김 노인도 박 노인도 참을 수 없는 나는 복도를 돌기 위해 침대에서 내려왔다.

　그때 간호사가 양 선생과 함께 와서 박 노인에게 해열제를 먹였다. 팀장과 함께 온 원장은 박 노인의 이마를 짚어봤다.

　"해열제 드렸어요? 어제부터 열이 나신 거예요?"

　"예, 원장님."

　"아무래도 기침감기인 것 같은데요?"

　"지금 증상은 감기가 맞는 것 같습니다."

　"그래요. 지켜보고 열이 떨어지지 않으면 병원으로 모시도록 하지요."

간호사가 박 노인이 턱까지 끌어올린 이불을 아래로 끌어내렸다. 박 노인은 턱을 달달 떨었다. 원장은 박 노인을 잠시 바라보다가 팀장을 돌아봤다.

"그리고 일단, 설탕물을 좀 드리세요. 아무것도 드신 게 없으니까 설탕물을 드리는 게 좋겠어요."

"예, 원장님."

팀장과 간호사와 양 선생이 원장을 따라서 방을 나가자 박 노인은 다시 이불을 턱까지 끌어올렸다. 기침 소리가 또 방안에 가득 찼다. 김 노인이 이불 씹는 소리는 기침 소리에 묻혀버렸다. 나는 이불을 둘러쓴 박 노인을 보고 복도로 향했다. 뒷짐을 지고 느릿느릿 복도를 돌아서 T자 지점에 멈춰 섰다. 아무리 봐도 박 노인이 언제 어디로 나갔는지는 전혀 알 수 없었다.

사무국장이 한 달에 한 번 노인들을 살피고 약을 처방해주고 가는 의사에게 약을 처방받아왔다. 팀장이 박 노인에게 죽을 먹이고 약을 먹였다.

식사 시간에 탁자 앞에는 여덟 명의 노인들만 둘러앉았다. 정 선생과 허 선생이 임 선생과 함께 탁자 앞으로 식판을 날랐다. 휠체어 노인들에게 모두 죽을 배식하고 난 뒤였다. 내 앞에도 콩나물국에 간장 돼지불고기와 시금치나물, 단무지와 김치가 죽과 함께 들어있는 식판이 놓였다. 나는 식판을 보고 잠시 내 눈을 의심했다. 죽 그릇이 아침보다 배는 더 커졌고 반찬도 아침보다 두 배는 될 정도로 수북했기 때문이었다. 김 노인의 식판도 내 식판과 양이 같았다. 나는 평소의 두 배가 넘는 죽과 반찬을 보고도 믿어지지 않아서 한동안 숟가락을 들지 못했다. 검버섯 여자가 그런 나를 보고 또 보일 듯 말 듯 웃었다.

그제야 나는 고개를 숙이고 죽을 먹기 시작했다. 죽에 반찬을 넣어 비벼 먹는 짓 따위는 하지 않아도 될 것 같았다. 반찬도 많았지만, 죽이 누런 코 같지 않아서였다. 나는 죽에 반찬 한 가지씩을 얹어서 천천히 먹었다. 아무리 천천히 먹어도 죽과 반찬은 빠르게 줄어들었다. 마치 허기진 위장이 빠르게 음식을 끌어당기는 것 같았다. 순식간에 식판을 비운 나는 오랜만에 포만감을 느꼈다. 나는 식판에 붙어있는 콩나물을 집어 먹는 김 노인을 쳐다보며 자리에서 일어났다. 허 선생이 나에게 방을 가리켰다.

"식사 다하신 어르신은 방으로 들어가시게요."

나는 말없이 방으로 가면서 통유리창을 바라봤다. 날이 흐려서 통유리창으로 보이는 소나무밭과 철책 문 맞은편 마을의 집이 음산해 보였다. 임복임 노인은 그렇게 음산해 보이는 풍경을 등지고 앉아서 나를 빤히 쳐다보고 있었다. 설탕물에 말아놓은 밥은 먹으려고 하지 않고 숟가락만 만지작거리는 임복임 노인을 나도 물끄러미 바라보았다. 양 선생이 임복임 노인에게 밥을 먹이는 것도 지켜봤다. 임복임 노인은 겨우 한 숟갈을 받아 먹고 더는 먹으려고 하지 않았다.

"어르신! 왜 이렇게 식사를 못 하세요? 한 숟갈만 더 드시게요,"

양 선생이 다시 밥 한 숟가락을 임복임 노인의 입으로 가져갔다. 임복임 노인은 고개를 돌리고 양 선생의 손을 밀쳐냈다.

"그만 먹어."

임복임 노인의 목소리는 들리지 않았다. 나는 임복임 노인의 입 모양을 보고 그녀가 무슨 말을 하는지 알았다. 고양이가 긁어대는 유리문 앞에서 나는 임복임 노인이 밥을 더 먹기를 바랐지만, 임복임 노인은 끝내 밥을 더 먹지 않았다. 마침내 양 선생은 임복임 노인이 남긴 밥을 배식 수레에 실었다. 그때까지도 임복임 노인은 나를 빤히 쳐다보고 있었다. 나는 처연한 임복임 노인의 시선을 더는 바라볼 수 없어서 그만 복도로 들어서고 말았다.

복도를 한 바퀴 돌아서 방에 들어가자 이불을 씹고 있는 김 노인의 침 냄새가 또 비위를 상하게 했다. 박 노인은 김 노인의 침 냄새에 취한 듯 눈을 꼭 감고 누워있었다. 내가 침대에 걸터앉는 사이에 방으로 들어온 팀장이 박 노인의 귀에 체온계를 넣었다.

"열이 또 올랐네? 기침은 좀 멎은 것 같은데 이상하네. 감기가 아닌가?"

내가 침대에 걸터앉는 동안 팀장은 고개를 갸웃거리면서 방을 나갔다. 오랜만의 포만감에 기분이 좋은 나는 박 노인이 마음에 걸렸지만, 침대에 눕고 말았다. 얼마 지나지 않아 김 노인의 이불 씹는 소리가 아스라이 멀어지면서 졸음이 밀려왔다. 나는 언제인지 모르게 까무룩 잠 속으로 빠져들어 갔다.

어느 순간 원장과 사무국장의 목소리가 들렸다.

"아무래도 감기가 아닌 것 같은데요."

"네, 제 생각도 그런 것 같아요."

"아니, ㄱ 추운 날 오밤중에 어디 숨어있다가 집에 가겠다고 나간 건지, 원. 그나저나 문을 열어놓은 사람은 아직도 알 수 없어요?"

"네. 허 선생이 빨래를 걷으러 식당으로 들어간 장면은 찍혀있는데, 나올 때 장면은 확인할 수 없었습니다. 박 선생의 머리가 묘하게 카메라를 가렸더라고요."

"허 선생 이후로 드나든 사람은 없었고요?"

"그것도……."

"그래요? 그럼, 두고 봅시다. 뜻하지 않게 알게 되는 수가 있겠죠."

"네, 원장님."

"그나저나 이 어르신, 병원으로 모셔야 하지 않겠어요?"

"해열제를 쓸 때만 열이 내리고 있으니, 아무래도 그렇게 하는 게 좋겠습니다."

원장과 사무국장은 이야기를 마치자마자 방을 나갔다. 완전히 잠이 깬 나는 침대에서 벌떡 일어났다. 박 노인과 한 마디도 나눈 적이 없는데 괜히 통유리창 앞까지 갔다가 돌아오곤 했다. 나는 내가 왜 이렇게까지 싱숭생숭한지 알 수 없었다.

제휴병원의 봉고차는 내가 세 번이나 통유리창까지 왔다 갔다 할 때 도착했다. 하늘색 가운의 건장하고 젊은 두 남자는 방에 들어오자마자 환자 이송용 침대에 박 노인을 싣고 나갔다. 나는 이송 침대에 실린 박 노인의 뒤를 따라 나갔다. 통유리 창 앞에서는 뒷짐을 지고 박 노인을 태운 봉고차가 농로를 달려서 면 소재지 너머로 사라질 때까지 지켜봤다.

봉고차가 완전히 사라지자 빈 겨울 들판이 내 가슴에 가득 들어차는 것 같았다. 나는 갑자기 한기가 들고 쓸쓸한 기분이 들어서 소파에 깊숙이 몸을 묻고 앉았다.

# 7부

아침에 눈을 뜨는 순간 나는 창문을 올려다봤다. 왠지 방이 평소보다 어둑해 보였기 때문이었다. 창문이 남쪽으로 나 있어서 해가 뜰 때면 방안이 언제나 환해지곤 했는데 방은 아직도 어둑한 새벽처럼 보였던 것이다.

창문으로 바라본 하늘에는 짙은 먹구름이 잔뜩 끼어있었다.

'또 눈이 오겠구나.'

요의를 느낀 나는 진저리를 치고 침대에서 내려왔다. 박 노인이 아직 돌아오지 않아서 박 노인의 침대는 비어있었다. 내가 침대에서 내려온 순간 잠을 깬 김 노인은 곧바로 이불을 씹기 시작했다. 눈을 뜨는 순간 이불부터 씹기 시작하는 김 노인을 보자 한숨이 나왔다. 아무리 해도 요양원을 빠져나갈 수 없고 탈출할 방법이 없는데도 포기가 안 된다면 차라리 김 노인처럼 아무것도 모르는 게 더 나을지도 모르겠다는 생각이 들었다.

김 노인을 지나서 화장실로 가는데 복도를 걸어오는 발소리가 들렸다.

보나 마나 꽁지머리 요양보호사일 터였다. 아침 일찍 복도를 걸어올 사람은 그녀밖에 없었다.

"어르신들! 식사하러 가시게요."

내 생각은 틀리지 않았다. 꽁지머리 요양보호사의 말이 끝나기도 전에 이불을 씹던 김 노인이 부리나케 침대에서 내려서는 소리가 났다. 김 노인이 네 손가락을 빨면서 아침을 먹으러 가는 동안 나는 밤사이 방광에 고였던 오줌을 마지막 한 방울까지 모두 쏟아냈다.

아침에도 죽은 큰 그릇에 담겨 나왔다. 하지만 반찬은 너무 적었다. 간장과 물엿을 듬뿍 넣고 조린 연근과 오징어젓갈과 콩나물이 두 번만 집어먹으면 끝날 것 같았다. 나는 성의 없이 차려진 식판을 물끄러미 바라보다가 죽에 오징어젓갈을 얹어 먹기 시작했다.

시래기 된장국에 밥을 푹 퍼서 말던 검버섯 여자와 한쪽 팔이 없는 여자가 그런 나를 보고 또 보일 듯 말 듯 웃었다. 두 여자 옆에 앉은 차순이 노인은 또 밥을 깨적거리고만 있었다. 여느 날처럼 사무국장은 식욕 촉진제를 잊은 모양이었다. 여전히 요양원을 천국이라고 하는 검버섯 여자와 한쪽 팔이 없는 여자는 늘 식욕이 넘쳐서 말할 것이 없지만, 뜻밖에 안 먹던 밥을 많이 먹은 사람은 임복임 노인이었다. 임복임 노인에게 밥을 먹이고 온 꽁지머리 야간 요양보호사가 커트 파마머리 야간 요양보호사와 속삭이는 소리가 내게도 들렸다.

"임복임 어르신이 오늘은 좀 드시는데요?"

"그러게요. 다른 날은 한 숟갈 드시면 고개를 저었는데, 오늘은 절반이나 드셔서 나도 깜짝 놀랐다니까요."

"나는 그게 더 불안한데요. 어르신들이 곧 죽을 듯하다가 갑자기 상태가 좋아지면 꼭 무슨 일이 생기잖아요. 그러니까……."

"나도 그래요."

순간 나는 사레가 들렸다. 꽁지머리 요양보호사가 기침하는 내 등을 두들겨주고 물을 따라주었다. 하지만 기침은 계속 나왔다.

그때 휠체어 노인들에게 죽을 먹이던 사무국장이 시계를 보더니 식판을 수거하라고 했다. 나는 잔기침을 하면서 서둘러 남은 죽을 긁어먹었다. 차순이 노인은 밥을 다 먹은 검버섯 여자와 한쪽 팔이 없는 여자가 자리에서 일어나자 숟가락을 놓고 따라갔다. 계속 숟가락을 쥐고 있는 노인들에게서 야간 요양보호사들이 억지로 식판을 뺏어가는 아침은 여느 때와 다르지 않았다. 사무국장이 야간 요양보호사들과 휠체어 노인들을 차례차례 침대에 눕히는 것도 마찬가지였다. 순식간에 아침의 공용 공간에는 쓸쓸한 적막만 남았다.

방으로 돌아와 침대에 걸터앉는데, 창문이 컴컴한 느낌이 들었다. 이불을 씹기 시작하는 김 노인에게서 고개를 돌리자 검은 먹구름이 가득한 하늘이 눈에 들어왔다. 집에 있다면 마을 친구에게 놀러 가거나 아래채에 따뜻하게 불을 넣고 등을 지질 시간이겠다는 생각이 났다. 이곳에 박 노인이 있다면 복도를 돌 시간이기도 했다. 나는 박 노인의 빈 침대와 창문을 번갈아 보다가 방을 나섰다. 아무래도 이대로 침대에 누워서는 안 될 것 같다는 생각이 들어서였다.

흐린 날의 복도는 저녁처럼 어둑했다. 나는 복도를 돌면서 가끔 눈 덮인 쑥밭 가운데 서 있는 감나무가 삭막해 보이는 중정을 내다봤다. 고양이의 집 앞에는 꽃무늬 앞치마가 널린 건조대가 서 있었다. 고양이는 어디로 갔는지 보이지 않았다. 긴 복도를 오른쪽으로 돌자 검버섯 여자가 나를 추행했던 복도가 나왔다. 나는 검버섯 여자에게 추행당했던 복도를 지나 T자 지점에 섰다.

순간 나는 내 눈을 의심했다. 항상 굳게 잠겨있던 유리문이 또 활짝 열려있고, 식당 옆의 신발장과 조리실과의 사이에 있는 조리 보조대가 빨래가 널린 건조대와 함께 빤히 보였기 때문이었다. 그 가운데서 내 시선이 가장 먼저 닿는 곳은 조리 보조대 아래 벽에 붙여놓은 탁자였다. 탁자 위에는 라면이 수북하게 쌓여있었다. 나는 마른침을 삼켰다. 마음 같아서는 당장 라면을 훔쳐서 먹고 싶었다. 하지만, 조리실에서는 칼질하는 소리가 규칙적으로 들려오고 있었고, 정 선생이 수시로 사무실과 데스크 사이를 오가고 있었다.

나는 또 T자 지점에서 꼼짝도 하지 못했다. 그대로 남은 복도를 돌자니 라면이 눈에 밟혔고, 무작정 유리문을 넘어가서 라면을 들고 올 용기도 없었다. 나는 한참 동안 열린 문으로 라면을 바라보면서 마른침만 삼켰다.

그때, 통로 오른쪽에서 사무국장이 나타났다. 손바닥이 빨갛게 코팅되어있는 면장갑을 끼고 열린 유리문 앞으로 온 사무국장은 연장을 내려놓고 유리문을 닫았다. 유리문을 닫은 뒤에는 다시 연장을 들고 나를 빤히 쳐다봤다. 잠깐 사무국장과 내 눈이 유리문을 사이에 두고 부딪쳤다.

사무국장은 다시 통로 오른쪽으로 사라졌다. 사무국장이 통로에서 사라지는 것과 함께 밖에서 나무 패는 소리가 났다. 나는 다시 남은 복도를 갔다. 얼마 안 가서 옷방이었다. 여전히 행거 끝에 걸려있는 내 패딩 점퍼가 보였다. 잠시 나는 입고 싶을 때 입을 수 없는 점퍼를 보다가 또 복도를 걸어갔다. 발바닥에 닿는 마루 감촉이 유난히 서늘했다. 뒷짐 진 손을 까딱일 때는 카디건의 따뜻한 감촉이 느껴졌다. 작은 정원 옆에서 면 소재지를 내다보고 나는 또 통유리창 앞에 앉았다.

늘 앉던 자리에 앉은 내가 해가 비치지 않아서 날이 을씨년스럽다고 생각하고 있는데 팀장과 간호사와 요양보호사들이 이삼 분 간격으로 출근하기 시작했다. 마지막으로 출근한 사람은 임 선생과 박 선생이었고, 사회복지사는 끝내 보이지 않았다.

출근을 마친 요양보호사들은 자주색 앞치마를 입고 나오자마자 체조 대형으로 둘러섰다. 뒤늦게 나타난 얼굴이 동그란 여자가 허 선생과 박 선생 사이로 엉거주춤 끼어들었다. 팀장이 키가 작고 얼굴이 동그란 여자를 체조 대형 가운데로 이끌었다.

"지금 체조 시간이거든요. 저희하고 체조하고 나면 원장님과 사무국장님이 오실 거예요. 이쪽으로 와서 함께 체조하시게요."

팀장은 정 선생 대신 핸드폰으로 체조 영상을 켜고 시범을 보였다. 팀장의 동작은 정확했지만, 모두의 체조는 다른 날과 다르게 엉성했다. 얼굴이 동그란 여자는 정신없이 팔다리를 허우적거리기만 했다. 검버섯 여자와 한쪽 팔이 없는 여자도 체조를 따라 하지 않았다. 나는 체조도 재미없고 등도 따뜻하지 않았지만, 키가 작고 얼굴이 동그란 여자가 궁금해서 계속 통유리창 앞을 지키고 있었다.

원장은 어느 날보다 커다란 목소리로 회의 시작을 알렸다.

"선생님들! 회의합시다. 빨리 모이세요."

체조가 끝나기 무섭게 각자 맡은 방으로 들어갔던 요양보호사들은 재빨리 탁자 앞으로 달려 나왔다. 요양보호사들과 간호사가 탁자 앞에 앉자 팀장은 키 작고 얼굴이 동그란 여자를 옆에 앉혔다. 조리사 여자는 맨 마지막에 허겁지겁 달려와서 간호사 옆에 앉았다. 데스크를 등지고 앉은 원장이 얼굴이 동그란 여자에게 일어서도록 했다.

"오늘은 새로 오신 사회복지사 선생님 먼저 소개하고 회의를 시작하겠어요. 최은주 선생님, 인사하세요."

내가 앉은 자리에서는 새로 온 사회복지사의 목소리가 들리지 않았다. 나는 원장의 말을 듣고서야 작은 목소리로 인사하는 동그란 얼굴의 여자가 새로 온 사회복지사라는 것을 알았다. 나는 인사를 마치고 자리에 앉는 사회복지사를 보면서 차순이 노인을 생각했다. 이제 여란이는 없다는 것을 모르는 차순이 노인은 원장이 회의를 시작하기 위해 의자에 앉은 몸을 앞으로 내밀 때까지도 나오지 않았다.

"어제도 군청에서 노인 폭력 예방 교육 공문이 내려왔어요. 여러분은 왜 이런 공문이 자주 내려온다고 생각하세요?"

잠시 말을 멈추고 원장은 언제나처럼 요양보호사들과 간호사를 둘러봤다. 대답하는 사람은 아무도 없었다. 모두 볼펜을 들고 수첩을 내려다보거나 서로의 얼굴을 바라보기만 했다. 원장은 탁자 위에 올려놓은 손을 깍지 꼈다.

"그만큼 노인 폭력이 많다는 이야기입니다. 약자 앞에서 강해지는 속성을 자제하지 못하는 선생님들이 많다는 이야기에요. 여기 올라온 사례들을 또 몇 개 들려드릴게요."

원장은 쉬지 않고 문자 도착을 알리는 신호음이 울리는 핸드폰을 열고 몇몇 사례를 찾아서 읽었다. 사례 속의 노인들은 옷에 똥을 싸서 맞았고, 멀쩡한데도 침대 난간에 손이 묶이는 일도 있었으며, 똥을 많이 싼다고 밥을 조금밖에 주지 않아서 배고파한다고도 했다. 이런 일들은 비일비재하고 너무 비일비재해서 평범한 것으로 착각하는 경우가 많다고 원장은 격앙된 목소리로 지적했다.

"선생님들한테 다시 물어볼게요. 어르신! 밥 다 먹었어? 이런 반말은 폭력일까요? 아닐까요?"

팀장이 또렷한 목소리로 대답했다.

"폭력입니다."

"맞습니다. 이런 반말은 분명한 폭력입니다."

원장이 노인 폭력에 대해서 말하는 동안에도 원장의 핸드폰에서는 문자 도착을 알리는 신호음이 계속 울렸다. 슬쩍 문자를 확인한 원장은 다시 요양보호사들을 돌아보았다.

"날마다 하는 이야기에요. 상대를 혐오하거나 멸시하는 표정과 눈빛, 말 한마디도 분명한 폭력이에요. 여러분은 이점을 항상 명심해줬으면 좋겠어요."

팀장과 양 선생이 작은 목소리로 대답했다.

"네!"

문자 도착을 알리는 신호음이 갈수록 더 요란해지자 결국 원장은 회의를 마치고 말았다. 원장이 의자에서 일어서자 간호사와 요양보호사들은 수첩을 덮었다. 조리사 여자는 시계를 보고 일어섰다. 그렇게 어수선한 탁자 앞으로 갑자기 나타난 사무국장이 끼어들었다.

"잠깐만요. 공지 사항이 있습니다. 앞으로 이 주 후에 안전 점검이 있어요. 서류점검, 시설점검에 이어서 일대일 면담이 있을 겁니다. 선생님들은 근무 수칙과 어르신들 케어 방법, 위급 시 대처요령 등을 완벽하게 숙지하시고 점검에 잘 대비해주시기 바랍니다."

사무국장의 공지 사항은 짧았다. 요양보호사들이 사무실로 돌아가는 사무국장을 바라보는 시간이 오히려 더 길었다. 사무국장이 사무실로 사라지자 들어온 지 얼마 안 되는 요양보호사들은 안전 점검을 묻기 시작했다. 최근에 들어온 임 선생이 주로 물었고 대답은 팀장이 했다.

"여긴 다 안전하잖아요? 근데 뭘 점검해요?"

"일 년에 한 번씩 요양보호사들 교육은 잘 됐는지 요양보호사들 처우는 잘하고 있는지 어르신들을 잘 돌보고 있는지 응급대처 요령은 잘 알고 있는지 등을 점검하는 게 있어요. 이 안전 점검을 통과해야 다음 해 예산을 지원해주거든요."

데스크 앞에서 사무실로 돌아가려던 원장이 큰소리로 팀장을 불렀다.

"팀장님! 오늘, 어르신들 목욕시키는 날 아니에요?"

"아니에요, 원장님. 어르신들 목욕은 어제 시켰습니다."

팀장이 양 선생의 옆구리를 찌르고 양 선생이 임 선생의 옆구리를 찔렀다. 요양보호사들은 재빨리 각자 맡은 방으로 흩어졌다. 나는 사무실로 건너가는 원장을 보고 통유리창 앞에서 일어섰다. 날이 흐리고 등이 시려서 통유리창 앞에 더 앉아있고 싶지 않기 때문이었다.

텔레비전 앞을 지나갈 때 차순이 노인이 아장아장한 걸음으로 나를 지나쳐갔다.

"여란아! 여란아! 우리 여란이 어디 있냐?"

이빨이 하나도 없어서 커다랗게 입을 벌리고 여란이를 부르는 차순이 노인의 입이 시커먼 동굴처럼 보였다. 팀장이 차순이 노인의 소리를 듣고 방에서 뛰어나왔다.

"어르신! 여란이는 왜 찾으세요?"

"우리 여란이 밥 먹어야 하는데 안 보여."

"아이, 어르신! 여란이 장에 갔잖아요."

"우리 여란이가 장에 가? 장에 왜 가?"

"어르신한테 맛있는 것 사다 드린다고 장에 갔어요. 어르신이 손까지 흔들어 놓고 잊어버리셨어요?"

"그럼, 우리 여란이, 언제 와?"

"어르신이 밥 잘 먹고 있으면 금방 온다고 했어요."

"그래?"

차순이 노인은 검버섯 여자와 한쪽 팔이 없는 여자 앞으로 가서 바닥에 앉았다. 그리고 두 여자를 마주 보지 않고 돌아앉아서 소파에 등을 기댔다.

검버섯 여자가 또 나를 보고 야릇하게 웃는 것을 느꼈지만, 나는 검버섯 여자를 못 본 척 뒷짐을 지고 방으로 들어갔다. 어김없이 김 노인은 이불을 씹고 있었다. 이불에서 침이 뚝뚝 떨어지는 방에는 비릿한 침 냄새가 여전했다. 나는 거의 필사적으로 이불을 씹는 김 노인을 보면서 침대에 걸터앉았다. 요양원의 직원들이 너무 자주 바뀌고 있다는 생각이 들었다. 요양원 사람들이 자주 바뀌는 게 나는 나쁘지 않았다. 습관이란 하루아침에 바뀌지도 않고, 새로운 습관을 길들이기는 어렵다는 걸 일흔다섯 해의 경험으로 잘 알고 있어서였다.

팀장과 양 선생이 카트에 분홍색 물이 담긴 병과 스테인리스 컵을 싣고 흐린 오후의 빛이 낮게 퍼진 공용 공간으로 들어왔다. 노인들의 시선이 일제히 분홍색 물이 담긴 병으로 향했다. 검버섯 여자와 한쪽 팔이 없는 여자는 코도 벌름거렸다.

"딸기 냄새가 나는 것 같은데? 저거 딸기주스인가 봐."

한쪽 팔이 없는 여자는 고개를 끄떡였다.

"누가 또 딸기 한 상자 들고 왔었나 보지, 뭐. 저런 딸기주스를 앞으로도 몇 번은 더 먹겠구먼."

두 여자가 입을 삐죽이는 동안 요양보호사들이 휠체어 노인들에게 딸기주스를 따라주기 시작했다. 간호사와 사회복지사도 요양보호사들을 거들었다. 누구보다 부지런하게 딸기주스를 따라주고 다니는 사람은 허 선생이었다. 허 선생은 노인들의 식사 시간과 간식시간에만 부지런한 것 같았다.

요양보호사들이 마지막에 딸기주스를 따라주는 사람들은 탁자 앞의 노인들이었다. 원래 물컵으로 쓰이는 스테인리스 컵은 작아서 두 모금 만에 바닥이 났다. 나와 김 노인은 연거푸 양 선생에게 다 마신 컵을 내밀었다. 차순이 노인도 검버섯 여자와 한쪽 팔이 없는 여자를 따라서 딸기주스를 더 달라고 했다.

"향긋하니 그냥 설탕물보다는 낫네. 한 잔 더 따라줘 봐."

"아침에도 그냥 설탕물 주지 말고 이걸로 줘."

"나도 이거 먹고 더 먹을 거야."

사실 딸기주스는 딸기 몇 알로 색깔만 낸 설탕물이었다. 겨우 그런 딸기주스를 요양보호사들은 세 컵 이상 주지 않았다. 김 노인은 다시 네 손가락을 입에 몰아넣고 빨기 시작했다. 방으로 들어가려던 나는 자리에서 일어서다 임복임 노인과 눈을 마주쳤다. 멀찍이서 보기에도 임복임 노인의 눈빛은 여전히 텅 비어서 처연하게 보였다. 내 옆에서 그런 임복임 노인을 바라보던 사회복지사가 간호사에게 속삭였다.

"어르신들이 딸기주스는 좀 드시는 것 같네요."

임 선생이 빈 컵을 거두다 사회복지사를 돌아봤다.

"식사를 잘하지 못하시는 어르신들은 주스도 못 드시잖아요. 임복임 어르신은 아들이 사다 준 딸기인데도 한 모금밖에 안 드시더라고요."

사회복지사가 임 선생 옆으로 다가갔다.

"임복임 어르신이 혹시……?"

"통유리창 한가운데 앉아계신 어르신이에요. 밥도 설탕물에 말아 드시는 분이죠."

"밥을 설탕물에요?"

"예, 설탕물에요. 믿어지지 않겠지만 사실이에요."

그사이 빈 컵이 모두 거둬졌다. 양 선생이 카트에 빈 컵과 빈 병을 싣고 조리실에 갔다 오는 동안 나머지 요양보호사들은 휠체어 노인들을 다시 침대에 눕혔다. 임복임 노인의 휠체어를 밀고 가는 허 선생을 보면서 나는 뒷짐을 지고 복도를 돌기 시작했다.

복도를 도는 동안 코끝에 딸기 향이 희미하게 떠돌았다. T자 지점에 멈춰 서자 문득 아들의 딸기 하우스가 생각났다. 아들의 하우스에서 갓 딴 딸기를 한 접시만 먹으면 소원이 없을 것 같다는 생각이 들었다. 아니, 갓 지은 쌀밥을 한 그릇 먹어봤으면 여한이 없을 것 같았다. 따뜻한 아래채 아랫목에서 등을 지지고 죽을 수 있다면 내게 잘못한 사람을 열 번도 더 용서할 수 있을 것 같기도 했다.

나는 비밀번호로 굳게 잠겨있는 유리문을 멍한 눈으로 바라봤다. 그런 나는 한없이 무기력했다. 내 몸에서 기운이란 기운이 모두 빠져나가는 것 같았다. 두 개의 출구는 비밀번호가 아니면 열 수 없고, 인의예지는 사방이 통유리창과 시멘트벽으로 막혀 있었다. 이곳에서 나는 세 끼 죽을 먹고 복도를 도는 것 외에는 할 수 있는 게 아무것도 없었다.

유리문을 바라보는 동안 나를 막고 있는 힘이 점점 완강하고 거대하게 느껴졌다. 유리문 앞에서 뒤돌아선 나는 뒷짐 진 손으로 허리를 톡톡 두드리면서 다시 복도를 걷기 시작했다. 옷 방을 지나고 직원 화장실 앞을 지나서 현관 앞까지 갔다. 현관 앞에 있는 작은 정원의 국화는 다 시들어 있었다.

이틀 동안 잔뜩 흐려있기만 하던 하늘이 마침내 눈송이를 떨구기 시작했다. 바람이 불고 있어서 눈송이들이 통유리창으로 날아와 부딪쳤다. 눈송이는 마치 커다란 꽃잎 같았다. 통유리창에 부딪는 눈송이는 겨울에 피는 차꽃 같았다.

아침을 먹고 통유리창 앞에 선 나는 소나무밭으로 철책 문까지 곧게 뻗어있는 길 위로 나풀거리는 눈을 물끄러미 바라봤다. 점점이 떨어지는 눈송이는 아들이 자주 읽었던 동화가 떠오르게 했지만, 가슴까지 아련하게 해주지는 않았다. 들판과 면 소재지로 시선을 옮겼다. 들판과 면 소재지는 드문드문 날리는 눈송이만으로도 흐릿하고 자욱하게 보였고, 농로는 보이지 않았다.

면 소재지에서 시선을 당겨서 농로를 바라보는데, 들판 가운데를 달려오는 다섯 대의 자동차가 보였다. 면 소재지 반대편에서 달려와서 농로로 들어선 자동차들이었다. 나는 통유리창 앞에 서서 인의예지에 점점 가까워지는 자동차들을 지켜봤다.

자동차들은 느릿느릿 농로를 달려와서 철책 문 옆 공터에 멈춰 섰다. 각자의 차에서 내린 요양보호사들과 간호사와 사회복지사가 철책 문을 들어서자마자 뛰기 시작했다. 모두는 눈보라 속을 달리는 전사 같았다. 아니면, 영화 투모로우에서처럼 추위를 피해 뛰는 난민 같아 보이기도 했다.

요양보호사들과 간호사와 사회복지사가 현관으로 사라지자마자 원장의 입간판이 있는 복도로 들어서는 사람들 소리가 들렸다. 나는 통유리창 앞에 앉아서 출근부에 사인하는 사람들 머리 위에 얹혀있는 눈송이를 바라봤다. 모두의 머리에 얹혀있던 눈송이는 사람들이 출근부에 사인하고 돌아서기도 전에 녹아버렸다.

출근을 마친 간호사와 사회복지사와 요양보호사들은 작업복으로 갈아입자마자 체조 대형으로 둘러섰다. 핸드폰으로 체조 영상을 켠 사회복지사 최 선생이 먼저 체조를 시작했다. 간호사와 요양보호사들은 동작이 엉성한 최 선생을 보고 웃으면서 체조를 따라 했다. 체조가 끝나갈 때 데스크 앞으로 온 원장만 최 선생을 보고 웃지 않았다. 다만 그녀는, 체조가 끝나기 무섭게 이렇게 외쳤을 뿐이었다.

"선생님들! 회의하시게요."

잠깐 노인들을 보고 오려던 요양보호사들은 탁자 밑에 넣어둔 수첩을 꺼내 들고 자리에 앉았다. 복도를 달려온 조리사 여자와 사무실에서 건너온 사회복지사까지 자리에 앉고 나서야 원장도 데스크를 등지고 앉아서 핸드폰을 내려놓았다. 회의는 전날과 조금 달랐다. 노인 폭력 예방 교육과 공지 사항 전달을 짧게 하는 대신 안전 점검 준비를 좀 더 오래 설명했다. 원장은 노인들이 응급상황에 처했을 때의 대처요령, 노인들의 요양원 시설 사용법 습득 등을 두서없이 말했다. 회의는 여느 날과 다름없이 길었고, 마지막에는 허 선생과 박 선생을 회의의 주제로 올렸다.

"왜 아직도 식당으로 빨래를 널러 갔다 하면 그렇게 오래 있는 겁니까? 조리사하고는 무슨 이야기를 그렇게 하는 거예요? 쓰레기장은 왜 아직도 난장판이고요? 정문은 우리 인의예지의 첫 이미지인데 그렇게 관리가 안 되어서 어떻게 합니까?"

원장이 매서운 눈길로 허 선생과 박 선생을 잠시 노려봤다. 통유리창 앞에서도 빨갛게 달아오르는 허 선생과 박 선생이 보였다. 나는 두 요양보호사와 원장을 번갈아 보았다. 탁자에는 설명이 필요 없는 기류가 빠르게 흐르고 있었다. 어떻게든 제 발로 이곳을 나가게 하겠다는 사람과 모멸감을 참고서 오기로 버티겠다는 사람 사이에 흐르는 기류는 적대적인 만큼 냉랭했고, 두 요양보호사는 끝까지 침묵으로 일관했다.

원장은 그런 두 요양보호사를 외면하고 고개를 돌렸다.

"오늘 회의는 여기까지입니다. 회의 때마다 하는 말이지만, 어르신들에게는 반말도 폭력이라는 점 잊지 마시고 안전 점검에 잘 대비해주시기

172

바랍니다."

여느 때와 같이 아홉 시가 넘어서 회의가 끝나자 모두는 각자의 업무를 위해 재빨리 흩어졌다. 요양보호사들은 노인들의 방과 옷 방으로 갔고, 간호사는 데스크 안으로 들어갔으며, 언제나처럼 조리사는 조리실을 향해 긴 복도를 달려갔다. 하지만, 사회복지사는 제자리로 복귀하지 못했다. 차순이 노인이 현관 앞의 복도에 나갔다 들어오면서 사회복지사를 붙잡았다.

"아가씨! 아가씨! 혹시 우리 여란이 봤어?"

"여란이는 지금 장에 갔어요."

"우리 여란이가 장에 왜 가?"

"어르신한테 드린다고 맛있는 것 사러 갔잖아요."

"우리 여란이, 밥 먹어야 하는데……. 우리 여란이, 밥 먹어야 하는데……."

옷방에서 노인들 옷을 안고 오던 팀장이 차순이 노인을 방으로 데려갔다.

"여란이는 어르신 드린다고 맛있는 것 사러 갔어요. 어르신이 울면 안 온대요."

차순이 노인은 방에 들어가서도 계속 여란이만 불렀다.

"여란아! 여란아!"

팀장까지 차순이 노인을 데리고 방에 들어가서 공용 공간에는 데스크 안의 간호사만 남았다. 검버섯 여자와 한쪽 팔이 없는 여자도 나오지 않아서 나는 조금 외롭다는 생각이 들었다. 날은 어둑하고 넓은 공용 공간에서 검버섯 여자와 한쪽 팔이 없는 여자가 없어서 외롭다고 생각하는 내가 어이없기도 했다.

나는 그만 일어나서 방으로 들어가야겠다고 생각했다. 비위가 상하긴 하지만, 김 노인의 이불 씌는 소리를 들으면서 낮잠을 자야겠다고 마음먹었다. 그때 허 선생이 옷방에서 옷을 안고 들어오다가 갑자기 걸음을 멈췄다.

"오-메! 뭔 눈이 저렇게 와? 이제는 아예 펑펑 쏟아지네."

허 선생을 뒤따라온 박 선생이 허 선생 옆에 섰다.

"올해는 눈이 자주 오네. 여기서 펑펑 쏟아지는 눈을 보는 건 좋은데, 나는 벌써 퇴근길이 걱정되네요."

"운전하기 힘들 것 같으면 면 소재지로 걸어가서 버스 타지요 뭐. 눈길도 걸어보고요. 그것도 괜찮을 같은데요?"

"허 선생님은 아직도 소녀 감성이시네."

"안 그래도 힘든데, 눈길까지 걱정할 수는 없잖아요."

김 선생과 양 선생은 노인들 옷을 안고 오다 걱정스러운 얼굴로 통유리 창 밖을 바라보고 노인들을 목욕시켜야 한다면서 갔다. 허 선생과 박 선생도 복도를 돌려고 하는 나에게 다가왔다.

"어르신! 목욕하러 가십시다. 오늘 목욕하는 날이에요."

나는 머리카락 몇 올로 이마를 가리고 있는 박 선생을 쳐다보고 말없이 박 선생과 허 선생을 따라갔다. 허 선생은 박 선생을 앞장서서 먼저 방으로 향했다. 파마머리가 빠글빠글한 허 선생의 뒤통수를 보면서 복도를 지나가는데 바로 옆방에서 차순이 노인의 비명이 들렸다.

"앗, 차! 차! 차!"

"물 안 차요. 더 뜨겁게 하면 화상 입어요."

차순이 노인을 달래는 팀장의 큰 목소리는 임복임 노인의 방 앞을 지날 때 들렸다. 임복임 노인의 침대는 비어있었다. 임복임 노인도 목욕하는 중인 것 같았다. 임복임 노인의 방을 지나서 김 노인과 내가 지내는 방에 들어가자 비릿한 침 냄새가 와락 달려들었다. 언제나 그랬듯 박 선생은 나를 먼저 목욕시켜주었다. 그동안 허 선생은 김 노인의 이불을 뺏어서 세탁기에 갖다 넣고 왔다. 나는 옷을 갈아입혀 줄 필요가 없어서 박 선생은 허 선생과 함께 김 노인을 벗기고 씻겼다.

박 선생과 허 선생이 김 노인을 씻기는 동안 나는 침대에 걸터앉아서 중정을 바라봤다. 눈발은 더 세차고 고요하게 쏟아지고 있었다. 감나무가 눈발에 잠겨서 흐릿하게 보였다. 중정에 자욱한 눈을 보는 순간 가장 먼저 떠오르는 건 농로였다. 이 정도 눈이면 농로가 벌써 눈에 묻히고 지워졌을 거라는 생각이 들었다.

나는 뒷짐을 지고 천천히 방을 나갔다. 통유리창 앞으로 가야 내가 보고 싶은 풍경이 가장 잘 보이기 때문이었다. 철책 문까지 뻗어있는 길과 철책 문 앞의 집과 마을과 면 소재지 사이의 작은 들판과 그 가운데 나 있는 농로까지. 그 가운데서 내가 가장 유심히 보는 건 들판을 가로지르는 개천 둑에 만들어진 농로였다.

임복임 노인의 방 앞을 지나던 나는 버릇대로 무심코 고개를 돌려 방 안을 들여다봤다. 임복임 노인은 방문이 마주 보이는 침대에 힘없이 앉아 있었다. 목욕을 마치고 하얀 스웨터로 갈아입은 임복임 노인은 어느 날보다도 정갈하고 고와 보였다. 양 선생이 그렇게 정물처럼 앉아있는 임복임 노인의 하얀 커트 머리를 뒤로 넘겨서 빗겨주고 있었다.

걸음을 멈춘 나는 둥근 머리통을 양 선생에게 맡기고 앉아서 허공을 응시하는 임복임 노인을 물끄러미 바라봤다. 여느 날과 다르게 임복임 노인의 눈빛이 어딘지 아련해 보여서였다. 임복임 노인의 얼굴에는 설명할 수 없는 슬픔과 안타까움이 가득해 보였던 것이다.

이윽고 임복임 노인의 머리를 다 빗긴 양 선생이 옆머리를 귀 뒤로 넘겨주고 임복임 노인의 볼을 쓰다듬었다.

"오늘 진짜 예쁘세요, 어르신."

임복임 노인의 두 볼이 발그레해졌다. 내 눈과 보일 듯 말 듯 미소 짓는 임복임 노인의 눈이 복도와 방 사이에서 부딪쳤다. 순간 임복임 노인의 입가에서 미소가 사라졌다. 눈빛도 서늘해졌다. 그런 임복임 노인의 입에서 안타까운 탄성이 한숨과 함께 울려 퍼졌다.

"아! 하고 싶다!"

"예?"

놀란 양 선생이 휘둥그레진 눈으로 되물었다. 이 노인네가 갑자기 무슨 말을 하는 건가, 혹시 내가 잘못 들은 건 아닌가 하는 표정으로 임복임 노인을 바라봤다. 그 사이 임복임 노인의 시선은 나를 비켜서 어느 먼 허공으로 향했다.

"아! 진짜 하고 싶다!"

그제야 임복임 노인의 말을 알아들은 양 선생의 두 눈이 탁구공만큼 커졌다.

"어르신!"

그러자 임복임 노인의 눈에서 눈물이 흘러내리기 시작했다. 당황한 양 선생은 재빨리 임복임 노인의 눈물을 닦았다. 임복임 노인은 힘없이 고개를 저었다. 나는 임복임 노인의 방 앞에 얼어붙은 듯이 붙박여서 그런 임복임 노인을 멍하니 바라봤다. 가슴이 먹먹해서 나도 임복임 노인의 손을 잡고 울고 싶었다. 뼈만 남은 늙은 여자의 깡마른 몸을 꼭 안아주고 싶었다.

"하-아!"

하지만, 복도와 방 사이의 문턱은 그 어느 나라의 국경선보다 넘기 어려운 것이었다. 천장에 달린 CC-TV 카메라와 양 선생을 무시하고 방으로 들어갈 정도로 나는 뻔뻔한 사람이 되지 못했다. 그 순간 내가 할 수 있는 건 임복임 노인의 방 앞을 피하는 것뿐이었다. 나는 아무것도 보지 못한 척, 아무것도 듣지 못한 척, 다시 뒷짐을 지고 통유리창 앞으로 향했다. 늘 앉아있곤 하던 소파 앞에서 창밖을 바라보았다.

창밖은 펑펑 쏟아지는 눈밖에 아무것도 보이지 않았다. 자욱한 눈발 때문에 윤곽마저 흐릿한 풍경을 보고 있자 오래전 세상을 떠난 아내가 떠올랐다. 깡마른 손을 나한테 맡기고 허무할 정도로 맥없이 마지막 숨을 거두던 모습이 생각났다. 그때 나는 그런 아내를 안아주고 싶다고 생각했을까. 아니었다. 나는 다만 혼자 남게 될 내 미래가 두려워서 통곡하고 절망했을 뿐이었다.

나는 통유리창에 손을 갖다 댔다. 하지만 바깥세상은 내 손에 손을 갖다 대지 않았다. 선뜩한 차가움만 내 손에 갖다 댔다.

# 8부

잠결에 뭔가 요란하게 떨어지는 소리에 놀라서 잠을 깼다. 눈을 뜨자 김 노인이 방바닥에 앉아서 이불을 움켜쥔 채 나를 멀뚱하게 바라보고 있었다. 내 잠을 깨운 소리는 김 노인이 꿈을 꾸다가 침대 아래로 떨어지는 소리였던 모양이었다.

나는 침대에서 떨어지고도 아무렇지 않게 이불을 움켜쥐고 있는 김 노인이 신기해서 잠시 바라보았다. 먹고 싸는 본능만 남아있는 김 노인은 나를 보지 않았다. 침대로 다시 올라오려고도 하지 않고 바닥에 앉아서 이불을 씹기 시작했다.

그때 야간 요양보호사가 들어와서 김 노인에게서 뺏은 이불을 침대로 던졌다. 그제야 침대로 올라간 김 노인은 다시 이불을 움켜쥐었다. 꽁지머리 야간 요양보호사가 김 노인을 보면서 소리쳤다.

"어르신! 아침 먹으러 가게요."

김 노인은 꽁지머리 야간 요양보호사의 말이 끝나기도 전에 이불을 놓고 침대를 내려왔다. 등을 떠밀지 않아도 요양보호사를 앞장서서 탁자 앞으로 갔다. 나는 눈이 소복하게 쌓인 중정을 보면서 그런 김 노인을 뒤따라갔다.

햇살이 멀리 지평선에서 길게 퍼지기 시작하는 시간이었다. 차갑고 옅은 아침 놀 빛에 하얗게 얼어 있는 산과 들이 파랗게 빛났다. 농로를 들어오는 자동차는 없었다. 자동차 한 대가 농로와 만나는 도로를 달려가는 것만 보일 뿐이었다.

식판에는 어김없이 누런 코 같은 죽과 된장국이 배추김치 무장아찌 어묵 볶음 시금치나물과 함께 들어있었다. 끼니마다 똑같은 죽이 나오는 것처럼, 아침을 먹는 노인들의 모습도 똑같았다. 김 노인은 식판을 다 비우고 나서도 고춧가루와 시금치나물 부스러기까지 집어 먹고, 검버섯 여자와 한쪽 팔이 없는 여자는 된장국에 밥을 말아서 깨끗하게 먹어 치웠다. 임복임 노인도 설탕물에 만 밥을 한 숟갈 이상은 먹지 않았고, 몇몇 노인들이 크레인으로 무거운 짐을 끌어 올리듯 일 분여에 걸쳐서 겨우 한 숟가락을 들어 올렸다. 또 차순이 노인은 식욕 촉진제를 뿌려주지 않아서 밥 한 숟갈을 십여 분 동안 오물거렸다. 침대에서 누워지내는 노인들에게 미음을 먹이고 나온 사무국장이 노인들에게 빨리 밥을 먹으라고 다그쳤다. 야간 요양보호사들은 휠체어 노인들에게 죽을 먹이다 말고 식판과 쟁반을 거둬서 설거지하러 갔다.

이제는 시겹나는 생각이 들 정도로 인의예지의 일과는 날마다 똑같았다. 요양보호사들과 간호사와 사회복지사가 자동차로 농로를 달려서 출근하는 것도 다르지 않고, 출근을 마친 뒤 체조하고 원장만 떠들어대는 회의를 하는 것 역시도 여느 날과 같을 것이었다. 회의를 마친 뒤에는 각자 맡은 노인들의 기저귀를 갈고 오전 간식으로 설탕물을 먹이고, 그리고 또……

통유리창 앞으로 가면서 이 생각을 하는데 요양보호사들이 출근하는 소리가 들렸다.

일이 분 간격으로 출근한 요양보호사들은 작업복에 자주색 앞치마를 걸치고 나와서 사회복지사를 가운데 두고 간호사와 함께 체조 대형으로 둘러섰다. 체조가 끝난 뒤에는 변함없이 원장만 말을 하는 회의가 진행되었다. 언제나 그렇듯 원장은 노인 폭력 예방 교육을 먼저 하고, 안전 점검에 대비할 사항들을 숙지시켰다. 날마다 보고 듣는 광경이었고 말들이었다. 날마다 통유리창 앞에 앉아있다가 보니 이제는 나도 회의에 참석하고 있는 기분이 들었다.

어느 때보다도 회의 시간은 길었다. 안전 점검일이 가까워지면서 회의가 점점 더 길어지는 것 같았다. 나는 통유리창 앞에서 원장이 혼자 떠들고 나머지 사람들은 수첩에 적어가면서 듣기만 하는 회의를 물끄러미 지켜봤다. 그런 어느 순간 등이 미지근해지기 시작했다. 회의가 진행되는 동안 해가 조금 올라온 모양이었다. 내가 고개를 젖히면서 햇살을 느낄 때 검버섯 여자와 한쪽 팔이 없는 여자가 차순이 노인과 함께 출입구 옆의 소파로 나와서 앉았다.

회의는 조리사 여자가 벽에 걸린 시계를 다섯 번쯤 쳐다봤을 때 끝이 났다. 회의가 끝나기 무섭게 조리사 여자는 긴 복도를 달려갔고, 요양보호사들은 기저귀를 들고 각자 담당하고 있는 노인들에게 갔다. 박 선생과 허 선생만 옷 방에 들러서 이불과 베개를 갖고 갔다.

해가 점점 더 높이 오르면서 등이 따뜻해지자 나는 꾸벅꾸벅 졸기 시작했다. 심지어 어느 순간부터는 머리를 떨구면서까지 잠 속으로 빠져들었다. 아무도 그런 나를 깨우지 않았다. 얼마쯤 잤을까. 한참 동안 곤하게 자던 나는 분주하고 소란스러운 느낌에 눈을 떴다. 그때 내 눈에 들어온 것은 박 선생에게 부축받으며 공용 공간을 가로질러 가는 키 크고 마른 노인이었다.

키가 크고 마른 노인은 박 노인이었다. 며칠 사이에 전혀 다른 사람처럼 비쩍 말라버린 박 노인을 보고 깜짝 놀란 나는 박 노인을 부축하고 가는 박 선생을 따라갔다. 박 선생은 방에 데려간 박 노인을 침대에 눕힌 뒤 이불을 덮어주고 나갔다. 간호사가 들어와서 박 노인의 체온과 맥박을 쟀다. 언제 왔는지 팀장이 간호사가 들고 있는 체온계를 넘어다봤다.

"살다 보니 이렇게 다시 돌아오시는 분도 계시네요."

"보통 노인 분들이 급성폐렴에 걸리면 대부분 사망으로 이어지는데, 저도 이런 예외는 처음 보는 것 같아요."

"그러니까요."

"혹시, 이 어르신, 설탕물 효과를 보신 걸까요? 아니면 체력이 좋으신 걸까요?"

간호사가 팀장을 보지 않고 보일 듯 말 듯 웃었다.

"글쎄요."

팀장은 웃지 않았다.

박 노인이 편안한 얼굴로 천장을 바라보자 간호사는 팀장과 함께 방을 나갔다. 나는 침대에 설터앉아서 눈자위가 푹 꺼지고 두 볼이 움푹 팬 박 노인을 바라봤다. 박 노인은 뼈와 가죽밖에 남지 않은 모습이었다. 하룻밤의 탈출 미수로 뼈와 가죽만 남아버린 박 노인을 보고 나는 적지 않은 충격을 느꼈다.

아연한 심정으로 그렇게 박 노인을 보고 있는데, 그때 임 선생이 방으로 들어왔다. 임 선생은 다른 요양보호사들처럼 이불을 씹고 있는 김 노인을 보고 박 노인을 침대에서 일으켰다.

"자! 자! 어르신들! 얼른 나가서 간식 드시게요."

침을 질질 흘리면서 이불을 씹고 있던 김 노인이 가장 먼저 방을 나갔다. 나는 임 선생에게 부축받은 박 노인을 뒤따라서 설탕물을 마시러 갔다. 설탕물을 카트에 실은 양 선생은 내가 탁자 앞에 앉을 때 공용 공간으로 들어왔다.

점심때도 박 노인은 누군가 데리러 와서야 탁자 앞에 나왔고, 점심을 먹은 뒤에는 누군가 부축해서 다시 방에 데려다주었다. 그사이 나는 언젠가 열려있던 유리문이 생각나서 슬그머니 복도를 돌았다. 하지만, 유리문은 여전히 꼭 닫혀 있어서 그냥 방으로 들어가기로 했다.

그때 빈 식판을 수거하러 왔다가 그냥 조리실로 돌아가려던 조리사 여자가 데스크 옆에 멈춰 섰다. 간호사는 조리사 여자가 내민 손가락에 소독 연고를 바르고 밴드를 붙여 주었다. 이렇게 간단한 처치가 끝나고 나서도 두 사람의 이야기는 계속되고 있었다.

"선생님도요? 선생님은 아닌 줄 알았는데……."

"선생님도 참! 어르신들이 긁히고 종기가 나도 연고나 소독솜 하나 사주지 않잖아요. 그래서 내가 거즈까지 사 오는데요, 뭐."

"진짜요?"

작은 정원을 보고 방으로 들어가려던 나는 복도를 서성이는 척하면서 두 사람의 이야기에 귀를 쫑긋 세웠다. 조리사 여자가 진짜냐고 다시 묻자 간호사는 이제 기가 막힌다는 듯 한숨을 쉬었다.

"진짜예요. 오죽하면 내가 이중의 가면 사이에서 줄타기하고 있는 것 같다고 생각하겠어요?"

"선생님은 믿는데 이상하게 믿어지지 않아서요. 우리 움직임을 실시간으로 꿰고 있는 것도 그렇고요. 갈수록 소소한 잘못도 그냥 넘어가지 않잖아요?"

"그래서 나는 다른 요양원을 알아보고 있어요. 이렇게 일이 많은 요양원은 처음이거든요."

"그럼, 생활정보지에 조리사 구인 광고를 내고 있다는 것도 아세요? 사무국장에게 전화했더니 조식 조리사를 구한다고 하더라고요. 조식 조리사가 구해지면 나도 퇴근하는 길에 해고 통보를 받게 되겠죠?"

"뭣 때문에요?"

"어르신들한테 밥을 드리자고 하고 죽 양을 늘려 드리자고 하고, 뭐, 이유야 많겠죠. 한 번 밉게 보기 시작하면 내가 잘한 건 원장의 것이 되고 원장의 잘못은 내 잘못이 되잖아요."

"지금 박 선생님하고 허 선생님이 그렇잖아요. 정말, ……할 말이 없네요."

"그러니까요."

"요양보호사와 간호사 구인 광고도 계속 내고 있대요. 우리 같은 사람들은 성수기 필터폼으로 아나 봐요.

"우리는 왜 이곳에 왔을까요? 무엇을 하러 온 거죠?"

그때 원장이 사무실에서 나왔고 조리사 여자는 조리실을 향해 긴 복도를 걸어갔다. 나는 뒷짐을 지고 느릿느릿 작은 정원 앞으로 갔다. 작은 정원에 더 이상 꽃은 없었다. 나는 붙박이 창문으로 눈이 녹고 있는 작은 들판을 내다 보았다.

'저들도 이곳을 떠나고 싶어 하는구나. 알량한 몇 푼의 월급과 실업급여 때문에 어쩔 수 없이 견디고 있을 뿐이었어.'

나는 작은 정원 앞을 돌아서서 원장의 입간판을 바라보았다. 그 순간 검버섯 여자와 한쪽 팔이 없는 여자가 차순이 노인과 함께 나와서 원장의 입간판 뒤의 소파로 가고 있었다. 가까이서 본 검버섯 여자는 그새 살이 더 통통하게 올라 있었다. 누구든 육십 대라고 해도 믿을 정도였다. 나는 다시 복도를 돌아서 방에 들어가기로 했다. 볼이 터질 듯 살이 찐 검버섯 여자가 역겹기 때문이었다.

몇 걸음 가지 않아서 나는 내 발에 발이 걸려서 넘어졌다. 한숨을 쉬면서 조리사 여자와 간호사의 대화를 생각하고 가다가 발이 풀려서 내 발에 꼬여버린 것이었다. 어이쿠! 내가 낮은 비명을 지르고 주저앉자 데스크로 가던 사회복지사가 달려왔다.

"어르신! 왜 그러세요? 어디가 아프세요?"

"어, 어! 아, 아니야."

나는 대답을 얼버무리며 일어서려다 다시 주저앉았다. 마루를 걷다가 혼자 넘어진 것이 창피해서 또다시 다리에 힘이 풀려버린 것이었다. 원장이 사무실로 건너가다가 나를 부축하는 사회복지사를 불렀다.

"정 선생님! 그 어르신께는 오늘부터 설탕물을 한 컵씩 더 드리세요."

"네, 원장님."

"전해질이 부족하면 근육 마비도 오고 경련이 생겨요. 정신 착란이나 두통 증세도 나타나게 되죠. 나이가 들수록 소화능력이 떨어지고, 소화가 잘 안되니까 먹는 걸 줄이기 때문이에요. 어르신들에게 설탕물을 드리는 데는 다 그만한 이유가 있는 거예요.”

“네.”

나는 사회복지사의 손을 뿌리쳤다.

“괜찮아.”

“이따가 또 안 좋으시면 말씀하세요. 병원에 가보시게요.”

사회복지사는 내 팔을 놓고 데스크로 갔다. 나는 키 크고 묶은 머리가 찰랑거리는 사회복지사를 물끄러미 바라보았다. 데스크로 가는 사회복지사는 분명히 차순이 노인을 엄마라고 부르는 여란이었다. 대체 사회복지사는 언제 또 바뀐 것일까. 여란이는 언제 다시 이곳으로 돌아온 것일까. 아무리 해도 나는 그것을 알 수 없어서 복도를 가는 동안 고개를 갸웃했다.

방으로 들어간 나는 눈을 감고 있는 박 노인을 보고 다시 나왔다. 질척한 김 노인의 이불을 보자 다른 날과 달리 왠지 모르게 비위가 상했기 때문이었다. 나는 침대에 누워있는 임복임 노인을 보고 다시 통유리창 앞으로 갔다. 창밖에는 철책 문까지 나 있는 길이 녹아서 햇빛에 반짝이고 있었다. 저만치 들판 가운데로 나 있는 농로도 어렴풋이 보였다. 농로와 만나는 도로에서는 자동차 두 대가 속도를 높여서 면 소재지 쪽으로 달리고 있었다.

통유리창을 등진 나는 늘 앉던 자리에 앉았다. 소파에 앉자마자 등이 기분 좋게 따끈해졌고 온몸이 나른히게 풀어지면서 졸음이 몰려오기 시작했다. 언제부턴가 햇빛이 좋은 날이면 내가 통유리창을 등지고 낮잠을 자곤 한다는 것을 떠올리면서 나는 잠 속으로 점점 깊이 빠져들어 갔다. 다리가 꼬여서 넘어지던 순간도 다시 돌아온 여란이도 잊었다.

낮잠은 언제든 달콤한 것이었다. 십 분이든 이십 분이든 낮에 잠깐씩

자는 잠은 인생처럼 짧고 첫사랑처럼 달콤하고 깊었다. 나는 낮잠을 자면서 생각했다. 인생의 모든 순간도 낮잠처럼 달콤하다면 얼마나 좋을까. 돌이켜보면 지금껏 살아왔던 삶은 한순간이었지만, 낮잠처럼 그다지 달콤하지만은 않았던 것 같았다. 나는 잠을 자면서도 그것이 슬펐다. 눈물이 찔끔 나오려고 했다.

　그런 잠결에도 마루를 구르는 바퀴 소리가 들렸다. 묵직하게 마루를 걷는 진동도 느껴졌다. 이건 꿈이 아니었다. 이상한 예감도 들었다. 순간 나는 소파로 떨어지던 고개를 번쩍 들었다. 환자 이송용 침대가 차순이 노인의 방 앞으로 들어갔다가 다시 나오고 있었다. 나는 소파에서 벌떡 일어났다. 천천히 복도를 나오는 환자 이송용 침대를 향해 다가갔다. 침대에는 머리통이 둥근 임복임 노인이 실려있었다. 뼈만 남은 임복임 노인의 눈은 초점이 없었고 안색이 창백했다.

　임복임 노인은 금방 현관 밖으로 사라졌다. 현관 밖에서 개들이 땅을 차고 오르면서 짖어대는 소리가 들렸다. 출입구 옆의 소파에 앉아있던 검버섯 여자와 한쪽 팔이 없는 여자가 통유리창 앞으로 왔다. 나는 두 여자와 거리를 두고 서서 제휴병원 봉고차에 실리는 임복임 노인을 바라봤다. 봉고차는 임복임 노인을 태우고 녹색 철책 문을 나가더니 금세 농로로 접어들었다. 눈이 녹아서 봉고차는 농로를 빠른 속도로 달렸다. 이 차선 도로를 들어서서는 금세 면 소재지 너머로 사라졌다.

　나는 통유리창 앞에서 임복임 노인이 사라진 길을 오래 바라봤다. 농로가 햇빛 속에서 하얗게 녹아내리고 있는 것 같았다. 세상의 모든 빛이 다 농로로 쏟아져서 농로가 지워진 듯 보이기도 했다. 인의예지는 벗어났지만, 집으로 돌아가지는 못하는 임복임 노인이 길 위에서 증발해버린 건 아닐까 하는 생각이 들 정도였다.

　면회를 왔던 막내딸과 유리창을 사이에 두고 손바닥을 맞댔던 노인처럼 나는 통유리창에 손바닥을 갖다 댔다. 공용 공간으로 나오기 전에 봤던 임복임 노인이 마지막이었다는 생각이 들었다. 햇볕에 데워진 유리창은 그다지 차갑지 않았고, 면 소재지가 내 손바닥에 가려졌다. 그뿐이었다. 당연한 이야기지만, 내 손에 닿는 건 아무것도 없었다. 유리창 한 장을 사이에 두고 있을 뿐인 농로가 저승처럼 멀다고 느껴지는 순간 내 눈에는 문득 눈물이 차올랐다.

　'아, 하고 싶다…….

　다시 손바닥을 떼고 면 소재지를 바라보던 나는 임복임 노인의 말을 생각했다. 이 말이 떠오르자 나는 또 가슴이 뜨거워졌다. 세상에서 말기 암 환자의 이 말보다 더 슬픈 말이 어디 있을까. 임복임 노인이 척박한 땅에서 말라죽기 직전에 꽃을 피우려다 만 풀 같았다는 생각이 들어서 나는 가만히 눈을 감고 말았다.

　그사이에도 해는 서쪽 지평선으로 가까이 다가가고 있었고, 눈을 감고 있던 내게 임 선생이 허 선생과 함께 간호사와 주고받은 이야기가 떠올랐다.

　"저 어르신, 얼마나 남았을까요?"

　"글쎄요! 호스피스 병동에 가시도 두세 달까지 버티는 경우를 봤으니까……."

　"여기서도 꽤 잘 버티셨어요. 위암 말기 노인이 대단해요."

　"난, 아직도 저 어르신이 목욕하고 나서 하셨던 말씀이 생각나요. 머리를 빗겨드리는데 저기 이도겸 어르신을 보더니 갑자기 하고 싶다고 그러잖

187

아요. 처음에는 혼자 걸음도 못 걷는 노인네가 무슨 말인가 했는데 그게 그런 말이었어요. 사람은 죽기 직전에 잠깐 상태가 좋아질 때가 있다면서요?"

"인디언 썸머처럼요?"

"맞아요. 인디언 썸머 같았어요."

"아, 인디언 썸머."

그리고 임 선생과 허 선생과 간호사는 한숨을 쉬었을까. 그것까지는 기억이 나지 않는다. 그때 나는 창밖을 보고 있었지만, 아무 풍경도 눈에 들어오지 않은 상태였기 때문이었다.

문득 팀장이 허 선생과 양 선생을 부르는 소리가 들렸다.

"선생님들! 지금 뭐 하고 있어요? 박 선생님 혼자 어르신 자리 정리하고 있는데. 마른빨래도 걷어다 개켜놓아야 하잖아요."

"예, 팀장님."

허 선생과 양 선생은 재빨리 현관 밖 철책 울타리로 빨래를 걷으러 갔다. 나는 기울어가는 겨울 햇빛을 받으며 철책에서 나부끼는 꽃무늬 몸빼 바지와 셔츠가 한없이 쓸쓸해 보여서 통유리창 앞을 돌아섰다. 그때 임복임 노인의 이불과 침대보를 안고 나온 김 선생이 세탁실을 향해 긴 복도를 걸어갔다. 검버섯 여자와 한쪽 팔이 없는 여자는 어느새 늘 앉던 자리로 돌아가서 우두커니 앉아있었고, 차순이 노인은 바닥에 앉아서 알아들을 수 없는 노래를 부르고 있었다.

나는 뒷짐을 지고 차순이 노인의 노래를 들으며 방으로 향했다. 박 노인은 변함없이 공처럼 몸을 만 채 자고 있었다. 나는 김 노인이 필사적으로 이불 씹는 소리를 들으며 침대에 누웠다. 뭔지 모를 헛헛함에 가슴이 시린 나는 막걸리 한 잔에 따뜻한 김치전을 먹었으면 좋겠다고 생각했다. 그런 나를 눈치채기라도 한 듯 박 선생과 임 선생이 간식시간이라며 박 노인과 김 노인과 나를 데리러 왔다.

슬프게도 간식은 정성스럽게 육 등분으로 나눈 초코파이 한 개였다.

한 공간에서 함께 지내던 사람이 떠나도 끼니는 어김없이 돌아왔고, 탁자 앞에 앉은 우리는 누런 코 같은 죽을 기다리곤 했다. 저녁은 잘게 썬 당근과 양배추와 녹두를 넣어 끓인 죽에 시래기 된장국과 마른 가지나물과 고구마 줄기 나물과 무조림과 김치였다. 조리사 여자가 오래 삶고 불려서 마른 나물은 부드러웠지만, 색깔이 시커멓고 우중충해서 시각적으로는 맛이 없어 보였다.

마른 나물은 안전 점검이 예고된 뒤부터 매일같이 나왔다. 어떤 나물보다 손이 많이 가는 나물이 마른 나물이었지만 노인들은 나물에 젓가락도 대지 않았다. 모두 젊어서부터 질리도록 먹었던 나물을 무표정하게 들여다보고 젓가락을 내려놓았다. 언젠가부터 죽 대신 밥을 먹기 시작한 박 노인도 마른 나물은 먹지 않았다. 마른 나물을 모조리 긁어먹는 사람은 김 노인과 검버섯 여자와 한쪽 팔이 없는 여자와 나, 이렇게 네 사람뿐이었다.

임복임 노인이 떠난 뒤에도 나는 달라진 것이 없었다. 마음이 아팠던 건 생각보다 잠시였다. 나는 끼니마다 식판을 깨끗하게 비웠고, 통유리창 앞에서 꾸벅꾸벅 졸았고, 가끔 복도를 돌면서 유리문을 바라보곤 했다. 안전 점검일이 꼬박꼬박 다가오고 있었지만, 요양보호사들과 간호사와 사회복지사도 특별히 달라진 것이 없었다. 시간에 맞춰 노인들의 기저귀를 갈아주고, 목욕시키고, 식사 때마다 침대에서 누워 지내는 노인들을 휠체어에 앉혀서 공용 공간으로 데려왔다 다시 침대로 데려갔고, 식사 시간이 끝나면 잠을 재웠다. 가끔은 사회복지사가 노인들에게 블록을 쌓거나 그림을 그리도록 하고 그 모습을 핸드폰으로 찍기도 했다. 노인이 블록을 쌓는 시간은 이삼 분 정도였다. 노인들이 블록 쌓기를 할 때는 점심을 먹기 직전이었고, 사회복지사가 사진을 찍고 나면 박 선생이 노인을 통유리창 앞으로 옮겼다. 그러면 노인들 앞으로 죽과 국물이 들어있는 쟁반이 날라졌고, 노인들은 아주 느린 영상처럼 일이 분에 걸쳐서 겨우 죽 한 숟가락씩을 먹었다.

점심을 먹고 난 뒤 나는 습관대로 통유리창 앞에 앉았다. 박 노인은 김 노인을 따라 방으로 들어간 뒤였다. 어김없이 통유리창으로 겨울 햇빛이 한정 없이 쏟아져 들어와서 소파에 앉자마자 등이 따끈해지기 시작했다. 몸은 나른해졌지만, 졸음은 오지 않았다. 나는 소파에 등을 기대고 그제야 점심을 먹는 간호사와 사회복지사와 조리사와 요양보호사들을 바라봤다.

간호사가 국에서 건진 동태를 물에 씻어서 고양이에게 갖다주었다. 요양보호사들은 고양이에게 동태를 주지 않았다. 김 노인처럼 동태를 뼈까지 발라 먹었고 잡채를 한 번씩 더 먹었다.

"어떻게 이제는 어르신들이 빠져나가기만 하고 새로 오시는 어르신은 없을까요? 이렇게 다 빠져나가 버리면 우리 여기서 잘리게 되는 거 아니에요?"

허 선생이 식판의 빈칸에 동태 뼈를 건져 놓았다.

"나도 그 걱정했는데, 이렇게 계속 어르신들이 안 오시면 정말 우리 잘려요?"

잡채를 먹으면서 허 선생이 모두를 쳐다봤지만 대답하는 사람은 아무도 없었다. 팀장은 말없이 김치에 밥만 먹었고, 간호사와 조리사 여자만 허 선생을 잠시 바라볼 뿐이었다. 모두 아무 대답이 없자 허 선생은 숟가락으로 밥을 쿡쿡 찔러댔다.

 "나는 잘리는 게 겁나지는 않지만 잘리면 기분이 나쁠 것 같아요. 그래서 잘리는 건 싫어요. 내 발로 나갔으면 나갔지."

 "그건 그렇죠. 잘리는 게 기분 좋을 사람이 어디 있겠어요?"

 박 선생이 허허 웃었다. 나머지 사람들은 말없이 밥만 먹었다. 몇몇은 요양원의 방침에 따르기로 작정한 것 같았고, 몇몇은 스스로 퇴사하지는 않겠다고 마음을 굳히고 있는 것 같았다. 모두는 실업급여와 해고수당과 퇴직금 등을 놓고 머릿속으로 따지고 있는 눈치였다.

 밥을 다 먹은 팀장이 식판에 수저를 내려놓았다.

 "원장님이 말씀하신 건 아무것도 없어요. 임복임 어르신이 나가셨다고 술렁이지 말고 안전 점검 준비나 잘하시게요. 이제 며칠 안 남았잖아요?"

 "그래야죠. 안전 점검 준비해야죠."

 허 선생은 밥을 남긴 식판을 카트에 실었다. 간호사와 양 선생의 빈 식판도 실어 주었다. 사회복지사는 카트에 빈 식판을 얹어놓고 사무실로 향했다.

 "아! 안전 점검! 그것 때문에 일이 더 많아졌어요. 수정할 것도 많고 보완할 것도 많고. 요즘은 커피 생각도 안 난다니까요."

 "이런 때일수록 각성제의 힘을 빌려야죠."

 팀장이 인스턴트커피를 부은 종이컵에 정수기의 뜨거운 물을 따랐다. 나는 팀장이 들고 있는 종이컵을 물끄러미 바라봤다. 커피는 내가 그다지 좋아하지 않는 것이었지만, 이곳에서는 평소에 싫어했던 것까지 먹고 싶었다. 팀장은 그런 나를 아예 쳐다보지도 않았다. 뜨거운 커피를 후 불어서 마시고 휠체어 노인들을 보러 갔다. 다른 사람들이 쉬는 동안 당번을 서야 하기 때문이었다.

텔레비전 맞은편의 긴 소파에는 검버섯 여자와 한쪽 팔이 없는 여자가 차순이 노인과 함께 남았다. 나는 소파에 비스듬히 기대는 검버섯 여자와 왼팔이 없는 여자를 쳐다보고 통유리창 앞에서 일어났다. 왠지 끈끈해 보이는 검버섯 여자의 눈빛을 피하고 싶었다.

9부

인의예지에 온 지 오래되면서 점점 방에서 낮잠 자는 날이 줄어들었다. 갈수록 김 노인의 이불 씹는 소리가 역겹게 들리기 때문이었다. 그런 내가 침대에 잠깐 누워 있는다는 게 깜빡 잠이 들고 말았다.

하지만 나는 평소와 달리 낮잠을 십 분도 자지 못했다. 잠결에 누군가 서럽게 우는 소리가 들려서 그만 잠을 깨고 말았다. 울음소리는 공용 공간으로 사용되는 넓은 방에서 들리고 있었다. 엉겁결에 침대를 내려온 나는 복도로 나갔다. 공용 공간으로 가자 차순이 노인이 넓은 마룻바닥에 주저앉아 발을 동동 구르고 있었다.

"여란아! 여란아! 우리 여란이 어디 갔냐?"

복도를 달려온 팀장이 차순이 노인의 어깨를 안았다.

"어르신! 여란이 장에 갔어요. 딸기 사 온다고 했어요."

차순이 노인은 막무가내로 고개를 저었다.

"우리 여란이 장에 안 갔어. 총 맞았어. 어디서 죽었어."

사무실에서 건너온 원장이 차순이 노인의 뺨을 두 손으로 감싸고 쓰다듬었다.

"여란이 금방 딸기 사 온다니까요."

"아니여. 우리 여란이 죽었어. 여란아! 여란아! 우리 여란이 어디 있냐?"

원장과 팀장이 번갈아 가면서 달래도 차순이 노인은 울음을 그치지 않았다. 여란이는 차순이 노인의 울음소리를 듣지 못한 것 같았다. 나는 총에 맞아 죽었다는 여란이를 생각했다. 오래전 마을의 한 청년도 하마터면 계엄군의 총에 맞아 죽을 뻔했던 적이 있었다. 그때는 꽃 좋고 산과 들이 한창 푸르게 물오르던 오월이었다. 많은 사람이 곤봉에 맞아 죽고 총에 맞아 죽었다는 끔찍한 소문이 열흘 동안 쉬지 않고 마을로 날아왔다. 다행히 나는 아들이 어려서 끔찍한 소문을 듣고도 그렇게 두려움에 떨지는 않았다. 생각해보니 내 인생에서 그런 때가 있었다. 그렇게 아득한 때를 잊고 살았다.

'나도 한때는 내 아들을 저 노인의 여란이처럼 생각했는데…….'

나는 또 뒷짐을 지고 복도를 돌기 시작했다. 더 이상 그리워할 것이 없다는 건 얼마나 홀가분한 일인가. 나를 존중할 존재가 나밖에 없기 때문이 아닌가. 모르긴 몰라도 그럴 것 같았다. T자 지점에 서는 순간, 불시에 죽음이 찾아온다고 해도 두렵지 않을 이유가 이것일지도 모르겠다는 생각이 든 건 바로 이 때문이었다.

유리문은 여전히 굳게 닫혀있었다. 나는 T자 지점에서 한참 동안 유리문을 바라보다가 옷방을 지났다. 데스크 옆의 복도에 원장과 허 선생이 서 있는 게 보였다. 넓은 마룻바닥에는 울음을 그친 차순이 노인이 혼자 앉아 있을 뿐, 긴 소파에는 아무도 보이지 않았다. 나는 물병을 데스크에 놓고 있는 원장과 빈 병을 들고 있는 허 선생 옆을 일부러 느릿느릿 지나갔다. 원장의 목소리가 그런 내 귓바퀴를 붙잡았다.

"도대체, 선생님은 왜 그렇게 조리실에 자주 가는 거예요?"

"빨래를 널기도 하고 걷기도 해야 하니까요."

"빨래를 널고 걷는 시간이 왜 그렇게 오래 걸려요? 조리사하고는 무슨 할 이야기가 그렇게 많아요? 몇 번을 말했는데 왜 아직도 그러는 거예요?"

허 선생은 아랫입술을 질끈 깨물면서 고개를 외로 꼬았다가 다시 원장을 바라봤다. 원장은 임 선생이 들고 있는 빈 물병을 보고 임 선생을 쳐다봤다.

"빈 물병은 그냥 여기 놔뒀다 어르신들 저녁 식사하고 나면 함께 가져가도 되잖아요? 한동안 일 좀 하는가 싶더니 요즘 또 왜 그래요?"

"하-! 원장님께 그렇게 보였다면 죄송합니다. 시정하겠습니다."

한숨을 쉬고 난 허 선생은 빈 병을 데스크에 놓고 복도를 느릿느릿 걷는 나를 지나쳐갔다. "새로 온 임 선생이 타깃이 될 줄 알았는데, 여전히 나네." 내게 허 선생의 중얼거리는 소리가 또렷하게 들렸다. 원장은 물병을 들고 치순이 노인에게 가면서 빨래 바구니를 안고 세탁실로 가는 허 선생을 바라봤다. 화가 난 걸음으로 복도를 걸어간 허 선생은 T자 지점에서 왼쪽으로 사라졌다.

나는 치순이 노인에게 물을 떠어주는 원장 곁을 지나쳐서 타자 앞으로 걸어갔다. 저녁때가 가까워지면서 햇빛이 들지 않는 중정은 벌써 저녁이었다. 고양이는 그런 중정에서 모든 털을 곤두세운 채 유리문을 긁고 있었다. 그렇게 벌벌 떠는 고양이를 쳐다보는 사람은 아무도 없었다. 간호사조차도 데스크 앞에서 사회복지사와 서류를 보며 이야기를 나누느라 여념이 없었다.

"그러니까 선생님하고 저하고 생각이 달랐던 게 이거였네요. 이제 알겠어요, 어떻게 보완해야 할지."

"안전 점검일이 이제 하루 남았나요? 내일이 얼른 지나갔으면 좋겠어요."

"제 말이요. 그렇지 않아도 많은 일이 열 배는 더 늘어난 것 같아요."

데스크 옆 사물함에서 기저귀를 꺼내든 허 선생은 4호실로 향하면서 사회복지사와 간호사를 돌아보고 입을 삐쭉였다. 나는 그런 허 선생을 보고 서류를 들고 사무실로 달려가는 사회복지사와 데스크에 고개를 박는 간호사를 돌아봤다. 젊은 여자들의 등과 머리에는 나도 알아볼 수 있는 긴장감이 덕지덕지 붙어있었다.

나는 침대로 가서 깊은 한숨을 토해냈다. 이 요양원이 이렇게 긴장 속에 있을 때 무슨 일이든 일어났으면 좋겠다는 생각이 들었다. 그때 박 노인이 벽을 보고 돌아누웠다. 나는 그런 박 노인을 보고 침대에 드러누웠다. 대체 박 노인은 어떻게 이곳을 빠져나갈 수 있었을까. 하지만 나는 여전히 그것을 물을 수 없었다.

아침을 먹은 뒤 나는 통유리창 앞에 서서 군데군데 눈이 녹지 않은 들판에 하얗게 내린 서리를 바라보았다. 눈처럼 서리가 내린 아침 들판이 부챗살처럼 퍼지는 햇살에 반짝였다. 청회색 SUV자동차가 그런 들판 가운데 농로를 달려오는 게 보였다. 청회색 자동차 뒤에는 하얀색 소형차와 은색 승용차가 따라왔다. 자동차들은 모두 철책 문 옆의 공터에 멈췄고, 조리사 여자와 사회복지사와 간호사가 현관을 향해 걸어오는 동안 여섯 대의 자동차가 또 철책 문 안으로 들어왔다. 그 차에서 요양보호사들이 내렸다.

요양원 직원들의 출근은 여느 날보다 빨랐다. 다른 날보다 이십 분은 더 빠른 것 같았다. 아침 일찍 출근하지 않은 사람은 한 사람도 없었다. 모두는 긴장한 얼굴로 출근을 마치고 서로의 어깨를 토닥였다.

"오늘만 잘 넘기면 되니까……, 오늘만 잘 넘기자고요. 그런 의미에서 체조 한 번 씩씩하게 해볼까요?"

사회복지사는 핸드폰에 깔아놓은 체조 어플을 찾으면서 넓은 마룻바닥 가운데로 나갔다. 체조 구령 소리를 듣고 나온 차순이 노인이 사회복지사의 손을 잡았다.

"여란아! 어디 갔다 인제 왔어? 우리 여란이! 밥 먹어야지."

차순이 노인이 정 선생의 등을 어루만지자 삼십 대 초반의 사회복지사는 구십을 바라보는 차순이 노인을 꼭 안아주었다. 해가 질 무렵이면 울면서 여란이를 찾곤 하는 차순이 노인이 이가 하나도 없는 입을 크게 벌리고 천진하게 웃었다. 그런 차순이 노인과 정 선생은 어느 때보다도 다정한 모녀 같았다.

정 선생이 차순이 노인을 검버섯 여자 옆에 앉혔다.

"엄마! 체조하고 밥 먹을게요. 여기서 조금만 기다리세요."

"응, 일있어."

"자! 엄마! 여란이가 체조 얼마나 잘하는지 보세요?"

체조를 시작하는 정 선생을 향해 차순이 노인은 고개를 끄떡였지만, 체조를 지켜보지는 않았다. 체조를 따라 하는 검버섯 여자를 보고 웃느라 여란이는 까맣게 잊어버렸다.

체조가 끝나자마자 원장은 회의를 시작했고, 안전 점검 사항을 다시 숙지시켰다. 원장이 노인 폭력 예방 교육을 말하지 않은 건 그날이 처음이었다.

안전 점검일이라고 해서 평소와 다른 건 아무것도 없었다. 요양보호사들은 노인들을 목욕시키고 옷을 갈아입히고 오전 간식으로 설탕물을 먹이고 점심밥을 먹이고 청소와 빨래를 했고 마른빨래를 개켰다. 사회복지사만 수없이 사무실에서 데스크를 오갔고, 간호사는 사회복지사를 도와주는 사이사이 노인들의 종기와 상처에 소독 연고를 발라주고 약을 먹여주었다.

안전 점검 요원들은 오전 간식시간이 되기 전에 왔다. 나는 통유리창으로 서리가 녹는 들판을 바라보다가 철책 문 안으로 들어오는 은회색 자동차를 보았다. 자동차에서는 모두 네 명의 젊은 남자가 내렸다. 사무실로 들어가는 남자들을 본 양 선생이 설탕물을 카트에 싣고 오는 팀장 곁으로 다가갔다.

"드디어 왔어요. 면담은 언제부터 할까요?"

"오전에는 모두 서류를 심사하고, 면담은 점심시간 지나고 나서부터 한 사람씩 나눠서 할 거예요. 작년에도 그랬으니까."

"실수하면 어떡해요? 떨려요."

"나도 그래요. 오늘 하루가 얼른 지나갔으면 좋겠어요."

"팀장님도요?"

"나는 사람 아니에요?"

나는 통유리창을 등지고 앉아서 평소와 다름없이 휠체어 노인들을 데려오고 데려가는 요양보호사들을 바라봤다. 오전 간식으로 나오는 설탕물을 마셨고, 점심때는 큰 그릇에 담긴 죽과 수북한 반찬을 먹었고, 오후 간식으로 나온 초코파이를 먹었다. 간식 시간과 점심때 사이에 복도를 돌았고, 오후 간식 시간이 되기 전에도 복도를 돌았다. 날마다 똑같은 요양원의 일과처럼 내 일과도 똑같았다. 다른 것이 있다면 저녁때가 되기 전에 복도를 한 바퀴 더 돌았다는 것이었다.

내가 복도를 도는 동안 박 노인은 방에서 꼼짝도 하지 않았다. 식사 시간과 간식 시간 외에는 꼼짝없이 침대에 누워있기만 했다. 박 노인은 더 이상 날마다 복도를 돌고 요양원을 구석구석 살피던 박 노인이 아니었다. 나는 단 한 번의 탈출 실패로 철저하게 망가져 버린 박 노인이 도무지 믿어지지 않았다.

나는 T자 지점에서 유리문을 바라보며 생각했다.

'그놈은 겨울밤을 너무 만만하게 봤어. 그런데, 대체 그놈은 어떻게 이곳을 나갈 수 있었을까?'

그때 유리문 틈으로 달달한 불고기 냄새가 흘러나왔다. 간장에 설탕과 마늘, 생강과 후추가 황금비율로 들어간 소불고기 냄새였다. 나는 유리문을 바라보면서 숨을 깊게 들이마셨다가 내쉬기를 반복했다. 냄새는 맡을수록 허기만 졌다. 조리실과의 사이에 있는 보조대 아래 라면도 나를 배고프게 했다. 한참 동안 어느 장벽보다 튼튼한 유리문을 바라보던 나는 더 이상 허기를 참을 수 없어서 T자 지점을 떠났다.

동유리창 앞으로 돌아오자 실내의 팽팽한 긴장감이 다시 느껴졌다. 철책 문 맞은편에 있는 마을의 집 그늘에 어스름이 깔리기 시작하는 시간이었다. 아직도 안전 점검은 끝나지 않은 것 같았다. 여전히 한 사람씩 원장의 입간판 뒤에 있는 작은 방 쪽으로 사라졌다가 돌아오기를 거듭하고 있었다.

언젠가 열린 문으로 크기를 본 적이 있는 방에 마지막으로 들어간 사람은 허 선생이었다. 퇴근 시간이 얼마 남지 않은 때였고, 요양보호사들이 옷 방에서 마른빨래를 정리하는 시간이었다. 원장의 입간판과 현관 사이의 방으로 들어간 허 선생은 오후 다섯 시가 다 되어서야 다시 데스크 앞으로 돌아왔다. 노인들의 저녁 시간에 조금 늦은 허 선생의 얼굴에서는 어떤 통쾌한 후련함이 느껴졌다. 하지만, 이런 허 선생을 눈치챈 사람은 아무도 없었다.

유리문 앞에서 냄새를 맡았던 대로 식판은 소불고기가 수북했다. 김 노인과 내 식판은 검버섯 여자의 불고기보다 두 배는 더 많아 보였다. 안전 점검이 모두 끝나서 긴장이 풀린 요양보호사들이 휠체어 노인들에게 죽을 먹이는 동안 나는 김 노인과 나란히 앉아서 죽에 소불고기를 얹어서 씹어먹었다.

저녁을 먹기 전에 짧은 겨울 해가 지고 이제 밖에는 어둠이 내리고 있었다. 나는 빠르게 어둠에 잠기는 창밖을 바라보면서 소불고기를 서둘러 씹어 넘겼다. 서둘러 먹지 않으면 식판을 절반도 비우지 못해서 빼앗길 것 같은 분위기가 느껴져서였다.

나는 죽을 긁어먹으면서 휠체어 노인들을 돌아봤다. 임복임 노인의 자리에는 얼굴을 익히지 못한 노인이 앉아있었다. 노인은 일이 분에 걸쳐서 겨우 죽 한 숟가락을 입에 떠넣고 팔을 축 늘어뜨렸다. 양 선생이 먹여주는 노인도 목구멍으로 죽을 넘기기까지 일 분은 걸리는 것 같았다.

차순이 노인이 밥을 먹지 않고 앉아있어서 간호사가 식욕 촉진제를 뿌려주었다. 박 선생은 차순이 노인의 등 뒤에서 휠체어 노인이 턱에 흘린 죽을 닦고 있었다. 텔레비전 앞의 노인에게 죽을 먹이고 난 김 선생이 박 선생 옆으로 왔다.

"선생님은 무슨 질문 받았어요? 난, 이 요양원이 직원 휴게시간을 잘 지켜주고 있느냐는 질문을 받았어요. 잘 지켜주고 있다고 대답했고요. 보호사들이 충분한 휴식을 취해야 어르신들을 제대로 돌볼 수 있지 않겠느냐고도 했고요."

박 선생은 우두커니 앉아있는 노인에게 또 죽을 떠먹여 주었다.

"나는 출근해서 가장 먼저 하는 일이 무엇인지 묻던데요. 어르신들 위급 상황 시 대처요령도 물어봤고요. 다들 아시다시피 어르신들 상황을 먼저 살피는 게 출근해서 가장 먼저 해야 하는 일이잖아요? 어르신들 위급 상황 시에는 먼저 응급 구조신청을 한 뒤 어르신의 안전을 확보해야 하고요."

"역시 선생님!"

팀장이 차순이 노인의 등 뒤로 다가와서 등을 어루만졌다. 숟가락을 놓으려던 차순이 노인이 다시 밥을 먹기 시작했다. 헛손질만 하는 노인에게 죽을 먹이던 김 선생이 팀장을 돌아봤다.

"이 정도면 무사히 통과되겠죠?"

"근데, 아직도 심사할 게 더 남았나 봐요. 이번에는 심사가 오래 걸리네요."

차순이 노인이 밥을 얼마나 먹었는지 보러 온 간호사가 현관 앞에 세워신 은회색 자동차를 걱정스럽게 바라냈다.

"그러게요. 왜 아직도 심사가 끝나지 않는 걸까요?"

마침내 차순이 노인이 밥을 그만 먹겠다고 했다. 팀장은 고개를 끄떡이고 간호사를 쳐다봤다.

"정부 지원금이 적은 액수가 아니잖아요? 당연히 까다로울 수밖에 없겠죠."

박 선생은 턱에 죽을 흘리는 노인 옆의 노인에게도 죽을 먹였다.

"그건 그렇죠."

허 선생은 끝까지 대화에 끼어들지 않았다. 말없이 노인들에게 죽을 먹이고 흘린 죽을 닦아주고 식사를 마친 노인들에게는 물을 따라주고 다닐 뿐이었다. 나는 허 선생이 따라준 물을 마신 뒤 빼글빼글한 파마머리의 허 선생을 빤히 쳐다봤다. 평소 나대기 좋아하고 힘든 일은 꾀부리는 허 선생과 안전 점검일의 허 선생은 달라도 너무 달랐기 때문이었다.

'그런데 내 가슴이 왜 이렇게 두근대는 거지? 이게 무슨 징조야?'

그제야 식판을 비운 박 노인 옆에서 김 노인이 가장자리에 붙어있는 고춧가루를 집어 먹었다. 허 선생은 김 노인과 박 노인에게도 물을 따라주었다. 검버섯 여자와 한쪽 팔이 없는 여자는 벌써 물까지 마시고 늘 앉던 자리로 가고 있었고, 다른 노인들도 마지막 죽을 긁어먹고 있거나 얼마 먹지 않은 숟가락을 내려놓고 있었다.

대부분 노인이 숟가락을 내려놓자 보호사들은 휠체어 노인들부터 각자의 침대에 다시 눕히기 시작했다. 김 노인도 등을 떠밀려서 방으로 가고 박 노인도 들어갔지만 나는 들어가지 않았다. 모든 직원이 초조해하는 안전 점검 결과가 나도 궁금해서 들어갈 수 없었다. 어딘지 공용 공간의 분위기가 조마조마하게 느껴진 나는 고양이가 긁고 있는 유리문 앞으로 갔다.

실내를 정리하고 난 요양보호사들과 간호사가 탁자 앞으로 모였다.

"드디어 이제 끝났나 봐요. 금방 현관을 나갔어요."

"어떻게든 끝나긴 끝났네요. 근데, 너무 늦게 끝났는데요?"

"그러니까요."

"에이, 그래도 등급은 잘 나왔겠죠, 뭐?"

"글쎄요."

나는 어느덧 캄캄해진 통유리창 밖을 바라봤다. 헤드라이트를 켜고 천천히 철책 문을 빠져나가는 자동차가 보였다. 옷을 갈아입고 와서 출근부에 퇴근 시간을 기록하고도 퇴근하지 못하는 조리사 여자가 곁눈으로 들어왔다. 조리사 여자가 퇴근하지 못하고 서성이는 와중에도 요양보호사들은 일지를 쓰기 위해 탁자 앞에 모여 앉았다.

그때 사회복지사가 사무실에서 복도를 건너왔다. 사무국장이 그 뒤를 따라왔다. 양손을 허리에 짚은 사무국장은 얼굴이 험악하게 일그러져있었다.

"선생님들! 잠깐만 저 좀 보시죠."

요양보호사들은 긴장한 얼굴로 탁자에서 고개를 들었다.

"언제, 제가, 선생님들 급여를 약속된 날짜에 드리지 않은 적이 있습니까? 약속된 급여를 드리지 않았던 적 있었어요? 선생님들이 말씀하신 약품이나 물티슈를 사드리지 않은 적이 있었습니까?"

요양보호사들과 간호사는 휘둥그레진 눈으로 사무국장을 쳐다보다가 서로를 바라보았다. 대답하는 사람은 아무도 없었다. 나도 모르게 나는 허 선생과 박 선생을 보았다. 박 선생은 고개를 숙이고 있었고 허 선생은 손톱의 거스름만 뜯어내고 있었다. 이 흥미로운 상황에 나는 가슴이 뛰기 시작했다.

"왜 그런 거짓말을 하셨습니까? 그 거짓말의 대가가 우리에게 어떤 결과로 돌아오는지 아십니까? 궁금하지도 않겠지만 금방 아시게 될 겁니다."

끝까지 화를 가라앉히지 못한 사무국장은 다시 사회복지사와 함께 사무실로 돌아갔다. 잠시 탁자 주위가 술렁거렸다. 팀장 양 선생 김 선생 한 선생이 볼펜을 든 채 동그란 눈으로 고개를 갸웃대고 있었다. 허 선생과 박 선생은 볼펜 든 손을 일지 위에 올려놓고 그런 동료들을 무표정하게 바라봤다. 누굴까? 인의예지의 일 년 예산이 날아가게 한 간 큰 장본인은 과연 누구일까? 앞으로 인의예지는 어떻게 될까? 요양보호사들이 퇴근을 잊은 탁자 위에는 한동안 이런 의문들이 오갔다.

그동안 창밖은 더 깜깜해졌다. 팀장이 볼펜으로 탁자를 톡톡 두드렸다.

"이제 그만들 퇴근하시게요. 진실은 곧 밝혀질 테니까요."

그제야 요양보호사들은 서둘러서 일지를 작성하고 줄줄이 각자의 자동차를 향해 뛰었다. 자동차들은 헤드라이트를 켜고 느릿느릿 깜깜한 농로를 줄지어 달려갔다. 나는 통유리창 앞으로 가서 농로 끝에서 면 소재지 반대편으로 꺾어 드는 자동차들을 물끄러미 바라봤다.

그때까지 넓은 마룻바닥 한가운데 앉아있던 차순이 노인이 방으로 들어갔다. 오랜만에 차순이 노인은 여란이를 부르지 않았다.

# 10부

아침에 잠을 깬 순간 가장 먼저 들은 것은 김 노인이 이불을 씹는 소리가 아니라 소나무가 바람에 흔들리는 소리였다. 창문이 꼭 닫혀있는데도 소나무가 바람에 흔들리는 소리는 꼭 귀신이 우는 소리처럼 들렸다.

나는 침대에 올라서서 창문 밖을 내다봤다. 하늘에는 지상 가까이 내려온 먹구름이 가득하고 소나무 뿌리가 뽑힐 듯 바람이 세찼다. 며칠 동안 맑은 날이 계속된다 했더니 날씨가 곧 눈이라도 쏟아질 것처럼 음산해 보였다. 침대를 내려온 나는 양말을 찾아 신고 카디건도 찾아 입었다. 마음 같아서는 패딩 점퍼도 입고 싶었지만, 야간 요양보호사들은 한 마디로 안 된다고 했나.

아침 먹을 시간이 다 되어갈 때 차순이 노인이 여란이를 부르는 소리가 들렸다.

"여란아! 여란아! 여란이 어디 갔냐? 우리 여란이 어디 갔어?"

언제나처럼 나는 뒷짐을 지고 복도로 나갔다. 넓은 마룻바닥 가운데서 차순이 노인이 어쩔 줄 모르는 걸음으로 우왕좌왕하고 있었다. 야간 요양보호사가 배식 수레를 밀고 와도 자리에 앉지 않았다. 뒤늦게 나타난 사무국장이 소리를 버럭 질렀다.

"아침부터 여란이는 무슨 여란이요? 빨리 밥 안 먹어요?"

놀란 차순이 노인은 마룻바닥 한가운데 털썩 주저앉아버렸다. 노인의 가랑이 사이에서 오줌이 질펀하게 흐르기 시작했다. 휠체어 노인들에게 배식을 마친 꽁지머리 요양보호사가 재빨리 차순이 노인을 씻기고 옷을 갈아입혔다. 차순이 노인은 붕어처럼 입을 뻐끔거리면서 꽁지머리 요양보호사의 손을 잡고 탁자 앞으로 왔지만 끝내 밥은 먹지 못했다.

나는 허리에 짚은 손을 내리고 한숨을 쉰 뒤 사무실로 돌아가는 사무국장을 쳐다보고 누런 코 같은 죽과 시래기 된장국과 연근조림과 어묵볶음과 김치를 남김없이 먹어 치웠다. 아침을 먹고 난 뒤에는 통유리창 앞으로 가서 바람 속에 납작 엎드린 들판과 면 소재지를 바라봤다.

곧 세상이 뒤집힐 듯 바람이 불고 먹구름이 지상 가까이 내려오는 날에도 요양보호사들과 간호사와 사회복지사는 제시간에 출근했다. 여느 날과 다름없이 체조 대형으로 둘러서서 체조하고 노인들의 기저귀도 갈았다. 인의예지의 일과는 평소와 다르지 않았다. 다른 게 있다면 처음으로 회의가 열리지 않았다는 것이었다. 길고 지루한 회의를 하지 않는데도 요양보호사들과 간호사와 사회복지사의 표정은 어딘지 심란하고 심각해 보였다.

인의예지는 평소와 다름이 없었지만, 사회복지사 정 선생은 안전 점검을 준비할 때보다 더 바빴다. 십 분 간격, 혹은 이십 분 간격으로 사무실과 데스크를 왔다 갔다 하고, 자판을 두드리며 눈이 빠지도록 모니터를 들여다보곤 했다.

긴 소파에 앉아있는 검버섯 여자와 한쪽 팔이 없는 여자에게 가던 차순이 노인이 복도를 건너온 여란이를 보고 매달렸다.

"여란아! 우리 여란이, 어디 갔다 왔어?"

여란이가 차순이 노인을 안고 등을 토닥였다.

"여란이 밥 먹고 왔어요. 저기서 저 어르신들이랑 노래 부르고 계세요. 이 일만 하고 금방 올게요."

차순이 노인은 여란이를 빤히 쳐다보았다.

"맛있는 거 사러 장에 가? 우리 여란이, 빨리 밥 먹고 자야 하는데……."

양 선생이 차순이 노인을 검버섯 여자와 한쪽 팔이 없는 여자 옆에 앉혔다. 검버섯 여자와 한쪽 팔이 없는 여자가 차순이 노인을 쳐다보며 노래를 불렀다. 잠시 여란이를 눈으로 좇던 차순이 노인은 고개를 까딱이면서 장단을 맞추기 시작했다. 여란이는 금세 잊어버렸다.

사무실에서 건너온 원장이 노래 부르는 세 여자를 물끄러미 바라봤다. 기저귀를 갈고 노인들 옷을 갈아입히고 빨랫감을 안고 세탁실로 가는 요양보호사들도 지켜봤다. 노인들의 똥 기저귀를 양손에 들고나온 양 선생과 임 선생이 말없이 사무실로 건너가는 원장을 보고 탁자 앞에 있는 팀장에게 갔다.

"안전 점검을 통과하지 못했다고 하던데, 정말이에요?"

"그럼, 정부 지원금이 없을 텐데……. 내년에 인의예지는 어떻게 되는 거예요?"

"글쎄요. 그건 나도 잘 몰라요. 직원들 급여, 식 재료비, 난방비, 기저귀, 약값, 화장지 등등, 정부의 지원금 없이는 어려울 거란 생각은 들지만, 아직 원장님은 어떤 말씀도 하시지 않고 있으니까요."

"근데, 왜 이렇게 조용해요? 절대 그냥 넘어갈 원장님이 아니잖아요?"

"그나저나 아무것도 사주지 않고 월급이 제때 안 나오고 약속된 급여를 주지 않는다는 말은 누가 했을까요?"

"기다려 봐요. 그 사람이 누군지 곧 알게 될 테니……."

"조마조마하네요. 꼭 폭풍 전야에 서 있는 느낌이에요."

"그건 나도 그래요."

나는 유리문을 긁어대는 고양이를 보면서 뒷짐 진 손을 까딱까딱했다. 인의예지에 와서 처음으로 털을 곤두세우고 있는 고양이에게 중정의 유리문을 열어주고 싶다는 생각이 들었다. 뭔가 막연한 예감으로 가슴까지 뛰었지만, 나는 고양이를 그다지 좋아하지 않아서 그냥 중정의 유리문 앞을 돌아섰다.

천천히, 느릿느릿, 나는 그동안 몸에 밴 습관대로 복도를 돌았다. 고요한 중정에서 유리문을 긁어대는 고양이를 유리창 너머로 보기도 하면서. T자 지점에서는 걸음을 멈추고 유리문을 바라보기도 하면서. 유리문 틈으로 흘러나오는 돼지불고기 냄새도 맡으면서. 뒤숭숭하고 수상한 분위기가 요양원 구석구석까지 퍼지는 것을 느끼면서.

위선이 없는 수상한 분위기를 적나라하게 보여준 곳은 유리문 너머의 식당이었다. 내가 T자 지점에 멈췄을 때 빨래를 안은 채 조리실을 바라보며 이야기에 열중하는 허 선생이 보였다. 하얀 가운을 입은 조리사 여자의 모습도 조리 보조대 가까이 나타났다 사라졌다. 두 여자의 이야기는 꽤 오랫동안 계속되었다. 내가 옷방을 쳐다보고 직원들 화장실 앞을 지나갈 때까지도 허 선생은 통로를 건너오지 않았다.

오후 간식으로 라면이 나왔다. 언제나처럼 스프를 반만 넣고 끓인 라면은 싱겁고 퉁퉁 불어 있었다. 양 선생과 임 선생과 박 선생이 휠체어 노인들에게 가위로 잘게 자른 라면을 먹여주었고, 허 선생은 스테인리스 컵에 물을 따라주고 다녔다. 내 앞에 스테인리스 컵을 놓아주는 허 선생 옆으로 간호사가 조용히 다가왔다.

　"선생님! 왜, 그런 말을 했어요?"

　"선생님은 그 말을 한 사람이 왜 나라고 생각하세요?"

　"아무리 생각해봐도 선생님밖에 그런 말을 할 사람이 없더라고요?"

　허 선생은 마지막으로 김 노인에게 물을 따라주고 간호사를 쳐다봤다.

　"엿 먹으라고요."

　나지막하지만 허 선생의 목소리는 힘이 있고 담담했다. 나는 라면을 마시다가 허 선생을 흘깃 쳐다봤다. 입에 힘을 주어서 꾹 다무는 허 선생의 얼굴은 겨울의 화강암처럼 단단하고 차갑게 보였다. 차순이 노인에게 라면을 먹이던 박 선생이 허 선생과 간호사를 힐끗 쳐다봤다. 뜻밖의 대답에 간호사의 눈이 동그래졌다.

　"엿이요?"

　"내가 이곳에 온 지 삼 주가 넘었어요. 그동안 한 번도 잘했다고, 괜찮다고 하는 말을 들어본 적이 없었어요. 한 번 실수하고 미운털이 박히면 아무리 노력해도 예쁘게 보시 않더라고요. 짤힌 일도 모두 잘못한 일이 되고……, 안 한 일도 내가 했던 일이 되고……, 회의 시간마다 질책하고……, 날마다 원장에게 날카로운 혀로 심장을 쪼이는 기분이었어요."

　흥분한 허 선생의 목소리가 높아졌다. 박 선생이 사무실 쪽과 팀장을 보고 입에 손가락을 갖다 댔다. 허 선생은 박 선생을 보고 고개를 저었다.

"처음 미운털이 박혔을 때, 팔다 남은 순대를 갖고 왔을 때, 그때 나를 잘랐다면 이렇게까지 화가 나진 않았을 거예요."

간호사도 박 선생도 더는 아무 말도 하지 못했다. 다시 입을 꼭 다문 허 선생은 빈 그릇을 카트에 실었다. 팀장과 양 선생도 휠체어 노인들의 빈 그릇을 카트에 얹었다. 휠체어 노인들이 침대에 다시 눕혀지기 시작할 때 조리사 여자는 빈 그릇들을 실은 카트를 밀고 조리실로 돌아갔다. 나는 여전히 흔들리는 걸음으로 팀장의 부축을 받고 방으로 들어가는 박 노인과 입에 몰아놓은 네 손가락을 빨면서 박 선생에게 등을 떠밀려가는 김 노인을 보고 통유리창 앞으로 갔다. 눈이 곧 올 것 같은데도 하늘에서는 눈이 내리지 않고 있었다.

모두 방에 들어가고 없어서 넓은 공용 공간에는 데스크에 고개를 박고 있는 간호사와 통유리창 앞의 나뿐이었다. 곧 눈이 올 것 같은 하늘에는 먹구름만 세찬 바람에 밀려가고 간호사와 나뿐인 공용 공간에는 알 수 없는 긴장이 여전히 팽팽했다. 늙은 내가 감당하기 어려운 공기의 무게에 나는 또 뒷짐을 지고 느릿느릿 복도를 돌았다. 검버섯 여자가 나를 추행했던 복도를 지나고 T자 지점까지 가서 여전히 굳게 닫혀있는 유리문을 바라봤다.

허 선생이 또 빨래 바구니를 안고 나를 지나쳐갔다. 변함없이 허 선생은 빨래를 오래오래 널었다. 빨래 너는 시간의 절반이 조리실 쪽을 쳐다보며 뭔가 이야기하는 시간이었다. 무슨 이야기를 하는지는 듣지 않아도 알 것 같았다. 일은 이미 벌어졌고 수습도 불가능하고 변명의 여지도 없으니 조리사 여자에게 자신을 합리화시키고 있는 건지도 몰랐다.

뒷짐을 지고 다시 느릿느릿 복도를 걸어간 나는 통유리창 앞에서 크게 벌린 입으로 감탄과 탄식을 한꺼번에 토해내고 말았다. 드디어 통유리창 앞으로 커다란 눈송이가 나풀나풀 날리기 시작했기 때문이었다.

원장이 안전 점검에 통과하지 못했다는 사실에 좌절하는 날에도 하루는 고요하게 저물어가고 있었다. 중정에서 유리문을 닦고 있는 고양이 밥그릇에 사료가 부어지고 조리사 여자가 최선을 다해 차려온 저녁이 노인들 앞에 조용히 놓였다.

아무 기대도 없었지만, 여전히 저녁은 누런 코 같은 죽에 시래기 된장국과 마른 나물 세 가지에 김치뿐이었다. 하지만 나는 그 어느 때보다도 빈곤한 저녁을 가장 경건하게 먹었다. 그건 나의 예감 때문이었다. 원장이 언제 어떤 결정을 내릴지 모른다는 예감이 종일 눈보라 속으로 방향을 잡고 있어서였다. 그러니 나는 만약을 대비해서 검버섯 여자와 한쪽 팔이 없는 여자가 말했던 것처럼 인의예지에서 주는 건 모두 남김없이 먹고 봐야 했다.

저녁을 먹고 난 뒤 나는 탁자 앞에 서서 잠시 통유리창을 바라봤다. 다른 날보다 두 배는 더 깜깜한 하늘에서는 푸지게 눈이 쏟아지고 있었다. 그새 눈이 많이 쌓여서 철책 문까지 나 있는 길과 공터가 보안등 불빛에 갓 짜놓은 비단처럼 눈이 부셨다. 요양보호사들이 신발장에 숨겨놓은 털신을 찾아 신고 겅중겅중 밟아보고 싶어질 정도였다.

언제 다가왔는지 팀장이 내 등을 떠밀었다.

"어르신! 이제 방으로 들어가시게요. 오늘 산책 많이 하셨잖아요? 그러니까 일찍 들어가서 주무세요."

김 노인의 등을 밀 듯 나를 미는 팀장의 손에서는 심란한 마음이 느껴졌

211

다. 나는 말없이 팀장을 힐끗 돌아보고 잠자코 방으로 들어갔다.

방은 조용하고 평소와 다르지 않았다. 박 노인이 공처럼 몸을 말고 있고, 김 노인이 이불을 쓰고 있는 방은 여전히 비릿한 침 냄새만 가득했다.

종일 복도를 돌았는데도 뒤숭숭하게 하루를 보낸 탓에 잠은 쉬 잠이 오지 않았다. 나는 깍지 낀 손을 머리에 받치고 천장을 바라봤다. 이 생각 저 생각이 앞뒤 구분도 없고 맥락도 없이 떠오르다가 사라지기를 반복했다. 나는 뭔가 생각하는 것 같기도 하고 멍하니 천장을 바라보고 있는 것 같기도 했다. 나는 나를 도대체 알 수 없었다. 이 요양원에서 벌어지는 일을 예측할 수 없듯이 이 밤이 어떻게 흘러가고 다 늙어버린 나에게 미래가 있기나 할지 나는 모든 것이 불안했다. 박 노인처럼 옆으로 돌아누워 공처럼 몸을 말아봐도 이 느낌은 달라지지 않았다.

한숨을 토해낸 나는 결국 천장을 바라보고 반듯이 누웠다.

그때 벽력같은 고함이 방 밖에서 날아왔다.

"야, 이 새끼야! 네가 뭔데? 네가 뭔데? 네가 뭔데 날 잘라?"

갑작스러운 고함에 나는 튕기듯 침대에서 일어났다. 몸을 공처럼 말고 있던 박 노인도 자리에서 일어나 앉았다. 순간, 또 고함이 들려왔다.

"이 미친년아! 그렇게 왜 남의 사업 깽판 쳐? 왜 거짓말 해? 야, 이 미친년아!"

"너희는 거짓말 안 했어? 안 했냐고? 내가 하지도 않은 일 했다고 억지 썼잖아!"

나는 재빨리 방을 나갔다. 내가 복도로 나가자 벌벌 떨면서 옆 침대 밑으로 기어들어 가는 차순이 노인의 목소리가 들렸다.

"인민군이 온다. 계엄군도 온다. 빨리 숨어라, 빨리 숨어! 여란아! 어디 갔냐?"

침대 밑에 숨는 차순이 노인을 보고 나는 공용 공간으로 나갔다. 허 선생과 사무국장이 원장의 입간판 앞에서 서로 고개를 쳐든 채 바락바락 악을 쓰고 있었다. 서로 상대를 향해 상체까지 내밀면서 악을 쓰는 두 사람은 눈이 곧 튀어나올 것 같았고 붉어진 목에는 핏대가 솟아 있었다. 야간 요양보호사들은 차순이 노인의 방 앞에서 악을 써대는 두 사람을 바라봤고 원장은 사무실 입구에서 팔짱을 끼고 있었다.

그 순간 사무국장이 허 선생의 가슴을 밀쳤다. 허 선생이 원장의 입간판으로 떨어졌다. 원장의 입간판을 밟고 일어난 허 선생은 패딩 점퍼를 벗어 던졌다. 세상에서 처음 들어보는 욕이 허 선생의 입에서 쉴새 없이 튀어나왔다. 하지만 사무국장은 허 선생을 때리지 않았다. 이 정도 욕을 들으면 뺨을 갈기든지 주먹으로 턱을 날려야 맞을 텐데 사무국장은 미친년을 외치면서 허 선생을 밀치기만 밀쳤다.

"미친년! cc-tv 카메라도 안 봤냐? 안 봤어?"

"야! 이 새끼야! 저걸로 뭘 봤어? 뭘 봤어? 내 말도 들었어?"

"야, 이년아! 네년이 꾀부리는 것 다 봤다, 다 봤어."

"야! 이 개새끼야! 너희들이 먼저 사람 갈궜잖아?"

"야! 이 미친년아!"

언제인지 모르게 섬버섯 여사와 한쪽 팔이 없는 여지기 내 곁으로 와서 섰다. 그때 사무국장이 주먹 쥔 손을 높이 쳐들었다. 하지만 사무국장은 허 선생을 때리지 못했다. 독기가 얼굴에 가득한 허 선생을 또 가슴으로 밀치기만 했다. 힘으로 밀리는 허 선생은 계속 뒷걸음질 쳤다. 나는 허 선생을 피해 데스크 쪽으로 밀려갔다.

그 순간 나는 보았다. 복도 끝에서 시커멓게 아가리를 벌린 채 유리문이 활짝 열려있는 것을. 또 나는 깨달았다. 이 순간이 오랫동안 내가 복도를 돌면서 기다려왔던 순간이라는 것을. 이 요양원에는 모두 퇴근하고 야간 요양보호사 두 명과 원장과 사무국장만 남아있다는 것을.

나도 모르게 원장을 보았다. 원장은 여전히 팔짱을 낀 채 밀고 밀리는 두 사람의 싸움만 바라보고 있었다. 아무것도 모른 채 태연하고 오만한 원장을 보자 가슴이 뛰기 시작했다. 나는 격렬하게 뛰는 가슴을 감당하기 힘들어서 가만히 큰 숨을 연신 토해냈다.

싸움은 점점 더 격렬해졌다. 허 선생은 데스크로 달려가서 간호사의 머그잔을 사무국장에게 집어던졌다. 사무국장이 몸을 피해서 머그잔은 사무실 벽을 때리고 산산조각 박살이 났다. 머그잔이 박살 나는 소리에 검버섯 여자와 한쪽 팔이 없는 여자가 낮은 비명을 질렀다. 원장은 112에 전화를 걸었다.

"여기 인의예지 요양원인데요. 어떤 미친년이 사람을 패고 있어요. 빨리 와주세요. 빨리요, 빨리!"

"그래, 아저씨! 빨리 오세요. 누가 누구를 패는지 와서 보세요."

"사무실도 박살이 났어요!"

"야! 이 나쁜 년아!"

거친 숨을 몰아쉬던 허 선생이 원장의 짧은 머리를 잡았다. 원장은 허 선생의 볼을 움켜쥐었다. 사무국장은 허 선생의 팔을 꽉 움켜쥐었다. 날마다 노인 폭력 예방을 말하던 요양원은 도저히 들을 수 없는 욕설과 난투로 떠나갈 듯했다.

나는 검버섯 여자와 한쪽 팔이 없는 여자를 비켜서 방으로 갔다. 여전히 침대 밑에서 벌벌 떠는 차순이 노인을 지나서 방으로 간 나는 더 껴입을 만한 것이 있는지 찾아봤다. 방에는 더 껴입을 만한 것이 아무것도 없었다. 나는 이불을 뒤집어쓰고 있는 박 노인과 김 노인을 보고 다시 방을 나섰다. 사무실과 공용 공간의 불빛이 멀리 비치는 복도를 기어서 유리문 앞까지 갔다. 그리고 맹렬하게 싸우고 있는 세 사람을 돌아본 뒤 유리문 앞을 빠져나갔다.

그때까지도 세 사람의 악다구니는 계속되고 있었다. 검버섯 여자가 잠깐 나를 돌아보았지만, 원장도 사무국장도 부르지 않았다. 그녀는 한쪽 팔이 없는 여자와 함께 어디서도 볼 수 없는 난장판을 구경만 하고 있었다.

나는 재빨리 건물과 건물 사이의 통로를 나가서 개 짖는 소리가 나는 쪽의 철문을 열었다. 순간 세찬 눈보라가 얼굴을 때렸다. 눈보라를 맞은 발가락이 깨질 듯 아팠다. 나는 신을 만한 것이 있는지 통로를 둘러봤다. 다행히 식당 옆의 신발장에 삼선 슬리퍼가 세 켤레나 들어있었다.

내게 맞는 슬리퍼는 없었다. 나는 그런대로 맞는 삼선 슬리퍼에 발을 끼워 넣고 가만가만 철문 밖으로 나왔다. 철책 앞에 쇠줄로 묶여 있는 두 마리 하얀 개가 두 대의 자동차 사이에서 뛰어나와 땅을 차고 뛰어오르며 짖기 시작했다. 하지만 개 줄은 마당의 중간까지밖에 닿지 않았다. 나는 요양원 건물 벽에 바짝 붙어서 이를 악물고 눈 속을 걸어 나갔다. 세 사람의 악다구니는 여전히 그치지 않고 있었고, 그사이 눈발이 점점 가늘어지고 있었다.

나는 잠시 현관 옆 기둥 뒤에 숨어서 숨을 골랐다. 슬리퍼에 끼워 넣은 발도 주물렀다. 싸움은 여전히 끝날 기미가 보이지 않았다. 나는 세 사람이 서로 죽일 듯이 싸우는 소리를 들으며 철책 문을 향해 뛰었다. 이를 악물고 철책 문밖으로 뛰어나간 나는 철책 문과 공터 사이의 전봇대 뒤에 주저앉았다. 뜨겁고 가쁜 숨이 연신 차가운 밤공기 속으로 흩어졌다. 나는 마치 비등점이 넘은 주전자 같았다. 가슴이 손을 갖다 대면 델 것처럼 뜨거웠다. 마침내 요양원에서 빠져나왔다는 희열에 온몸이 들뜨고 있었다.

이제 눈은 잊을 만하면 한 점씩 떨어져 내렸다. 흩어지는 검은 구름 사이로는 보름달이 나타났다. 순간 나는 숨이 멎는 것 같았다. 세상의 모든 오물과 경계를 덮고 있는 하얀 눈이 달빛에 파랗게 빛나고 있어서 숨을 쉴 수 없었다. 내 몸이 눈송이처럼 가벼워져서 눈밭을 걸어가도 발자국 하나 남지 않을 것 같았다.

마침내 나는 전봇대 앞에서 몸을 일으켰다. 그리고 폭설에 묻힌 농로를 찾기 시작했다.

그때까지도 요양원에서는 고함과 욕설이 계속되고 있었다.

***

  노인은 눈 속에 묻힌 길을 찾기 시작한다. 통유리창으로 매일같이 보았던 길은 잘 보이지 않는다. 눈이 온 세상을 두툼하게 덮고 있어서 논과 논의 경계, 논과 길의 경계가 모호하게 보인다. 마치 달빛이 모든 길을 숨겨놓고 있는 것 같다. 눈이 그치고 바람은 더 차가워져서 달빛이 숨겨놓은 길을 찾는 동안 노인의 몸은 빠르게 식어간다. 면 소재지가 바로 코앞인데, 점점 다리가 무거워지고 한 걸음 한 걸음 떼기가 어려워진다.

  더듬더듬 길을 찾아가던 노인은 문득 달을 쳐다보고 생각한다. 여기서 돌아가면 아늑한 방의 침대에 몸을 뉠 수 있다. 이대로 간다면 어디서 어떻게 얼어 죽을지 모른다. 요양원은 등 뒤에 있고 집은 멀다. 어떻게 할까. 살 만큼 살았으니까 지금 죽는다고 해도 아쉽지는 않지만, 요양원에서도 길에서도 죽고 싶지는 않다. 개도 먹지 않는 누런 코 같은 죽은 더 이상 먹을 수 없다. 노인은 한숨을 토해낸다. 한숨이 달 속으로 퍼진다.

  아직도 욕설로 떠나갈 듯한 요양원을 바라본 노인은 입을 악물고 다시 길을 더듬기 시작한다. 하지만 걸음은 점점 더 느려진다. 카디건과 셔츠와 내의 속으로 냉기가 파고들어서 가슴까지 얼어붙기 시작하는 것 같다. 발가락은 감각을 잃은 지 한참이다. 노인은 집으로 돌아가는 길이 생각보다 멀고 어려워서 입술을 악문 이빨에 힘을 준다.

처음에 노인은 들판을 쉽게 건널 수 있을 줄 알았다. 체온이 이렇게 빨리 떨어질 줄 몰랐다. 오랜 농사일로 단련되었으니까, 날마다 보았던 길이니까, 면 소재지까지는 어렵지 않게 갈 수 있을 거라고 믿었다. 이 나라 군인이 이 나라 시민을 찔러 죽이고 쏴 죽이는 흉흉한 세상도 잘 건너왔으니까, 이런 추위쯤 문제없다고 생각했다. 칠십 중반이 넘은 나이를 망각했다.

갑자기 노인의 등 뒤가 환해진다. 원장과 사무국장이 노인을 소리쳐 부르는 소리가 들린다. 농로 끝에서는 회전 경광등을 켠 자동차가 들어서고 있다. 어디로 숨어야 한다는 건 생각뿐이다. 환한 달빛 아래 하얀 눈밭 위에서는 어디에도 숨을 곳이 없다. 점점 가까워지는 자동차와 불이란 불은 모두 밝히고 노인을 찾아 나선 사람들 사이에서 노인은 앞뒤 퇴로가 막힌 전쟁터의 병사가 된 기분이다.

잠시 구름에 가려졌던 달이 다시 노인을 비춘다. 눈에 덮인 들판이 파랗게 달빛을 반사하고 있다. 집으로 돌아가는 길은 어디 있을까. 모든 길은 다 통하는 법이라고 했던 어머니의 말은 거짓이었을까. 눈 내린 달밤의 길은 모두 미로 같다고 말해줬다면 퇴로가 막히는 일은 없지 않았을까. 하지만 노인은 그런 생각조차 오래 할 수 없다. 회전 경광등을 켠 자동차와 요양원 사람들이 점점 가까워지고 있다.

문득 걸음을 멈춘 노인은 지척의 면 소재지 불빛을 바라본다. 어차피 모든 길이 눈 속에 묻혔고, 퇴로가 막혔다면 다른 길을 찾으면 되는 것이다. 길은 그렇게 찾는 것이다. 노인은 면 소재지 불빛을 바라보며 개천으로 내려선다. 순간 노인의 몸이 키 작은 갈대 사이로 떨어진다. 몸을 일으켜보지만 꿈쩍도 할 수 없다. 하필 구덩이에 몸이 반으로 접혀서 빠진 것이다. 이대로 아무도 모르게 죽고 말겠다는 불안이 달빛과 함께 전신을 휘감는다.

그때 회전 경광등이 요란한 자동차가 노인이 잠시 멈춰 섰던 곳을 지나간다. 노인은 재빨리 팔을 들어 올리며 자동차를 부른다.

"이봐요! 여기 사람 있어요! 이봐요!"

하지만 자동차는 돌아오지 않는다. 검은 구름이 흩어지는 하늘에서 창백한 달만 노인을 내려다볼 뿐이다. 노인은 달 속의 크레바스에 갇힌 기분이다. 크레바스를 벗어나기 위해 노인은 안간힘을 쓴다. 체온이 바닥까지 떨어진 몸은 여전히 꿈쩍도 하지 않는다. 마침내 노인은 이를 악물고 구부러지지 않는 손을 주먹 쥔다. 그래도 살아서 저 요양원을 빠져나왔으니까 됐어. 그거면 됐지 뭐.

노인의 입김이 하얗게 얼어서 달빛 속으로 흩어진다.